Verlag
Michael
Weyand

Mischa Martini

AQUA MOSEL

Verlag
Michael
Weyand

Dank für Auskünfte und Hilfe bei der Recherche:
Michael Schuhmacher, Hochwassermeldezentrum Trier;
Bernhard Simon, Stadtarchiv Trier

Dank für Lektorat und wertvolle Anregungen:
Gabriele Belker, Christian Kraler, Peter Vollmer

Satz: Verlag Michael Weyand GmbH, Trier
Druck und Bindung: CPI books GmbH, Leck
Titel: Bob, Trier

ISBN 978-3-942 429-01-6
1. Auflage November 2013

Personen und Handlungen
sind frei erfunden.

Ähnlichkeiten mit
Verhaltensweisen von Menschen
an der Mosel und anderswo
sind zufällig,
mitunter unvermeidlich.

Die Sprache schafft die Möglichkeit,
Unwahres zu erzählen.

Umberto Eco

Er hatte ein flexibles Gewissen.

Jonas Jonasson

Trier, Innenstadt

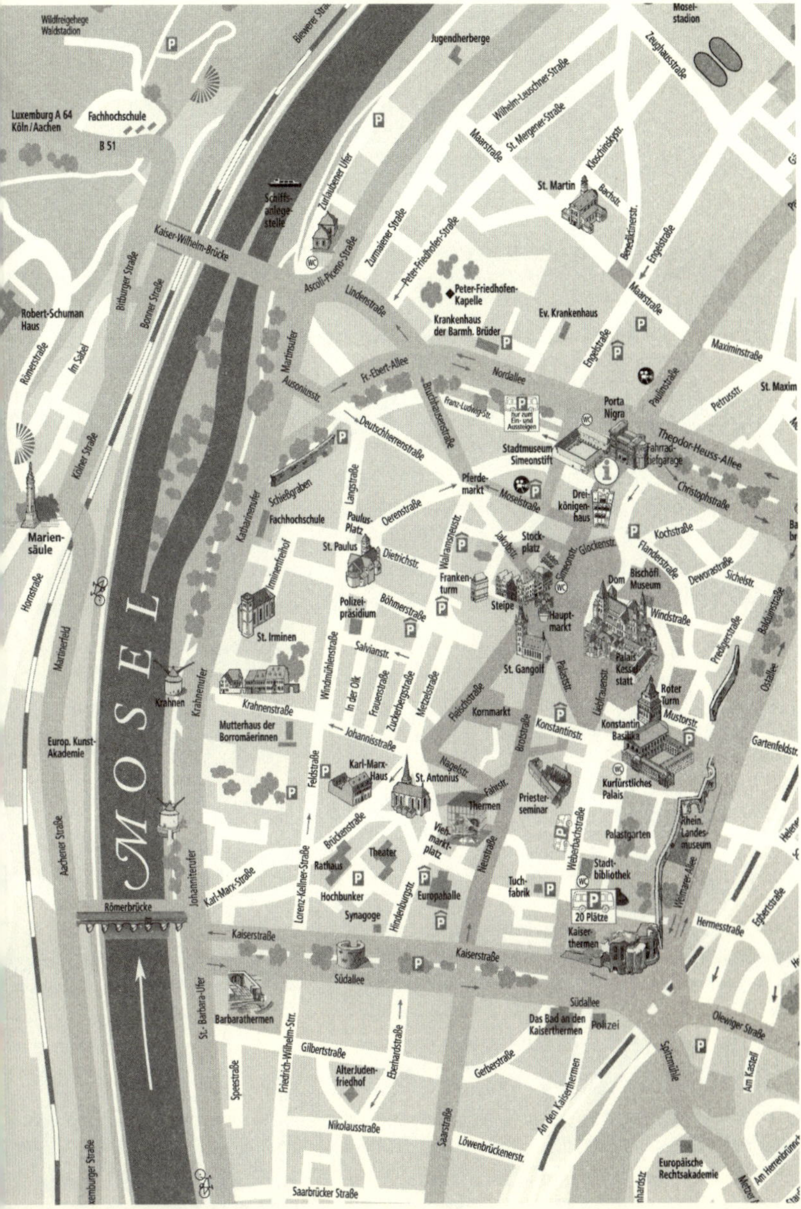
Wildfreigehege Waldstadion
Luxemburg A 64 Köln/Aachen
Fachhochschule
B 51
Biewerer Straße
Jugendherberge
Mosel-stadion
Zeughausstraße
Wilhelm-Leuschner-Straße
St. Mergener-Straße
Maarstraße
Kloschinskystr.
St. Martin
Bachstr.
Benediktinerstr.
Engelstraße
Schiffs-anlege-stelle
Zurlaubener Ufer
Zurmaiener Straße
Peter-Friedhofen-Straße
Ascoli-Piceno-Straße
Kaiser-Wilhelm-Brücke
Bitburger Straße
Bonner Straße
Robert-Schuman Haus
Römerstraße
Im Sabel
Lindenstraße
Peter-Friedhofen-Kapelle
Krankenhaus der Barmh. Brüder
Ev. Krankenhaus
Maarstraße
Maximinstraße
Martinsufer
Ausoniusstr.
Fr.-Ebert-Allee
Nordallee
Engelstraße
Paulinstraße
Petrusstr.
St. Maxim
Brückenhausenstraße
Franz-Ludwig-Str.
nur zum Ein- und Aussteigen
Porta Nigra
Deutschherrenstraße
Theodor-Heuss-Allee
Fahrrad-tiefgarage
Stadtmuseum Simeonstift
Kölner Straße
Schießgraben
Langstraße
Pferde-markt
Moselstraße
Christophstraße
Drei-königen-haus
Marien-säule
Fachhochschule
Paulus-Platz
Oerenstraße
Walramsneustr.
Jakobstr.
Stock-platz
Simeonstr.
Glockenstr.
Kochstraße
Flanderstraße
Katharinenufer
Irminenfreihof
St. Paulus
Dietrichstr.
Franken-turm
Steipe
Dom
Bischöfl. Museum
Dewora straße
Sichelstr.
Hornstraße
Polizei-präsidium
Böhmerstraße
Haupt-markt
Windstraße
St. Irminen
Salvianstr.
St. Gangolf
Palais Kesselstatt
Predigerstraße
Balduinstraße
Martinerfeld
MOSEL
Krahnen
Krahnenufer
Windmühlenstraße
In der Olk
Frauenstraße
Zuckerbergstraße
Metzelstraße
Fleischstraße
Palaststr.
Liebfrauenstr.
Roter Turm
Ostallee
Krahnenstraße
Kornmarkt
Brotstraße
Mustorstr.
Mutterhaus der Borromäerinnen
Johannisstraße
Konstantinstr.
Konstantin Basilika
Gartenfeldstr.
Europ. Kunst-Akademie
Feldstraße
Karl-Marx-Haus
St. Antonius
Nagelstr.
Fahrstr.
Priester-seminar
Kurfürstliches Palais
Thermen
Brückenstraße
Vieh-markt-platz
Weberbachstraße
Palastgarten
Rhein. Landes-museum
Aachener Straße
Theater
Rathaus
Neustraße
Stadt-bibliothek
Weimarer Allee
Karl-Marx-Straße
Lorenz-Kellner-Straße
Hochbunker
Hindenburgstr.
Europahalle
Tuch-fabrik
20 Plätze
Hermesstraße
Egbertstraße
Römerbrücke
Johanniterufer
Synagoge
Kaiser-thermen
Kaiserstraße
Kaiserstraße
Südallee
St.-Barbara-Ufer
Barbarathermen
Südallee
Das Bad an den Kaiserthermen
Polizei
Oleviger Straße
Friedrich-Wilhelm-Str.
Gilbertstraße
Eberhardstraße
Alter Juden-friedhof
Gerberstraße
Speestraße
An den Kaiserthermen
Spitzmühle
Am Kastell
Nikolausstraße
Saarstraße
Löwenbrückenerstr.
Europäische Rechtsakademie
Luxemburger Straße
Saarbrücker Straße
Am Herrenbrünnchen

Freitagabend

Es gehörte zum Spiel und er hatte sich freiwillig darauf eingelassen. Das musste er sich manchmal vor solchen Terminen in Erinnerung rufen, um sich zu motivieren. Thomas Bröding fuhr seinen Wagen, der seit der Stadtgrenze von Bitburg nur vom Elektromotor angetrieben wurde, mit einer solchen Selbstverständlichkeit auf das Ausstellungsgelände, dass ihn die Wachposten an der Zufahrt anstandslos passieren ließen. Ein paar Besucher hasteten durch den Regen zum Ausgang. An einem Autotransporter wurde es so eng, dass er den Außenspiegel auf der Fahrerseite einklappen musste. Ein Stück weiter sah er den Wagen mit dem Kennzeichen BIT 2000, den Dienstwagen des Landrats. Er parkte direkt daneben, zwischen zwei kastenförmigen Heizgebläsen, von denen dicke Schläuche ins Zelt führten. Für die wenigen Meter an den auf Hochtouren brummenden Geräten vorbei brauchte er keinen Schirm.

Am Eingang des riesigen Zeltes musste er stehen bleiben, weil seine Brille beschlug. Über die Lautsprecher war der Stadtbürgermeister zu vernehmen. »… wünsche ich dem diesjährigen Markt mit seinen vielen Innovationen, dem Angebot von Handel und Gewerbe, allen Ausstellern und den vielen …«

In der feuchtwarmen Luft klebte Stallgeruch. Während Thomas Bröding ein paar Atemzüge lang beobachtete, wie die Brille in seiner Hand weiter beschlagen blieb, nahm er wahr, dass der Geruch von Rindern stammte. Und von diesen waren schon einige in den Holzverschlägen untergebracht, als er über den mit Sägespänen bedeckten Bretterboden daran vorbei zu der Gruppe vor dem Rednerpult schritt. Die Viehauktion sollte morgen früh beginnen. Heute trafen sich hier Aussteller und Offizielle zur Eröffnungsfeier.

»… vom vielfältigen Angebot der Rinder-Union, von dem Sie sich heute Abend hier einen ersten …«, schallte es aus den Lautsprechern.

Vor dem Podium, wo morgen der Auktionator das Vieh versteigern und eine Jury die besten Bullen prämieren sollte, stand, nur zum Teil besetzt, eine Reihe Stühle. An den Stehtischen dahinter hielten sich die meisten Besucher auf. Es waren nicht mehr als hundert, wie Thomas schätzte. Von einem ihm angereichten Tablett nahm er sich ein Glas Bier und ging bis zu den vordersten Tischen, an denen sich die Vertreter der Politik tummelten.

»… ich danke allen Beteiligten, die sich wieder sehr engagiert und ein großartiges Programm für diese Leistungsschau auf die Beine gestellt haben.« Damit schloss der Stadtbürgermeister seine Ansprache und erntete höflichen Applaus, unter den sich einige Huster und das Brüllen einer Kuh mischten.

Der Regen hatte wieder zugenommen und trommelte auf das Zeltdach.

Thomas trank einen großen Schluck, und kaum hatte er das Glas abgesetzt, verspürte er einen leichten Schlag am Schulterblatt.

»Seid ihr da unten im Moseltal schon am Absaufen, dass du dich hier rauf zu uns flüchten musst?« Der Landrat stand neben ihm.

»Die Mosel ist schon ziemlich hoch, steigt schnell und es gießt weiter.« Thomas deutete zum Zeltdach, bevor er die Hand des Landrates ergriff und dessen festen Händedruck erwiderte.

»Komm mit an unseren Tisch … oder willst du dich drüben zu dem besoffenen Arschloch gesellen?«

Auch der zweite freundschaftliche Klaps des Landrats auf Thomas' Schulter dürfte vielen der hier Versammelten nicht entgangen sein. Die wenigen der Anwesenden, die noch nicht wussten, wer Thomas war, mussten sich unweigerlich fragen, mit wem der Landrat einen solch jovialen Umgang pflegte.

»Wenn man vom Teufel spricht.«

Klaus Holtzer stellte sein Bierglas so fest aufs Podium, dass es übers Mikrofon durchs ganze Zelt zu hören war.

»Guten Abend, liebe Besucher und Freunde«, sein wie immer leicht heiser wirkender Bass dröhnte überlaut durchs Zelt. »Ich freue mich …«

Im Schlepptau des Landrates schüttelte Thomas hier eine Hand, nickte da jemandem zu oder hob eine Hand zum Gruß, während Holtzer mit den Armen gestikulierend von geballter Leistungskraft, Synergieeffekten, wirtschaftlichem Schub und den sonstigen Vorteilen sprach, die der diesjährige Markt den Ausstellern, Besuchern und der Region bringen sollte. Wie immer nutzte er seinen Auftritt, um noch ein paar Sätze zum aktuellen Stand des Bioenergie Südeifel Technologiepark, abgekürzt BEST, loszuwerden.

Ein Fotograf, der genug Fotos vom Redner geschossen hatte, widmete sich nun der Runde des Landrates, zu der, neben dem Stadtbürgermeister, ein Staatssekretär, Abgeordnete, Banker und Vertreter von Verbänden und aus der Privatwirtschaft gehörten.

Am Rednerpult bat Holtzer das Publikum um Aufmerksamkeit für eine letzte Bemerkung über das Großprojekt, eine Kombination aus Pumpspeicherwerk, Solarpark, Biogas- und Windanlagen mit einem Investitionsvolumen von vierhundert Millionen Euro. Seit Jahren versuchte er zusammen mit dem zwielichtigen Projektleiter Damian Lutton, ein Mann mit angeblich besten internationalen Beziehungen, der sich um Investoren für den Energiepark bemühte, Geldgeber aus irgendeinem Land, von den britischen Inseln bis Fernost, zu gewinnen.

Die genervten Huster aus dem Publikum nahmen zu. Irgendwo an einem Stand verlor ein Handwerker die Geduld und begann an einem noch unfertigen Stand zu hämmern und auch eine Kuh konnte nicht mehr an sich halten und brüllte ihren Unmut heraus, während Holtzer die wirtschaftliche Zukunft der Region in den buntesten Farben schilderte.

»Der kommt von einer Schnapsprobe in Meckel«, flüsterte ihm der Landrat zu. »Der Marco musste ihn herfahren.«

Meckel lag nicht weit von Idesheim auf der anderen Seite der B 51. Für die meisten der anderen Orte, insgesamt waren es mehrere Hundert in den drei Landkreisen des Eifelkreises, musste Thomas sein Navi bemühen.

Der Redner legte noch einmal Nachdruck in seine Stimme. »… darf ich Sie herzlich begrüßen und willkommen heißen!« Holtzer hob sein Glas und prostete dem Publikum zu.

Während Thomas, wie die meisten am Tisch, sein Glas hob und Holtzer zuprostete, trafen sich ihre Blicke. In dem kurzen Moment verspürte Thomas, wie die Überraschung bei seinem Gegenüber in einen Ausdruck wechselte, als stelle er sich die Frage, was der Bröding denn schon wieder hier verloren habe.

Holtzer hatte in seiner Funktion als Bezirksvorsitzender des Bauernverbandes gesprochen. Am Tisch, zu dem er nun zurückging, standen überwiegend Kollegen aus der Region und jemand, den Thomas für den Vertreter der Molkerei hielt, vielleicht war es auch ein Landmaschinenhändler. Die Kluft zwischen dieser Fraktion und den Leuten an seinem Tisch war unübersehbar. Erst beim zweiten Blick sah Thomas den Mann, den er bisher nur von Bildern aus der Zeitung kannte. Damian Lutton hatte sich bisher selten öffentlich blicken lassen. Meist war nur etwas aus der Zeitung über seine Aktivitäten zu erfahren. Mal war es ein chinesischer Investor, mal ein von der Rezession verschonter isländischer Industrieller, der hunderte Millionen für das Großprojekt BEST in Aussicht stellte. Fristen wurden angekündigt, in denen ein Vertrag unter Dach und Fach sein sollte, diese wurden verlängert, um letztlich ergebnislos zu verstreichen. Längst war der Optimismus auch bei den vormals glühendsten Anhängern des Projektes der Ernüchterung gewichen. Kürzlich wurde zwar ein neuer Investor als Heilsbringer in Aussicht gestellt, ein angeblich schwerreicher Finanzier, der die Chancen erkannt hatte, die der Energiepark BEST bot. Aber diese Meldung hatte nur noch Häme in der Presse geerntet.

Für einen Moment überlegte Thomas, hinüber zu Damian Lutton zu gehen. Doch als er wieder hinsah, war der selbsternannte Investorbeschaffer verschwunden.

Thomas trank sein Glas leer und schlenderte auf der Suche nach den Toiletten an einem Verschlag vorbei, in dem eine Kuh mit ihrem Kalb untergebracht war. Die Kuh reckte ihren großen Kopf über das Gatter. Thomas blieb stehen und streichelte ihr über die Stirn bis zu den Hörnern. Auch ein Eifeler Dickschädel, dachte er.

Die Landwirte hatten bisher die treue Basis von Holtzers Anhängerschaft gebildet. Ihre Zahl war mit den Jahren deutlich geringer geworden und damit auch ihr Einfluss. Dennoch hatte Holtzer bei der letzten Abstimmung um den Spitzenplatz im Landtagswahlkampf seine Kontrahentin weit hinter sich gelassen. Diese würde kein weiteres Mal gegen ihn antreten. Und ernst zu nehmende Konkurrenten unter sechzig Jahren waren nicht in Sicht.

»Darf ich vorstellen, das sind Yvonne und ihre Paula.« Ein kaum ein Meter sechzig großer Mann war herangekommen.

»Angenehm, ich bin der Thomas«, er nickte den Tieren zu und reichte dem Bauern mit den pfiffigen braunen Augen die Hand. »Thomas Bröding. Heißt sie wirklich Yvonne?«

»So wahr ich der Öko-Karl bin.« Der Mann wischte sich die Hand an seiner Cordhose ab, bevor er in die von Thomas einschlug. »Warum interessieren Sie sich für die Kühe? Wie ein Viehhändler sehen Sie nicht aus.«

Thomas lachte. »Wonach denn?«

»Na, wenn Sie so fragen.« Der kleine Mann grinste. »Eher wie einer, der Versicherungen oder so verkauft.«

»Mein Job beginnt erst, wenn die Versicherung nach dem Schadensfall Zicken macht.«

»Sachverständiger?«

»Rechtsanwalt.«

»Und Politiker«, ergänzte Öko-Karl, der seinen Nachnamen nicht genannt hatte.

»War nur Spaß. Ich habe Sie schon in der Zeitung gesehen.« Karl tätschelte den Hals der Kuh. »Das Mädchen wird nicht verkauft. Sie und Paula gehören zur Streichelabteilung.«

Zehn Minuten später kannte Thomas die Nöte des Bauern, der für den Liter Milch zwar zehn Cent mehr bekam als seine konventionell wirtschaftenden Kollegen, aber dennoch einen harten Existenzkampf führen musste, um seinen Hof über Wasser zu halten.

Thomas hörte zu. Das tat er, seitdem er hier in der Südeifel unterwegs war ... und er hatte schon viel darüber erfahren, was die Menschen bewegte.

Der Regen hatte weiter zugenommen. Das Prasseln gemahnte ihn an ein dringendes Bedürfnis, dem er nachkommen wollte. Er wies zum Zeltdach: »Den Daiwel soll et hullen.«

»Et Weeda ass wie et ass«, kommentierte der Öko-Karl.

»Et as beschass«, komplettierte Thomas den Luxemburger Spruch, der längst auch jenseits der Grenze hier in der Eifel verwendet wurde, und wandte sich zum Gehen. »Da' je.«

Im WC-Container prasselte der Regen auf das Blechdach. Während er am Urinal stand, sah Thomas auf seine Uhr. Es war schon später, als er angenommen hatte.

Jemand war hereingekommen, stellte sich neben ihn und bald war ein kräftiger Strahl im Becken zu hören.

Auf dem Weg zum Waschbecken zog Thomas den Reißverschluss seiner Hose hoch.

»Auch mal wieder in der Eifel unterwegs?« Der belegte Bass war unverkennbar.

Während Thomas sich kaltes Wasser über die Hände laufen ließ, überlegte er, was er antworten sollte.

»Redst du net mehr mit mir?«, setzte Holtzer mit erhobener Stimme nach.

»Ich denke, es ist auch Ihnen nicht entgangen, dass ich hier wohne.« Thomas drückte auf den Seifenspender.

»Du meinst doch nicht, das funktioniert so einfach.«

»Wir scheinen ja zusammen in dieselbe Schule gegangen zu sein oder woher kommt das Duzen?«

Der bullige Mann fuhr mit seinem Lamento fort. »Man zieht hierher und ist Knall auf Fall ein Eifeler?«

»Hab' ich das behauptet?«, fragte Thomas in ruhigem Ton.

»Lavieren und aalglatte Sprüche reichen hier oben net. Hier muss man schon Farbe bekennen. Hier wird Tacheles geredet.« Holtzer war noch lauter geworden.

»Danke, werde ich mir merken.« Thomas' Stimme klang gelangweilt, während er Papier aus einem Spender zog.

»Du brauchst net zu meinen, ich wüsst' nicht, was ihr vorhabt«, rief Holtzer. »Das haben schon andere versucht.«

»Dann ist es ja gut.« Thomas warf das Papier in einen Korb und ging zur Tür, die ihm Öko-Karl aufhielt. Der kleine Mann knipste ihm ein Auge.

Durch den strömenden Regen war Thomas mit gesenktem Kopf fast an seinem Wagen vorbei gelaufen; an das Bitburger Kennzeichen musste er sich noch gewöhnen.

»Du bist schon wieder weg?« Es war der Landrat, der hinter ihm herrief.

Thomas wartete, bis der Landrat ihn einholte und seinen Schirm über ihn hielt.

»Ich hab' noch in Trier zu tun«, antwortete Thomas. Den Vorfall auf dem Klo erwähnte er nicht. »Und du?«

»Auch noch keinen Feierabend.« Sein Gegenüber schaute zu seinem Fahrer hinüber, der ausgestiegen war und nun im Regen stand, um ihm die Tür aufzuhalten. »Da' je.«

Wenig später fuhr Thomas auf die B 51. Die angespannte Hochwasserlage an der Mosel war inzwischen selbst im Deutschlandradio ein Thema. Die Mosel steuerte auf ein Hochwasser zu, das alle bisherigen Pegel zu überbieten drohte. Er schaltete den Sender aus, wählte *Arriving somewhere but not here* von *Porcupine Tree*, drehte die Musik auf und gab Gas. Längst war der Sechszylinder angesprungen und gesellte den knapp 100 PS des Elektromotors weitere 333 hinzu. Sein Sohn hatte ihm die CD zum vorletzten Geburtstag gebrannt. Als der Tacho an der Abfahrt Speicher 180 anzeigte, drehte er den Ton noch lauter und trat das Gaspedal durch. Die Elektrogitarren füllten das Auto bis zum Bersten, dazu hämmerte Thomas den Rhythmus aufs Lenkrad. Die Scheibenwischer liefen auf Hochtouren und konnten dennoch weder mit dem schnellen Bass noch mit dem Regen mithalten.

Auf der langen Geraden an der Abfahrt Idesheim flog er an einem Lkw-Konvoi vorbei. Die entgegenkommenden Lichter waren noch weit weg, als er spürte, wie der Wagen die Bodenhaftung verlor. Würde er sich nebenan auf dem Acker fünf- oder zehnmal überschlagen? Landete sein Auto zuletzt in einem langen Bogen auf dem Dach, das ihm das Genick brechen würde, oder wurde er vorher herausgeschleudert und erst später, wenn Feuerwehr und Krankenwagen längst eingetroffen waren, mit verdrehten Gliedern im Matsch gefunden? Er nahm sachte das Gas weg, während ihm die Lichter auf seiner Spur unbarmherzig entgegen kamen. Die Lücke zwischen den letzten beiden noch zu überholenden Lastwagen vor ihm war zu klein und sein Überschuss an Geschwindigkeit noch viel zu hoch, um dort einscheren und rechtzeitig bremsen zu können. Sie fuhren höchstens neunzig und er hatte noch hundertfünfzig Sachen drauf.

Es war ein lächerlicher Tod … für einen wie ihn, der alles so genau im Voraus plante, kaum etwas dem Zufall überließ, diszipliniert, besonnen und verantwortungsbewusst immer seine Ziele vor Augen hatte. Er umklammerte das Lenkrad und gab Gas. Die Bremslichter des Sattelschleppers leuchteten auf, als er vorbeirauschte. Über den auf ihn zurasenden Scheinwerfern wurden nun zwei kleinere Lichter erkennbar. Ebenfalls ein LKW.

Die Straße war nicht breit genug, um mit dem Wagen zwischen zwei Lkws hindurch zu kommen. Thomas' Wagen erreichte das Fahrerhaus, wo er die in die Höhe geworfenen Arme des Fahrers sah. Das Gaspedal durchtretend, die Hände ans Lenkrad gekrallt, die Angst herausschreiend, sah Thomas mit weit aufgerissenen Augen, wie der Lastwagen frontal auf ihn zuraste. Das Tuten des Horns hatte längst die Oberhand über den Rocksound gewonnen … und dann scherte er zentimeterknapp nach rechts ein. Der Wagen schleuderte zum rechten Straßenrand, Wasserlachen aufstiebend, brach hinten aus, schlingerte zum Mittelstreifen und fing sich, kurz bevor er die Kurve am Kloster Helenenberg nehmen musste.

An der roten Ampel auf der Römerbrücke nahm Thomas sich vor, den Titel von vorhin nie wieder im Auto zu hören. Er hatte plötzlich einen trockenen Mund. Sein linkes Knie zuckte, wie er es zuletzt als nervöser Fahrschüler erlebt hatte. Selbst als er die Handbremse gezogen hatte, schien der Wagen zu wackeln. Konnte es sein, dass die uralte Brücke nicht mehr lange der gewaltigen Flut standhalten würde?

Auf dem Parkplatz im Hof des Büros hielt er sich nicht damit auf, den Wagen an das Ladegerät für die Batterie anzuschließen. Er war froh, als er im warmen und trockenen Haus war und bald darauf Isa in die Arme schloss.

Das regelmäßige Geräusch aus ihrem Traum dauerte an, als sie die Augen öffnete. Es kam nicht von ihrem Festnetzanschluss und auch nicht von ihrem Handy.

Mitten im Ton brach das Klingeln ab.

»Ja!« Er räusperte sich.

Das Licht blieb aus. Draußen platschte der Regen in die Pfützen. Es war eine Frauenstimme. Sie schien sanft zu sprechen.

»Nein, ich mache bald Schluss«, sagte er, »ich bin müde.«

Sie spürte den Schweiß auf ihrem Rücken, wo er sie umarmt hatte. Sie schob einen Fuß unter der Bettdecke hervor.

»Ich komme bald … oh … die Brücken sind noch frei … ja, ich bin vorsichtig … leg dich wieder hin.«

Sie schloss die Augen, als er das Telefon auf den Nachtschrank legte.

»Sie macht sich Sorgen, weil es bei uns in Strömen gießt …« Er hatte seinen neuen Wohnsitz bereits so verinnerlicht, dass er selbst bei ihr darüber sprach, als sei es schon seine Heimat. Er blieb wohl aus Rücksicht neben ihr liegen, weil er gerade mit seiner Frau gesprochen hatte.

Er drehte sich wieder zu ihr und legte einen Arm über ihrer Taille. Beide schwiegen.

Nach einer Weile fragte sie: »Woran denkst du?«

»An Umberto Eco als Kind in Uniform mit dem Arm zu einem Hitlergruß gereckt.«

»Hmh.«

»Da war er vielleicht zehn Jahre alt.«

»Erstaunlich …«

»Finde ich nicht, er war leicht beeinflussbar wie alle Kinder.«

»Das meine ich nicht. Es ist erstaunlich, wie verschieden Frauen und Männer ticken. Ich bin noch ganz von dir erfüllt … und du denkst …« Sie stockte. »Du musst los.« Die Worte konterkarierend drehte sie sich um und schmiegte ihren Kopf an seine Brust. Sein Herzschlag verlangsamte sich, als sie die Hand über sein Ohr legte.

Wenn sie geschlafen hatte, konnte sie die Uhrzeit nicht einschätzen. Es war sicher schon weit nach Mitternacht, er hatte noch etliche Kilometer zu fahren, und in ein paar Stunden musste er schon wieder aufstehen. Jeden Morgen brachte er seinen Sohn zur Schule, bevor er in die Kanzlei oder zum Gericht musste. Nein, morgen war Samstag und außerdem hatte sein Sohn schon seit über einem Monat den Führerschein. Wenn das Wetter es nur irgendwie zuließ, fuhr er mit einer Enduro in die Stadt. Thomas kam wohl nicht umhin, dem Sohnemann einen Kleinwagen zu kaufen. Die Fahrten mit dem Bike waren viel zu gefährlich.

Ihre Gedanken glitten ab. Sie durfte jetzt nicht wieder einschlafen … Ihre freie Hand streifte seinen Bauch hinunter. »Du musst los.«

»Ja.« Dabei dehnte er das A, während er sich auf die Seite drehte und auf dem Weg zur Bettkante auf ihr inne hielt, nur vermeintlich, wie sie bald verspürte. Er beugte sich zu ihr herunter. Seine Bartstoppeln streiften ihre Wange.

Sie genoss jede Minute mit ihm und dachte nicht weiter als bis zum nächsten Tag.

Erst unten in der Kanzlei schlüpfte Thomas in seine Schuhe, deren glatte Sohlen sich nicht dazu eigneten, auf einer gefrorenen Straße der Eifel aus dem Auto steigen zu müssen, falls ihm auf der nassen Strecke, wie die Formel 1-Piloten so schön sagten, die Straße ausgehen würde. Das Erlebnis von vorhin hatte er kurzfristig verdrängen können.

Er stellte das Festnetztelefon, das er zu Isabelle mitgenommen hatte, auf die Ladestation in seinem Büro, fuhr den Rechner herunter und warf einen schnellen Blick in den Spiegel im WC. Sein Hemd war korrekt zugeknüpft, die wirren Haare konnten auch von der Schirmmütze herrühren, die er gleich tragen würde. Auf dem Weg zum Ausgang besann er sich anders und ging, ohne Licht zu machen, ins Sekretariat. Hinter dem gardinenlosen Fenster sah er ein Taxi, Gischt versprühend vorbeisausen. Eine emotionslose Maschinenstimme verkündete in den dunklen Raum, dass der Anrufbeantworter aktiviert wurde.

Der Regen plätscherte in die Pfützen, tropfte von den Rändern des Vordachs und der Abdeckung auf der hohen Mauer auf das Pflaster. Winziger Graupel perlte über den dunklen Lack des Porsche Panamera.

Ein kalter Windstoß blies Thomas den Regen ins Gesicht. Er hatte den Schal an der Garderobe hängen lassen, doch nun war er schon am Auto angelangt. Mit der Linken betätigte er am Autoschlüssel die Fernbedienung. Während er sich nach unten zu dem nassen Türgriff beugte, wähnte er auf einmal jemanden hinter sich.

»Isa?«

Ein dicker kalter Tropfen traf seinen Nacken. Seine Hand war noch zu der Stelle am Hals unterwegs, als er wie eine Marionette, deren Fäden gekappt wurden, zusammenbrach.

Er sah auf dunkle Steine in einer Pfütze und auf einen Schuh, der zuckte. Draußen auf der Straße fuhr ein Wagen vorbei.

Er konnte hören und sehen, sonst nichts, nicht einmal seine Augen schließen, alles Körpergefühl war weg. Es schien sein eigener Fuß zu sein, der sich ohne sein Zutun bewegte.

War er Opfer eines Überfalls, hatte ihn ein herabgestürzter Ast getroffen oder war sein Auto vom defekten Akku des Elektoantriebs unter Strom gesetzt worden?

Womöglich sah Isa aus dem Fenster oder seine Schockstarre löste sich. Befand er sich in einem Wachkoma oder war er schon tot und nur sein Gehirn verfügte noch über einen Rest Energie?

Waren Sekunden oder bereits Minuten vergangen? Blutete er aus einer Wunde, die er nicht fühlte? Sah er nun den

Tunnel, wie in Berichten von Nahtoderfahrungen beschrieben, oder eine Rückschau auf sein Leben?

Was er sah, kam ihm unscharf vor. Wie lange würde er die Kälte hier auf dem Boden überstehen? War schon lange kein Wagen mehr auf der Straße vorbeigefahren oder hatte auch sein Gehör ausgesetzt? Würde er schmerzlos einschlafen, wenn sein Körper auskühlte? Wann hatte er seine nächsten Termine? Hatten sich seine Lider geschlossen oder war die Straßenbeleuchtung erloschen …?

Samstag

Als Walde erwachte, hörte er Annika husten. Beim Hinausgehen schloss er die Tür des Schlafzimmers hinter sich, damit Doris und die kleine Mathilda nicht geweckt wurden. Nebenan im Zimmer quälte sich seine sechsjährige Tochter mit einem weiteren Hustenanfall. Ein leichter Duft von hustenlindernden ätherischen Ölen hing in dem Raum. Er setzte sich neben Annika, um ihr in eine sitzende Position zu verhelfen. Doch das hatte sie schon selbst getan, während sie, wie es ihm schien, auch freier husten konnte als in den letzten Tagen. Auf das Glas mit Tee, das er ihr reichte, reagierte sie nicht. Als der Hustenanfall vorbei war, legte sie sich hin und schlief weiter.

Walde blieb noch auf der Bettkante sitzen und atmete den Duft der ätherischen Öle ein, während er ein paar frische Tropfen auf das Tuch auf der Heizung träufelte. Bevor er Kinder hatte, bereitete ihm mancher Fall nachts oft stundenlange Grübeleien. Jetzt zählte nur noch jede Minute Schlaf. Zurück in seinem Bett lauschte er den regelmäßigen Atemzügen von Doris und der zweijährigen Mathilda. Sobald seine Füße wärmer wurden, schlief er wieder ein.

Grabbe lehnte am nassen Geländer der Einfahrt. Es war ihm viel zu übel, um sich Gedanken darüber zu machen, ob der Rost des Schmiedeeisens seine Jacke färbte. Am liebsten hätte er sich in sein Auto gesetzt, aber bis dahin glaubte er es nicht mehr zu schaffen.

Er hatte den Wagen vorhin um die Ecke in der Hindenburgstraße abstellen müssen, weil Notarzt, Krankenwagen und Streifenwagen die Allee blockierten, auf der sich die morgendliche Rushhour bereits ankündigte, während das Morgengrauen noch auf sich warten ließ. Als er das Telefon unter der Kapuze an sein Ohr hielt, tropfte der Regen in den Ärmel des Parkas.

Sobald Walde hier wäre, würde er wieder nach Hause fahren. Aber der ging auch beim vierten Versuch nicht ans Telefon. Nun probierte Grabbe es in seiner Verzweiflung bei Gabi. Seine Kollegin verwies ihn in harschem Ton darauf, dass ihr Dienst erst wieder in der kommenden Woche begann. Der Ärger darüber lenkte ihn einen Moment von der Übelkeit ab.

Und dann war Sattler mit seinen Leuten von der Kriminaltechnik da. Grabbe brauchte nur mit einer Handbewegung den Weg zu weisen und beobachtete dann, wie die Kollegen in den hellen Schutzanzügen die Zufahrt und den Hof untersuchten, Licht anbrachten und ein Zelt über dem Tatort errichteten. Nach dem Blut zu urteilen handelte es sich beim Fundort des Toten auch um den Tatort, soweit war sich Grabbe sicher, auch wenn er die Leiche nicht näher hatte in Augenschein nehmen können. Zu plötzlich hatte ihn der Zustand wieder gepackt, den er überwunden zu haben glaubte.

Auch wenn er für gewöhnlich nicht an Wunder glaubte, so grenzte die plötzliche Wandlung, die er durchlebt hatte, daran, nachdem er aus einem brennenden Wagen gerettet worden war. Fast alle Empfindlichkeiten und Ängste, unter denen er bis dahin gelitten hatte, waren wie weggeblasen. Zuerst hatte er es nicht glauben wollen. Dann hatte er sogar damit begonnen, die Grenzen auszureizen. Wie weit sich sein Mut und seine Selbstsicherheit in kürzester Zeit entwickelt hatten, war geradezu phänomenal. Bis dahin hatte schon eine etwas rasantere Autofahrt bei ihm Übelkeit ausgelöst, von einer Fahrt im Polizeiboot über die Mosel ganz zu schweigen. Das alles war kein Problem mehr. Er war sogar, was seine Frau kaum fassen konnte, mit ihr übers Wochenende nach London geflogen, scheute beim Autofahren nicht vor gewagten Manövern zurück und ging kaum mehr einer der Situationen aus dem Wege, die er früher tunlichst gemieden hatte. Dazu hatte auch eine Achterbahnfahrt im Vergnügungspark gehört, nach der er sich gleich wieder in der Schlange angestellt hatte, um seinem Körper noch einmal diesem extremen Gefühl auszusetzen, das ihm am Schluss sogar Spaß bereitet hatte. Auch wer nicht daran glaubt, ist dazu bereit, ein Wunder anzunehmen.

Sollte das alles nun von einer Sekunde zur anderen wieder vorbei sein?

»Guten Morgen!« Dr. Hoffmann stand vor ihm.

»Bisher konnte ich noch nichts Gutes daran finden«, grummelte Grabbe.

»Warten wir's ab.« Vom Schirm des Gerichtsmediziners tropfte Wasser auf Grabbes Parka. »Alles in Ordnung?«

»Es geht.«

»Gut, dann kümmere ich mich mal um den Toten!« Dr. Hoffmann wandte sich dem Zelt zu, von dessen Dach Blitzlicht reflektiert wurde. Während er sich Überzieher aus transparentem Kunststoff über die Schuhe zog, stützte sich der Gerichtsmediziner an der Ecke des Hauses ab.

Grabbe atmete tief durch, als er zögerlich zum Tatort zurückkehrte, wo er in gebührendem Abstand stehen blieb und beobachtete, wie Dr. Hoffmann Sattler seinen Schirm reichte, bevor er neben dem Opfer in die Hocke ging. Hoffmanns Rücken verdeckte Grabbe die Sicht auf den Oberkörper des Toten. In der aufkommenden Morgendämmerung war die große Blutlache deutlicher zu erkennen. Es schien Grabbe die mit Abstand größte, die er bisher sehen musste. Der Regen hatte seinen Teil dazu beigetragen, sie soweit auszubreiten und zu verdünnen, dass sie sich neben dem Baldachin der Spurensicherung unter dem dunklen Wagen verlor, dessen Fahrertür immer noch offen stand.

Gegenüber auf der hohen Mauer erschien ein Kopf. Ein Junge schaute neugierig durch den Maschendrahtzaun. Grabbes abwehrende Handbewegung ignorierend, ließ er den Blick über das Treiben in der Einfahrt schweifen, stutzte einen Moment, verzog dann angewidert das Gesicht. Der Kopf tauchte wieder ab.

Wenige Sekunden später erschien der nächste und ein Handy wurde durch den Zaun gestreckt.

»Schluss jetzt, runter da!«, rief Grabbe. »Sonst komme ich rüber!«

Der Kopf verschwand wieder.

»Zick, zack, Bullenpack! Zick, zack, Bullenpack!«, wurde aus mehreren Kehlen skandiert. Es folgten Gelächter und Getrappel von schnellen Schritten, die sich entfernten.

Diesen Spruch hatte er schon viele Jahre nicht mehr gehört.

»Schöne Scheiße!«

Grabbe zuckte zusammen.

»Hätte das nicht Zeit bis Montag gehabt?«, fragte Gabi, die neben Grabbe stehen geblieben war, von wo sie einen freien Blick auf die Leiche zu haben schien.

»Guten Morgen, entschuldige, ich hatte ... mir war nicht so gut ... und Walde war auch nicht zu erreichen«, stammelte Grabbe.

»Was ist mit Burkhard?«, fragte Gabi. Burkhard Decker war kurz vor der Geburt ihres Sohnes und des sich anschließenden Elternurlaubs zur Mordkommission gestoßen.

»Hat Urlaub und ist auf einer Radtour.«

»Bei diesem Wetter?«

»Auf Mallorca.«

»Ach so, und bis wann?«, fragte sie.

»Ich glaube, bis Ende nächster Woche, aber wir versuchen, ihn zu erreichen.«

»Schöne Scheiße. Übrigens habe ich Walde mitgebracht.« Sie deutete auf die dunkle Verfärbung auf dem Pflaster. »Ist das alles nur von dem einen da?«

»Was meinst du?«

»Das Blut.«

»Sieht ganz danach aus.« Dr. Hoffmann, der Gerichtsmediziner, stützte sich am Kotflügel des Wagens ab, während er sich schwerfällig erhob. »Hallo Gabi! Wieder im Dienst? Was macht der Sohnemann?« Er reichte ihr eine Brieftasche. »Das hatte der Tote in der Manteltasche.«

»Wächst und gedeiht. Und mein Dienst beginnt eigentlich erst in der nächsten Woche wieder.« Sie reichte das Portemonnaie an Walde weiter, der zusammen mit einem uniformierten Polizisten herangekommen war.

»Entschuldige, ich habe das Telefon nicht gehört«, sagte Walde zu Grabbe, während er im Fach vor den Geldscheinen

einen Ausweis entdeckte. »Thomas Bröding,« las er. »Wohnt in Idesheim. Was hat er hier gewollt?«

»Er hat hier im Haus seine Kanzlei«, antwortete Grabbe. »Der Wagen ist auf ihn zugelassen.«

»Das scheint der Tote zu sein«, Hoffmann wischte die Regentropfen vom Passbild.

»Er ist auf recht ungewöhnliche Weise gestorben.«

»Die haben wir gefunden.« Sattler hielt einen durchsichtigen Beutel mit einer Patrone in die Höhe. »9 mm, blaue Markierung.«

»Die Farbe passt.« Hoffmann schaute hinunter zu den Überzügen auf seinen Schuhen, unter denen vom Blut gefärbte Rinnsale in die Fugen des Pflasters liefen.

»Wie bitte?«

»Die blauen Kartuschen werden für schweres Vieh eingesetzt.«

»Ich verstehe nur Bahnhof.« Gabi schüttelte den Kopf.

»Genau, die Eintrittstelle im Nacken ist ungewöhnlich, normalerweise wird der Apparat im Stirnbereich angesetzt …«

»Soll das heißen, Bröd … dings wurde mit einem Bolzenschussgerät umgebracht?«

»Von einer suizidalen Handlung kann nicht ausgegangen werden, denke ich mal, sonst wäre die Tatwaffe noch hier.«

»Wer schießt sich schon ins Genick?«

»Das ist schon vorgekommen«, korrigierte sie Hoffmann, »ich hatte schon mal, das ist wirklich lange her, einen Metzger – oder war es ein Bauer? –, der sich mit ähnlicher Schussbeibringung in die ewigen Jagdgründe befördert hat. Bei diesem Gerät wird keine Kugel abgefeuert, sondern das Gehirn mit einem Bolzen penetriert.« Er streifte die Überschuhe ab. »Falls es über Nacht keine weiteren Anfragen gab, komme ich heute noch zur Obduktion.«

»Wie lange ist er schon tot?«, fragte Walde.

»Nicht leicht zu sagen, fünf bis maximal acht Stunden dürfte der Todeszeitpunkt her sein.«

Nebenan ertönte ein lang anhaltendes Klingeln, das Walde, obwohl er es viele Jahre nicht mehr vernommen hatte, gleich wieder vertraut vorkam.

»Also zwischen Mitternacht und drei Uhr früh«, sagte er. Walde ließ Hoffmann vorbei, bevor er sich dem Hauseingang zuwandte, blieb dann aber stehen und besann sich. Die Klingel, es schien immer noch dieselbe zu sein, hatte bei ihm den gleichen Bewegungsreflex ausgelöst wie früher, als er das Hindenburg-Gymnasium besucht hatte, das nun in Humboldt-Gymnasium umbenannt worden war.

»Diese Audio-CD hat Bröding zuletzt gehört.« Sattler reichte ihm eine silberne Scheibe in der Folie.

»Was soll ich damit?«

»Hey, hey, was soll das, Kamera aus!« Der Kriminaltechniker richtete beide Handflächen in abwehrender Haltung in Richtung Mauer. Oben auf dem Sims war auf den ersten Blick nur eine große Kamera zu sehen, deren Objektiv an den Maschendrahtzaun gedrückt wurde. Die Kamera verschwand, um ein paar Sekunden später, einen Meter entfernt, wieder aufzutauchen. Von dort versprach sich der Kameramann wohl eine bessere Sicht auf das Opfer.

»Jetzt ist aber Schluss!« Sattler ging zur Mauer und hielt das Klemmbrett mit seinen Notizen vor die Kamera.

»Da steht Bröding«, ließ sich der Kameramann vernehmen, während er weiter das Objektiv auf die Notizen richtete. Er schien diese Infos an eine zweite Person hinter der Mauer weiterzugeben.

»Kacke!« Sattler drehte das Klemmbrett um, weil die Aufzeichnungen nass wurden.

Der Mann mit der Kamera verschwand.

Augenblicklich stürmte Gabi los und folgte Grabbe, der die Einfahrt runter zur Straße rannte. Während ihr Kollege auf dem Bürgersteig blieb, kürzte sie über die aufgeweichte Wiese vor der Synagoge ab und holte Grabbe an der Ecke der Schule ein.

Beide schauten schnaufend dem zitronengelben Smart hinterher, auf dem das Logo von *Tele Mosel* prangte.

Nachdem es erneut geklingelt hatte, kam nebenan vor dem Tor zum Schulhof Bewegung in eine Gruppe Jugendlicher. Einige entsorgten ihre Zigaretten im Aschenbecher an der Bushaltestelle und bewegten sich Richtung Schulhof. War der Knabe, der ihn im Vorbeigehen angrinste, nicht derjenige, den er vorhin auf der Mauer gesehen hatte? Grabbe war sich nicht ganz sicher. Wahrscheinlich hatte er das Foto vom Handy gleich an *Tele Mosel* weitergesendet. Wer weiß, wo der grausige Anblick demnächst noch im Netz zu sehen sein würde. Aber darum konnte Grabbe sich nicht kümmern, sie hatten einen Mord aufzuklären. Er war froh, die Schwächephase von vorhin überwunden zu haben.

Zurück in der Einfahrt zur Villa stampfte Gabi kräftig auf, um ihre Schuhe von den hartnäckig haftenden Lehmbrocken zu befreien. »Ich dachte, samstags haben die Schulen geschlossen?«

»Haben sie auch«, bemerkte Grabbe. »Nur heute wird irgendein Tag ausgeglichen. Ich glaube, der Fastnachtsdienstag, für den kein beweglicher Ferientag mehr zur Verfügung stand.«

»Wer von euch möchte mit hochkommen?«, fragte Walde, der an der Haustür unter einem von Säulen gestützten Vordach gewartet hatte. »Zu Frau …«, er beugte sich zu den beiden Schildern an der Klingel hinunter.

»Isabelle Neumann«, half Grabbe. »Sie hat den Toten … sie hat angerufen.«

»Was ist mit seiner Frau?«, fragte Gabi. »Wer fährt dahin?«

»Ist er denn verheiratet?« Waldes rechter Zeigefinger wanderte zur Klingel.

»Du kennst ihn nicht?« Gabi legte eine Hand auf seinen Unterarm.

»Ich hab schon von ihm gehört. Er ist Anwalt und sitzt im Stadtrat.«

»Dann lass' uns zu seiner Familie fahren, bevor sie es aus den Medien erfährt.«

Nach dem Klingeln sah Grabbe den Kollegen hinterher. Es dauerte eine Weile, bis sich eine Frauenstimme an der Gegensprechanlage meldete.

Als die Haustür per Türsummer geöffnet wurde, besah sich Grabbe das Schloss und den Rahmen. Auf dem Weg zur Treppe kam er am opulenten Eingang zur Kanzlei vorbei. Hinter den Glasfenstern im oberen Bereich des Rahmens war es dunkel. Auch hier waren keine Spuren von gewaltsamem Eindringen zu erkennen.

Beim Treppensteigen ließ Grabbe die Fingerspitzen seiner linken Hand entlang der leicht erhabenen Blütenwelle auf der Wandbordüre gleiten. Oben erwartete ihn in der überdimensioniert wirkenden Wohnungstür eine junge Frau.

»Frau Neumann, Isabelle Neumann?« Sie nickte und reichte ihm die Hand. Grabbe wurde bewusst, wie kalt seine war, als er ihre Wärme spürte. »Sie haben uns angerufen?«

»Kommen Sie herein.«

»Danke.« Grabbe knöpfte seinen Parka auf und blieb unschlüssig auf der Fußmatte mit dem hellen Tuch stehen. »Ich ziehe besser meine Schuhe aus.«

»Das geht schon. Geben Sie mir Ihre Jacke.«

Während sie den Parka über einen Kleiderbügel hängte, kniete sich Grabbe und begann, mit seinen vor Kälte steifen Fingern die nassen Schnürsenkel zu lösen. Es dauerte eine Weile und beim zweiten Schuh blieb ein dicker Knoten zurück. Nur auf Strümpfen versuchte er, den kleinen Pfützen auszuweichen, die seine Schuhe bereits auf dem Parkett hinterlassen hatten.

»Kommen Sie bitte mit in die Küche.« Sie ging über die knarzenden Dielen voraus.

Auf dem weiteren Weg schaute er durch eine der offenen Türen. Eine in ein dunkles Kleid gehüllte Gestalt stellte sich nach kurzer Irritation als Schneiderpuppe heraus.

In der geräumigen Küche fiel sein Blick auf den im Schachbrettmuster gefliesten Boden. Der Belag schien noch aus den Anfangszeiten des Hauses zu stammen. Die Einrichtung bestand aus einer Kombination aus alten Möbeln und edler Küchentechnik. Als Isabelle Neumann ihm einen Platz an dem Holztisch anbot, wählte er den Stuhl an der Heizung neben dem Fenster.

»Darf ich Ihnen einen Tee anbieten?«

»Danke.« Eigentlich hatte Grabbe es mit ein paar Sätzen an der Tür bewenden lassen wollen, aber nun saß er hier in der warmen Küche.

Sie schenkte ihm aus einer Keramikkanne auf einem Stövchen ein und legte einen Löffel neben Grabbes Tasse. Eine Dose mit Kandiszucker stand auf dem Tisch.

»Danke.« Grabbe wärmte sich vorsichtig die Hände an der heißen Tasse. »Sie haben die Polizei alarmiert?«

Sie nickte. Aus der Nähe verrieten die kleinen Fältchen unter ihren Augen, dass sie deutlich älter sein musste als die dreißig Jahre, auf die er sie zuerst geschätzt hatte.

Mit dem Löffel balancierte er einen Brocken Kandis in seine Tasse. »Haben Sie heute Nacht … ist Ihnen irgendwas aufgefallen?«

»Heute Morgen … als ich aus dem Fenster …« Sie stand auf. Vor der Spüle blieb sie stehen. »Wollen Sie es sehen?«

Grabbe ließ den Löffel in der Tasse und stand ebenfalls auf. Sie hätten sich eigentlich erstmal unterhalten und er sich aufwärmen können, aber nun folgte er ihr in die Diele. Und diesmal erlaubte er sich, ihre Figur von hinten zu betrachten, deren weibliche Rundungen in der engen Kleidung deutlich zur Geltung kamen. Als sie an der offenen Tür vorbeikamen, schweifte sein Blick wieder in den Raum mit der Schneiderpuppe. Nun sah er auch die hellen Regale an den Wänden, Billy von Ikea. Hinter den Glastüren lagerten verschiedenfarbige Stoffballen. Über einem Arbeitstisch schien eine Lampe auf eine Nähmaschine, aus der rostroter Stoff bis zum Fußboden hinunter hing. Isabelle Neumann hatte gerade ihre Arbeit unterbrochen.

Sie öffnete eine weitere Zimmertür. Grabbe beschleunigte seine Schritte, um zu ihr aufzuschließen. Es folgte ein großes, minimal möbliertes Schlafzimmer mit einem gemachten Bett zwischen zwei Nachtschränkchen. Eine an Drähten schwebende Lampe warf ein gelbliches warmes Licht auf die gegenüberliegende Wand.

Während die Frau mitten im Zimmer stehen blieb, sah Grabbe zwischen den Pflanzen auf der Fensterbank hindurch hinunter zum Hof, wo zwei dunkel gekleidete Männer einen geschlossenen Metallsarg davontrugen. Zurück blieb eine große, bereits verdünnte Blutlache, die der Regen über feine Verästelungen zwischen dem Pflaster leitete wie Wasser am Strand, das ein Kind durch selbst gegrabene Rinnen abfließen lässt.

Die Kopfverletzung des auf dem Bauch liegenden Opfers war sicher auch von hier oben zu sehen gewesen. Vielleicht durch die Dunkelheit ein wenig abgemildert. Kein Wunder, dass die Frau sich diesen Anblick kein zweites Mal antun wollte.

»Schlimm.« Grabbe fühlte sich bemüßigt, etwas zu sagen. Kaum hatte er das Wort ausgesprochen, kam es ihm banal vor.

Aber auf sie schien es nicht so zu wirken, wie sie da im Zimmer stand: nachdenklich und verschüchtert. Am liebsten hätte er den Arm um sie gelegt.

Könnte seine Kollegin Gabi Gedanken lesen, hätte sie ihn in dieser Situation gefragt, ob ihn dieses beschützende Gefühl auch überkommen hätte, wenn Frau Neumann ein altes Mütterchen gewesen wäre.

»Leben Sie allein?«

»Mein Mann arbeitet in Berlin und kommt, so oft er kann, nach Trier. Manchmal fahre ich auch zu ihm nach Berlin, aber meine Arbeit lässt das nicht allzu häufig zu. An diesem Wochenende ist er zu einem Kongress in Wien.«

»Haben Sie etwas gehört heute Nacht?«

»Gestern Abend ist Herr Bröding mit dem Auto hinter das Haus gefahren. Er hat wohl noch gearbeitet.«

»Ist Ihnen sonst noch etwas aufgefallen?«

»Was meinen Sie?«

»Hatte er vielleicht Besuch oder haben Sie später was im Hof gehört?«

Sie schüttelte den Kopf.

Während Walde den Wagen auf der kurvigen, bergauf führenden Straße Richtung Eifel lenkte, tippte Gabi eine Nachricht in ihr Smartphone. Links auf der stadteinwärts führenden Spur verursachte der Berufsverkehr einen kilometerlangen Rückstau. Die Ströme des über den Asphalt laufenden Regenwassers schwappten an den Reifen hoch, als wollten sie die Autos zu Tal schwemmen.

»Wie ist es dir ergangen, war sicher eine Umstellung?«, fragte Walde.

»Du meinst als Hausfrau und Mutter?«

Er nickte.

»Wenn ich ehrlich bin, habe ich die Arbeit keine Minute vermisst, euch natürlich schon.« Sie strahlte ihn an. »Der kleine Noah ist ein echter Sonnenschein und Benni ist ein weit besserer Vater, als ich erhofft habe.«

»Ein Schauspieler kann sich auf viele Situationen einstellen«, flachste Walde.

»Dann spielt er seine Rolle wirklich gut.«

»Schade, dass wir es in deiner kompletten Elternzeit nicht geschafft haben, uns mal zu verabreden«, sagte Walde. Als sie ihn fragend anschaute, fügte er an: »Ich meine mit den Familien.«

Ein ob der Straßenverhältnisse unbekümmert über die Busspur zu Tal brausender Konvoi von Lastwagen des Katastrophenschutzes ließ einen auf den anderen blickdichten Schwall Wasser auf die Fenster der Wagen klatschen.

Gabi wechselte den Sender des Autoradios zu *Tele Mosel*. Es wurde über die dramatisch steigenden Pegel der Mosel berichtet. Kurz darauf stellte sie den Ton lauter, weil ein Trailer eine Sondermeldung ankündigte. Es folgte die Lokalnachricht mit News zu einem brutalen Mord, der in der vergangenen Nacht in der Trierer Innenstadt geschehen war. Nach bisher unbestätigten Angaben solle es sich bei dem Opfer um den bekannten Politiker und Juristen Thomas Bröding handeln.

»Nicht zu fassen, wenn seine Familie das hört«, regte sich Gabi auf. »Rücksichtslosigkeit und Medien sind eine ganz üble Kombination.«

Als sie nicht weit hinter dem Ortsschild von Idesheim in die Straße einbogen, in der die Brödings wohnten, sagte Walde: »Ich denke, wir warten auf das Kriseninterventionsteam.« Es würde ansonsten doch wieder an ihm hängen bleiben, die schlechte Nachricht zu überbringen. Und besser war es allemal. Gabi hatte früher in solchen Dingen häufig das rechte Feingefühl vermissen lassen.

»Wenn Frau Bröding es nicht längst schon aus dem Radio erfahren …« Gabi hielt inne. »Schöne Scheiße!«

Ein zitronengelber Smart parkte am Straßenrand. Sie hielten dicht dahinter und stiegen eilig aus. Im Vorbeigehen registrierte Walde die beiden im Wagen sitzenden Personen. Hinter ihm drehte sich Gabi plötzlich um und riss die Beifahrertür des Smart auf.

Am Steuer saß Eckhardt Fürst, Inhaber, Geschäftsführer, Gelegenheitsmoderator und Anzeigenakquisiteur und neuerdings anscheinend auch Reporter in Personalunion von *Tele Mosel*, dem lokalen Radio- und Fernsehsender.

Die Lederjacke der Frau auf dem Beifahrersitz war auf den Schultern nass. Ebenso wie ihre krausen blonden Haare, deren nasse Zipfel bis auf den Kragen ihrer über die Jacke geschlagenen weißen Bluse reichten. Sie setzte sich erschrocken auf und hob abwehrend die Hände, als Gabi sich in den engen Wagen beugte.

»Waren Sie bei Frau Bröding?« Gabi schaltete das Radio aus, in dem einer dieser nervtötenden, immer wieder gespielten Songs lief, die *Tele Mosel* als Hits der 80er und 90er Jahre deklarierte. Die meisten fand Walde damals schon unerträglich.

»Es war niemand da … ich muss schon bitten«, die Frau behielt ihre steife Haltung bei.

»Ihr Glück!« Gabi tauchte wieder aus dem Wagen hervor. Sie folgte Walde über den Weg durch den Vorgarten zur Haustür. Hinter keinem Fenster brannte Licht. Das kleine Vordach bot kaum Schutz vor dem Regen, der vom Wind gegen die klatschnasse Hauswand getrieben wurde. Nach dem zweiten Klingeln kehrten sie zu ihrem Wagen zurück. Gabi blieb stehen und klopfte gegen die einen Spalt herunter gelassene Scheibe des Wagens der Presseleute. »Falls Sie einen Funken Empathie besitzen, parken Sie das Auto bitte ein paar Häuser weiter.«

Kaum saßen sie wieder in ihrem Wagen, beschlug die Frontscheibe. Walde schaltete das Gebläse ein. In dem kleinen Halbkreis des klar werdenden Fensters sahen sie, wie vor ihnen die Türen des Smart aufgerissen wurden. Ein kleiner rötlichbrauner japanischer Geländewagen fuhr in die Einfahrt vor der Garage am Haus.

Während Fürst linkisch die Kamera aus dem Wagen hievte und seine Kollegin ihm zu Hilfe eilte, gingen Gabi und Walde bereits schnellen Schritts an ihnen vorbei.

Auf dem Weg vom Auto zur Haustür hielt eine Frau in Regenjacke und Jeans inne, als sie das Vordach am Eingang erreicht hatte. Sie schlug die Kapuze zurück. Zu einem Zopf gebundene blonde Haare kamen zum Vorschein.

»Frau Bröding?« Walde zeigte ihr seinen Ausweis, während er auf sie zuging.

»Ja.« Ihr Blick wechselte erschrocken zwischen ihm, Gabi und den herbeieilenden Leuten von *Tele Mosel*.

»Dürfen wir Sie bitte sprechen?« Er wusste, dass Hektik in dieser Situation so gar nicht förderlich war, aber es blieb ihm nichts anderes übrig, als sie zu drängen. »Möglichst im Haus.«

Er beobachtete, wie sie den grünen Schlüssel ihres umfangreichen Schlüsselbundes in das Haustürschloss steckte. Die Lokalnachrichten auf *Tele Mosel* schien sie Gott sei Dank nicht gehört zu haben.

Frau Bröding ließ die beiden herein, bevor sie die Tür schloss und sich zurück auf die Fußmatte stellte, wo sie ihre

Schuhe abstreifte und in Sandalen schlüpfte, während sie Schal und Jacke auszog. »Was … warum … ist was passiert? Ist was mit Jakob? Was wollen die Leute da draußen?«

Walde holte tief Luft. »Können wir uns setzen?«

Sie zeigte auf eine offene Tür, hinter der sich eine Küche befand. Auf dem Tisch stand Frühstücksgeschirr für drei Personen, eines davon war unbenutzt. Sie wies auf die Eckbank und setzte sich auf einen Stuhl. Die Tasse vor ihr trug ein Pferdemotiv.

»Ihr Mann war heute Nacht nicht zu Hause?«

»Er übernachtet manchmal im Büro … nicht oft, aber es kommt vor.«

»Und heute?«

»Ich habe erst heute Morgen bemerkt, dass er … ist ihm etwas zugestoßen?«

Walde nickte.

»Ist er im Krankenhaus?« Sie schaute forschend von Waldes ernstem Gesicht zu Gabi. »Oder ist er …«

Gabi senkte den Blick.

»Aber … das kann doch …« Sie schaute wieder zu Walde.

»Er ist heute Morgen gefunden worden, im Hof der Kanzlei. Er war bereits tot.«

Sie atmete tief ein, ließ den Kopf hängen und fuhr sich mit der Hand über die Stirn in die Haare. Sie setzte einen Ellenbogen auf den Tisch und stützte den Kopf in die Hand.

»Es ist jemand hierher unterwegs, der sich um Sie kümmern wird«, sagte Gabi. »Wir wollten eigentlich warten, aber die Presse war schon hier. Wir wollten verhindern, dass Sie von denen informiert werden. Möchten Sie Verwandte oder Freunde anrufen?«

»Nein, danke.« Frau Bröding lehnte sich zurück, atmete tief durch und hob den Kopf. »Das kommt wohl von meinem Job. Wenn da was Schlimmes passiert, muss ich in der Regel erst mal handeln. Der Schock kommt erst später.«

»Darf ich fragen, was Sie arbeiten?«

»Ich bin Lehrerin.«

»Wann haben Sie zuletzt mit Ihrem Mann gesprochen?«

»Gestern, am frühen Abend … wenn Sie von der Polizei sind, dann ist er keines natürlichen Todes gestorben?«

Walde nickte. »Wir haben ein paar Fragen, die wir Ihnen aber später stellen können.«

»Was wollen Sie wissen?« Sie stand auf, ging an die Spüle und füllte Wasser in ein Glas.

»Ist heute jemand aus der Kanzlei Ihres Mannes zu erreichen?«

»Die Nummer von Vera ist im Telefon gespeichert, es müsste auf der Ladestation in der Diele …« Sie betrachtete das Glas, aus dem sie noch nichts getrunken hatte. »Das ist doch alles nicht wahr … oder. Ich muss Jakob abholen, ich habe ihn gerade zur Schule gebracht. Mit dem Motorrad konnte er heute Morgen bei diesem Wetter unmöglich fahren. Das wäre viel zu gefährlich gewesen.« Sie stellte das Glas wieder ab und hielt sich beide Hände vor das Gesicht.

Gabi legte der schluchzenden Frau eine Hand auf die Schulter. »Darum werden sich die Leute kümmern, die gleich kommen.«

Auf einer Kommode in der Diele fand Walde das Telefon. Es waren etliche Namen und Nummern gespeichert, die meisten mit der Vorwahl von Trier, die Walde durchlaufen ließ, bis er zum Buchstaben V gelangte. Er notierte sich die Festnetz- und die Mobilnummer einer Vera, die dort ohne Nachnamen vermerkt war. Es klingelte an der Haustür.

»Krisenintervention.« Eine Frau und ein Mann, beide in Zivilkleidung, zeigten ihre Ausweise.

»Frau Bröding ist in der Küche.« Walde trat zur Seite, um die zwei hereinzulassen.

Als Gabi und Walde aus dem Haus kamen, stand davor ein weiterer Wagen – ein dunkelblauer Van ohne Aufschrift. Die zwei von *Tele Mosel* waren vor dem Regen in den Smart geflüchtet, in dem sie blieben, als Walde und Gabi aus dem Haus kamen. Im Rückspiegel stellte Walde fest, dass der Wagen ihnen nicht folgte.

Kaum hatte Gabi den Ton am Radio wieder angestellt, wurde mit dem üblichen Jinglebrimborium eine weitere Sondermeldung auf *Tele Mosel* angekündigt.

Ein Schubschiff hatte am frühen Morgen die Longuicher Brücke gerammt und sich anschließend quer zur Fahrrinne gestellt. Der Schiffsverkehr wurde in diesem Abschnitt des Flusses gesperrt, ebenfalls die Brücke für den Straßenverkehr. Das manövrierunfähige Schiff konnte inzwischen in den Trierer Hafen geschleppt werden. Aufgrund des auf knapp sieben Meter angestiegenen Moselpegels wurde die Schifffahrt mittlerweile komplett eingestellt. Und das sollte eine Weile so bleiben, denn für heute und die nächsten Tage wurden weitere ergiebige Regenfälle vorhergesagt.

Während der Wagen im Stau an der Ampel zur Kaiser-Wilhelm-Brücke stand, schaute Walde hinunter auf die schnell fließenden braunen Fluten. Ein schwarzer Vogel hatte sich mit zum Trocknen ausgebreiteten Flügeln auf dem Schild an der Spitze der überfluteten Insel niedergelassen, das nur noch wenige Zentimeter aus dem Wasser ragte. Auch nach der nächsten Ampelphase hatte er sich noch nicht bewegt. Walde war sich nun nicht mehr sicher, ob es sich bei dem Vogel nicht um eine Skulptur handelte, die ihm bisher nicht aufgefallen war.

»Spielen wir hier Hase und Igel?«, fragte Walde, als er ein paar Minuten später den zitronengelben Smart auf dem Parkstreifen an der Allee unweit von Brödings Kanzlei parken sah.

»Andere Nummer«, stellte Gabi beim Blick auf das Kennzeichen fest. Im Vorbeigehen spähte sie ins Wageninnere. »Keiner drin«, rief sie Walde zu, der neben dem Wagen auf dem Bürgersteig stehen geblieben war. »Ich muss nach Hause. Mach's gut.«

Walde blickte ihr kurz nach, bevor er sich in die andere Richtung wandte, wo ein Polizist vor dem geschlossenen Tor an der Einfahrt zur Anwaltskanzlei stand.

»Haben Sie einen Schlüssel?«, fragte Walde.

»Vom Tor?« Der Regen tropfte dem Kollegen vom Schirm der Mütze auf die nasse Jacke, an der er den Kragen hochgeschlagen hatte.

»Vom Haus.«

»Nein.« Der Mann rieb seine Handflächen aneinander, bevor er das Absperrband, Tropfen versprühend, anhob, um Walde darunter hindurchzulassen.

Die Rechtsanwaltsgehilfin, die Walde vorhin angerufen hatte, war noch nicht eingetroffen und Grabbe schien noch in der Nachbarschaft unterwegs zu sein.

»Wenn Frau …«, Walde schlug sein Notizbuch auf, »Vera Helmes kommt«, las er von den sich im Regen dunkel färbenden Seiten ab, »lassen Sie sie bitte durch.«

Walde stieg die Stufen zur Haustür hoch, um Schutz unter dem von zwei Säulen gehaltenen steinernen Balkon zu suchen. Er nahm sein Handy heraus und spähte, nachdem er gewählt hatte, durch die schmale, in das Holz eingelassene Scheibe, die innen mit Schmiedeeisen gesichert war, in den Hausflur. Am hinteren Ende war eine Holztreppe zu erkennen.

»Wo bist du?«, fragte er, als Grabbe sich meldete.

»Noch bei der Befragung von Brödings Nachbarschaft.«

»Schon was erfahren?«

»Nein, nichts.«

»Okay, ich bin wieder an der Kanzlei. Hast du einen Schlüssel?«

»Nein, ich komme gleich rüber. Burkhard Decker ist telefonisch nicht zu erreichen. Ich habe eine Nachricht in seinem Hotel hinterlassen.«

»Und was macht der Durchsuchungsbeschluss für die Kanzlei?«, fragte Walde.

»Monika kümmert sich darum.«

Ein Quietschen ließ Walde den Blick zur Einfahrt wenden, wo der Polizist das Tor aufdrückte. Ein heller Kleinbus setzte rückwärts in die Einfahrt. ‚Aufarbeitung von Immobilien' stand auf der Heckscheibe.

Kaum stand der Wagen, stiegen zwei Männer aus. Nachdem der eine die Heckklappe geöffnet hatte, reichte der andere ihm einen weißen Schutzoverall. Mit routinierten Bewegungen streiften sich beide die Overalls über.

Wieder quietschte das Tor. Eine Frau, Mitte bis Ende dreißig, wich in leicht geduckter Haltung den Pfützen aus. Ihre weit über die Hüfte reichende Steppjacke hielt sie mit beiden Händen zusammen. Walde ging ihr die Stufen hinunter entgegen.

»Frau Helmes?« Als sie nickte, reichte er ihr die Hand. »Mein Name ist Bock. Danke, dass Sie so kurzfristig kommen konnten.«

Ihre Hand war eiskalt. Walde fragte sich, ob er sie nicht besser ins Präsidium bestellt hätte. Er hatte sich so gestellt, dass ihr die Sicht zu Brödings Wagen versperrt war. Walde ließ Vera Helmes den Vortritt auf den Stufen zur Haustür.

»Ich habe Ihnen bereits geschildert, was geschehen ist.« Er blieb zwei Stufen tiefer stehen, um mit der Frau auf Augenhöhe zu sein. »Wir brauchen Sie als Zeugin, wenn wir uns gleich in der Kanzlei ...«

»Entschuldigung.« Ein Mann vom Tatortreinigungsteam streckte ihnen eine Kabeltrommel entgegen und bat darum, eine Steckdose benutzen zu dürfen.

»Haben Sie einen Schlüssel?«, fragte Walde.

Erst als die Anwaltsgehilfin mit unsicherer Hand die Haustür öffnete und den Mann im weißen Schutzanzug und den blauen Stiefeln einließ, bemerkte Walde den Mann mit der Kamera auf der Schulter in der Einfahrt. Er war unbemerkt von dem Polizisten, der bei dem zweiten Tatortreiniger hinter dem Wagen stand, zum Tor hereingekommen.

»Keine Aufnahmen! Gehen Sie sofort hinter die Absperrung zurück.« Der Polizist eilte ihm entgegen und hielt die Hand vor das Objektiv.

»Lassen Sie uns in den Flur gehen, Frau Helmes«, bat Walde.

Auf den Fliesen im Flur waren neben dem Profil von Stiefeln, die zu einer nahen Steckdose führten, noch die nassen Abdrücke von Grabbes Schuhen zu sehen, die im weiteren Verlauf schwächer wurden und sich bis zur Treppe verloren.

Die Haustür ließ sich durch das Stromkabel nicht mehr schließen.

»Wie gesagt, es wäre gut, wenn Sie dabei wären, wenn wir in den Räumen der Kanzlei nachsehen. Natürlich mit dem entsprechenden Durchsuchungsbeschluss.«

»Wie ist … was ist geschehen?«, fragte sie.

»Das wissen wir auch noch nicht so genau. Können Sie sich vorstellen, wer das getan haben könnte?«

Sie schüttelte den Kopf.

»Hat Herr Bröding sich in letzter Zeit anders verhalten als üblich oder ist Ihnen sonst etwas aufgefallen?«

»Nein.« Sie schreckte zusammen, als die Haustür aufgedrückt wurde. Grabbe kam herein und klopfte die Bügel seiner nassen Brille in die Handfläche. »Hoffmann hat angerufen. Vor zwölf Uhr wird es nichts mit der Durchsuchung der Kanzlei.«

»Frau Helmes, können Sie dann wieder herkommen?«, wandte sich Walde an die Frau. Er gab ihr seine Visitenkarte. »Meine Mobilnummer steht auch darauf.«

»Warum dauert das so lange mit dem Durchsuchungsbeschluss?«, fragte Walde, als er mit Grabbe allein war.

»Staatsanwalt Roth meint, es müsse jemand von der Anwaltskammer zugegen sein. Er will auf Nummer sicher gehen.«

Walde schaute auf seine Uhr. Bis dahin waren es noch zwei Stunden. »Hast du die Schlüssel?«

»Welche Schlüssel?«

»Welche schon, die zum Haus und zur Kanzlei«, rutschte es Walde in leicht genervtem Ton heraus.

»Die hat wahrscheinlich Sattler«, sagte Grabbe und fügte kleinlaut an. »Oder sie sind noch in den Taschen des Opfers.«

»Die Schlüssel müsste Bröding in der Hand gehabt haben. Folglich müssten sie am Tatort gelegen haben. Dann hat Sattler sie.«

Draußen lief ein Gerät mit einem Geräusch, das wie ein Staubsauger klang, in den gelegentlich größere Gegenstände gerieten.

»Wo ist Sattler überhaupt?«

Walde spürte seine schlechte Laune. Er war nicht ausgeschlafen und hatte noch nicht gefrühstückt. Den heutigen Samstag wollte er eigentlich mit der Familie verbringen. Doris brauchte dringend Entlastung und der Einkauf stand ebenfalls an.

»Die Kriminaltechnik ist nach Morbach gefahren.« Grabbe nahm nochmals seine Brille ab und hielt sie prüfend gegen das Licht des kleinen Fensters. »Da wurden heute Nacht zwei Einbrecher in einer Gaststätte vom Wirt überrascht. Er wohnt über der Kneipe. Es gab ein Gerangel, bei dem der Wirt verletzt wurde, die Täter sind entkommen.«

»Meinst du, sie schaffen es, bis zwölf Uhr wieder hier zu sein?«

Grabbe zuckte mit den Schultern. Das Geräusch des Geräts, das draußen das mit Regenwasser verdünnte Blut aufsaugte, ließ ihn sich die Situation bildlich vorstellen. Seine angewiderte Miene wurde ihm nicht einmal mehr bewusst.

Walde ahnte, was in Grabbe vorging. »War sicher kein schöner Anblick«, versuchte er zu beschwichtigen.

»Sie sind wieder da!«, sagte Grabbe leise.

»Wer?«

»Die Symptome. Ich war wie gelähmt. Ich konnte gar nichts, und Brödings Taschen nach Papieren oder sonst was zu untersuchen, ging überhaupt nicht. Eigentlich wollte ich mich krankschreiben lassen.« Grabbe atmete tief durch. »Aber ich habe mich halbwegs gefangen. Aber zur Obduktion … da kann ich heute auf keinen Fall hin.«

»Das tut mir leid.«

»Und mir ganz besonders, ich kann einfach kein guter Polizist mehr sein.«

»Aber das warst du doch früher auch nicht«, sagte Walde.

Grabbe schaute verblüfft.

Walde schlug ihm auf die Schulter. »Sollte ein Scherz sein. Ich weiß deine Stärken zu … und Gabi tut das auch.«

»Das weiß sie aber gut zu verbergen.«

»Hat sich was bei der Befragung in der Nachbarschaft ergeben?«

»Niemand hat heute Nacht was gehört oder gesehen. Wenn ich auf Klatsch aus gewesen wäre, hätte ich mehr über Bröding erfahren können. Da werden die Leute von *Tele Mosel* auf ihre Kosten gekommen sein. Die haben ebenfalls die Nachbarschaft abgeklappert.«

»Was für Tratsch?«

»Laut der allein stehenden Dame aus der Parterrewohnung nebenan soll Bröding kein Kind von Traurigkeit gewesen sein. Die scheint den ganzen Tag hinter den Gardinen zu hocken. Sie meinte, er habe manchmal abends Damenbesuch empfangen.«

»Können das nicht auch Klienten gewesen sein?«, fragte Walde.

»Habe ich ihr auch gesagt. Es gäbe genug Leute, die tagsüber arbeiten und froh wären, wenn sie abends einen Termin beim Anwalt bekämen.«

»Und?«

»Sie hat nur gelacht.«

Wo vorhin der Transporter der Tatortreiniger gestanden hatte, parkten dicht hintereinander nun zwei dunkle Wagen der gehobenen Mittelklasse. Unter dem Vordach stand Grabbe mit verschränkten Armen, den Kopf nach vorne gebeugt.

Eine Kirchenglocke läutete. Walde schaute auf seine Uhr. Punkt zwölf. Er hatte es auf die Minute genau zum Termin geschafft.

Brötchen hatte er vorhin nicht mehr zu kaufen brauchen. Die hatte Marie, die zu Besuch gekommen war, bereits mitgebracht. Das hatte Walde erfahren, als er Doris aus dem Supermarkt anrief, um nachzufragen, was neben den üblichen Lebensmitteln gebraucht wurde. Zum Frühstücken hatte es später noch gereicht, nicht aber zum Rasieren und Duschen.

Der laufende Motor des vorderen Autos war für Walde wegen des Verkehrslärms von der Alleenstraße erst beim Vorbeigehen zu hören. Zwei Herren in dunklen Anzügen stiegen aus, als sie ihn bemerkten.

»Wo ist Sattler?« Die Frage konnte Walde seinem Kollegen Grabbe eben noch zuraunen, bevor er Staatsanwalt Roth begrüßte, der mit einer ausladenden Handbewegung und einer leichten Verbeugung seinen Begleiter vorstellte: »Dr.

Hubert Kessler von der Sozietät Kessler, Langner und Partner, Vorsitzender der Rechtsanwaltskammer.«

Die beiden Juristen gingen die Treppe zu Grabbe hinauf und mussten dort erfahren, dass es noch keinen Schlüssel zur Haustür gab. Sie hatten auf ihre Mäntel verzichtet. Keiner der Anzüge, welche die beiden Herren trugen, schien von der Stange zu sein. Ebenso wenig versprachen sie Schutz vor dem nasskalten Wetter. Noch während Walde sich fragte, warum er sich Gedanken um solche Kinkerlitzchen machte, traf Vera Helmes, die Anwaltsgehilfin, ein.

Nachdem sie die Haustür aufgeschlossen hatte, übergab sie Walde den Schlüssel zur Kanzlei. Ohne den Türknauf zu berühren, drehte dieser den Schlüssel im Schloss und drückte die Tür auf.

»Bevor die Kriminaltechnik die Spuren gesichert hat, sollten wir nichts berühren«, sagte er, während sein Blick über das Riemchenparkett auf eine Besuchercouch fiel, die flankiert von zwei Sesseln an der Wand stand, alles mit weißem Leder bezogen. Hinter der Anwaltsgehilfin ließ Grabbe Staatsanwalt Roth und dem Vertreter der Anwaltskammer den Vortritt. Noch während er überlegte, ob es eine gute Idee war, hier noch vor der KTU einzudringen, wurde an das Glas der Eingangstür gepocht. Als Walde sich umdrehte, drückte ein mechanischer Schließer die Tür zur Kanzlei hinter ihm zu.

»Habt ihr keinen Schlüssel?« Mit dieser Frage öffnete er Sattler von der Kriminaltechnik die Tür und hielt sie für dessen Koffer schleppende Kollegen offen.

»Wir haben keinen«, antwortete Sattler, zog sich Plastikbezüge über seine Schuhe und stülpte die Kapuze seines

Schutzanzugs über die nassen Haare. »Wir haben nur Brödings Brieftasche asserviert.«

Fast eine halbe Stunde wurde kaum ein Wort gesprochen, während die Kriminaltechniker ihre Aktivitäten weitgehend auf das Sekretariat und Brödings Arbeitszimmer konzentrierten. Zwischen diesen Räumen befand sich ein ansehnlicher Besprechungsraum mit einem massiven ovalen Holztisch. Walde zählte rundum zwölf moderne Freischwinger, bezogen mit dunklem Leder. Sein Blick wanderte entlang der Buchreihen in dem großen Wandregal gegenüber der Fensterfront. Neben juristischer Fachliteratur fanden sich viele Chroniken und Jahrbücher aus der Region.

Die gesamte Kanzlei wirkte mit ihrer Einrichtung aus alten und neuen Möbeln und moderner Beleuchtung gediegen und seriös.

Vera Helmes ging hinter Walde vorbei. »Sollten Sie mich brauchen, ich bin mal kurz vor der Tür … eine rauchen.«

»Warten Sie, ich komme mit.«

Im Hausflur zog sie eine Schachtel Zigaretten aus der Hosentasche ihres dunklen Anzugs und bot Walde eine an. Er lehnte ab.

»Ich rauche auch erst wieder seit heute.« Sie zündete sich eine Zigarette an.

»Wie lange arbeiten Sie schon in dieser Kanzlei?«, fragte Walde, während er beobachtete, wie sie den Rauch in Richtung des kleinen gekippten Fensters neben der Haustüre blies.

»Von Anfang an. Bald wären es zehn Jahre gewesen.« Sie paffte ein paar kurze Züge. »Thomas und ich haben zusammen studiert.«

»Aber Sie sind Anwaltsgehilfin?«

Sie nickte. »Kurz vor dem ersten Staatsexamen kam meine Tochter zur Welt. Die nächsten drei Jahre habe ich das Studium unterbrochen. Dann kam die Scheidung. An die Wiederaufnahme des Studiums war erstmal nicht zu denken und dann habe ich Thomas wieder getroffen. Er hat mir ein gutes Angebot gemacht und das habe ich bis heute nicht bereut.«

»Und was ist ... war Ihre Aufgabe?«

»Ich habe Thomas den Rücken freigehalten als eine Art Assistentin und Kanzleileiterin. Dabei habe ich neben den Kanzleiangelegenheiten auch Dinge erledigt, die mit seinen politischen Aktivitäten zusammenhingen. Neben mir haben wir eine weitere Anwaltsgehilfin und eine Auszubildende.«

»Das erklärt, warum sich Herr Bröding so stark politisch engagieren konnte, wenn ich das recht in Erinnerung habe.«

»Er war schon immer ein Querdenker und ist nie einer Diskussion aus dem Wege gegangen, auch später nicht bei der eigenen Partei.«

»Ich habe das nicht so genau verfolgt, gab's nicht mal eine freche Äußerung von ihm?«

»Sie meinen wahrscheinlich seinen Spruch: ‚Obwohl ich zu dem Haufen gehöre, kann ich morgens ohne Scham in den Spiegel sehen'.« Sie lächelte. »Das hat ihm einigen Ärger eingebracht, manche haben ihm das bis heute nicht verziehen, aber seiner Popularität hat es nicht geschadet, ganz im Gegenteil.«

»Was waren seine politischen Ziele?«

»Das kann ich Ihnen auch nicht genau sagen.« Sie hielt die Zigarette nach oben, weil die Asche abzufallen drohte. »Er soll das Amt eines Dezernenten der Stadt abgelehnt haben. Nun ging es um eine Kandidatur für den Landtag, nehme ich mal an. Dabei war Holtzer die größte Hürde.«

»Holtzer?«

»Klaus Holtzer, dieser Querkopf aus der Eifel. Über den haben Sie sicher schon in der Zeitung gelesen, der Typ, der die Partei zum Gespött gemacht hat, der vor dem Kadi gelandet ist und eigentlich so gut wie politisch tot war, sich aber aus allem Schlamassel befreit hat, dem bisher einfach nicht beizukommen ist.«

Einer der Techniker eilte aus der Kanzlei an ihnen vorbei. Als er die Haustür öffnete, wehte ein Windstoß die Asche von der Zigarette. Vera Helmes verwischte sie mit ihrem Schuh auf den Fliesen.

»Ich denke mal, Thomas hat den Posten eines Staatssekretärs dafür versprochen bekommen, wenn er Holtzer kaltgestellt hätte.«

»Und wenn nicht?«

»Dann wären sie den Überflieger und Hoffnungsträger Bröding losgeworden, der einigen in der Partei nicht ganz geheuer war.«

»Und Sie?« Walde beobachtete, wie der Techniker mit einem Metallkoffer hereinkam.

»Was soll mit mir sein?« Vera Helmes sah dem Mann nach, der wieder in der Kanzlei verschwand.

»Was wäre im Fall einer politischen Karriere von Herrn Bröding aus der Kanzlei geworden?«

»Die hätten wir natürlich fortgeführt. So oft tagt der Landtag nicht. Eine Legislaturperiode ist schnell vorbei, und wer nach der nächsten Wahl am Ruder ist, weiß niemand so genau. Da muss man sich absichern. Viele Parlamentarier sind aus dem öffentlichen Dienst und haben eine Jobgarantie oder sind weiter an Firmen oder Kanzleien beteiligt.« Sie öffnete die Haustür und warf den bis auf den Filter heruntergebrannten Stummel hinaus. »Außerdem wäre das auch eine Frage des Geldes. Die Kanzlei warf deutlich mehr ab als ein … verstehen Sie das jetzt bitte nicht falsch, Job im öffentlichen Dienst.«

Während sie auf dem Weg zurück zur Kanzlei ihren Lippenstift nachzog, überlegte Walde, ob er nicht deutlich mehr Geld verdiente als eine Angestellte in einem Rechtsanwaltsbüro.

»Meine Visitenkarte haben Sie ja bereits«, sagte er, als er ihr die Tür zur Kanzlei aufhielt. »Vielleicht fällt Ihnen noch was ein.«

Erst als Sattler eine knappe halbe Stunde später den Rechner in Brödings Büro einschaltete, sah sich Rechtsanwalt Kessler in seiner Funktion als Vertreter der Anwaltskammer genötigt zu fragen, in welchen Punkten hier überhaupt ermittelt werde.

Staatsanwalt Roth übernahm es, ihm in verbrämtem Juristendeutsch darzulegen, dass von einem Tötungsdelikt ausgegangen und in alle Richtungen ermittelt werde. Dazu gehöre auch das berufliche Umfeld des Opfers.

Sattler schüttelte innerlich den Kopf. Was war das hier schon wieder für eine absurde Geschichte? Da war ihm der Tatort vorhin in Morbach bedeutend sympathischer gewesen. Es gab zwar wenig Chancen, eine brauchbare Spur zu finden, dafür waren viel zu viele Leute in der Kneipe unterwegs gewesen, und wann der Schuppen zum letzten Mal anständig geputzt worden war, stand in den Sternen. Selbst die Theke schien seit dem letzten Besuch des Filmteams von

‚Heimat', von dem ein gerahmtes Zeitungsfoto im verstaubten Flaschenregal zeugte, nicht mehr ordentlich abgewischt worden zu sein.

Hier dagegen, in dieser geleckten Kanzlei, war die Putzfrau wahrscheinlich erst gestern zum letzten Mal gründlich unterwegs gewesen. Sie hatte nichts ausgelassen. Weder Böden, Fenster, Toilette, Waschbecken, Schreibtische und Papierkörbe, noch Türgriffe, Tastaturen, Telefone und Lichtschalter. Selbst die Tasten an den Tischlampen hatte sie nicht versäumt gründlich zu reinigen, genauso wenig wie die Schubladen an den Schreibtischen und die Mulden darunter, in die man greifen musste, um sie zu öffnen, alles war pikobello sauber.

Sattler und sein Team waren Fachleute. Sie brauchten sich nicht an irgendwelche Weisungen zu halten, denn sie wussten, worauf es ankam. Sie hielten für gewöhnlich bei der Arbeit am Tatort die Klappe und beschränkten die Konversation auf das absolut Notwendige.

Bei diesen gelackten Juristen, die hier mit gewichtiger Miene im Weg standen, hätte Sattler liebend gern gegen seine Prinzipien verstoßen und denen mal so richtig die Meinung gegeigt. Aber sein Job bestand darin, das zu finden, was zu ermitteln war. Objektiv betrachtet machte es keinen Unterschied, ob es tatsächlich keine Spuren gab oder ob diese gerade verwischt worden waren. Einmal abgesehen von zwei wichtigtuerisch herumstehenden Typen, einem unausgeschlafenen Kommissar, seinem wieder einmal überforderten Kollegen, der mehr mit seinen aufkommenden Panikattacken als dem Fall beschäftigt schien, und einer Frau, die, auch wenn sie möglicherweise ein paar Jahre die

Seele der Kanzlei war, an diesem Ort vor Abschluss seiner Ermittlungen ebenfalls nichts zu suchen hatte.

Genau genommen benötigte er die DNA der hier ohne jegliche Schutzbekleidung anwesenden fünf Personen, aber das hätte Walde in arge Erklärungsnot gebracht. Eigentlich hatte Grabbe die Sache verbockt.

»Darf ich nachsehen, wann er zuletzt angeschaltet wurde?« Sattler versuchte so ungerührt wie möglich zu klingen, während er unter die Maus sah. »Dazu muss ich keine Datei öffnen.«

Als keine Einwände laut wurden, schaltete er den Rechner in Brödings Büro ein und wendete sich dem Monitor zu. Was er hinter dem Controls unter der Maus gefunden hatte, war das Passwort. Ein paar Klicks später stellte er fest: »Die zuletzt bearbeitete Datei auf Brödings Rechner ist heute Nacht um 1.09 Uhr geöffnet worden.«

Walde, der gerade telefonisch von Dr. Hoffmann aus der Gerichtsmedizin darüber informiert worden war, dass die Obduktion des Opfers bevorstand, war hinzugekommen.

»Es gibt nur verwischte Fingerabdrücke auf der Maus und dem Geräteschalter und auch keine auf der Türklinke zu seinem Büro oder an der Klinke der Eingangstür, als habe da jemand darüber gewischt oder Handschuhe getragen.«

»Vielleicht hatte Bröding schon seine Handschuhe an?«, vermutete Roth.

»Er trug keine, als wir ihn fanden«, stellte Sattler fest.

»Sollte der Täter nach dem Mord … dem Totschlag, was auch immer, in die Kanzlei eingedrungen sein, muss er Nerven gehabt haben.«

»Die letzte Mail hat Bröding kurz vor 21 Uhr abgerufen. Obwohl noch welche bis Mitternacht eintrafen, hat er die nicht mehr gelesen. Das spricht für meine Annahme, dass hier jemand geschnüffelt haben könnte, der nach etwas anderem gesucht und sich nicht für die Mails interessiert hat … und da ist noch etwas …« Sattler verharrte mit erhobenen Augenbrauen.

»Das wäre?«

»Wir haben, wie vorhin schon gesagt, keinen Schlüssel bei ihm gefunden, weder zum Auto, noch zur Kanzlei oder zu seinem Wohnhaus.«

»Der Schlüsselbund könnte in der Gerichtsmedizin sein, was aber unwahrscheinlich ist. Ich bin auf dem Weg dorthin«, kam Walde dem Staatsanwalt zuvor. »Jetzt, wo sich die Möglichkeit abzeichnet, dass der Täter hier in der Kanzlei gewesen sein könnte, sollten wir uns den Rechner genauer anschauen.«

Wieder ergriff Kessler von der Rechtsanwaltskammer das Wort. »Die Begründung ist mir doch ein wenig zu fadenscheinig, dass ich da ohne Weiteres zustimmen könnte.«

»Herr Bröding ist, soviel mir bekannt ist, kein Strafverteidiger«, hielt ihm der Staatsanwalt entgegen.

»Sie kennen § 160 a der StPO?«, fragte der Rechtsanwalt.

»Die Gleichstellung aller Rechtsanwälte mit dem Strafverteidiger ist mir bekannt.«

Staatsanwalt Roths Stimme nahm einen kühlen amtlichen Ton an. »Ich habe Sie hergebeten, damit …«

»Entschuldigen Sie, wenn ich Sie unterbreche, ich möchte selbstverständlich, dass dieses Verbrechen so schnell wie möglich aufgeklärt wird, aber ich kann nur unter Vorbehalt der Beschlagnahme des Rechners zustimmen.«

»Was wollen Sie mir damit sagen?«, Roths Ton wurde noch kühler.

»Lieber Herr Kollege, ich denke, ich habe mich klar ausgedrückt. Die Untersuchung des Rechners sollte nur mit äußerster Diskretion und mit viel Fingerspitzengefühl erfolgen. Die Auswertung der Daten könnte sensible Individualinteressen von Mandanten berühren, die mit dem Fall in keinem Zusammenhang stehen. Wenn Sie Ihre sonstigen Untersuchungen beendet haben, denen ich weiter beiwohnen werde, sollte die Kanzlei versiegelt werden.«

»Das werden wir berücksichtigen.«

»Der Schutz der Vertrauensbeziehung zwischen Mandant und Rechtsanwalt liegt im Übrigen auch im Interesse der Allgemeinheit. Muss ich Ihnen die Konsequenzen schildern, die sich daraus ergeben, wenn sich die Anwaltskammer zu Dienstaufsichtsbeschwerden gezwungen sähe?« Kesslers Augen fixierten den Staatsanwalt. »Auch für Sie persönlich. Aber ich denke, diese Konsequenzen sind nur hypothetischer Natur.«

Spätestens jetzt wurde Walde klar, dass der Anwalt noch eine alte Rechnung mit Roth offen haben musste und nun die Gelegenheit sah, es ihm heimzuzahlen.

In dem weiß gekachelten Kellerflur der Gerichtsmedizin hörte Walde nur das Quietschen seiner Schuhsohlen. Alle Türen waren geschlossen. Als er die Schiebetür zum Sektionssaal öffnete, sah er Gottfried, den Assistenten von Dr. Hoffmann, der sich zu ihm umdrehte. Die Fassung seiner neuen Brille hatte das gleiche Grün wie sein Kittel. Die dicken Gläser verliehen seinen Augen Dimensionen wie durch ein Vergrößerungsglas, wie es schon bei der alten

Hornbrille der Fall gewesen war. Hinter ihm lag eine männliche Person bäuchlings auf dem Seziertisch. Als Gottfried den Blick auf den Kopf des Toten freigab, konnte Walde den Reflex nicht vermeiden, ein laut vernehmbares »Oh!« auszustoßen. Dem Toten fehlte am Hinterkopf ein Teil seines Schädels. Aber dies löste nicht die Irritation aus, es was vielmehr das, was sich nicht darunter befand. Der Schädel schien hohl zu sein.

»Sie waren wohl noch nie im Schlachthof?« Die Stimme kam aus der kleinen Büroecke neben der Tür, wo Dr. Hoffmann sich von einem runden Schemel erhob. Unter dem blütenweißen Kittel trug er ein hellblaues Hemd und eine dunkle Krawatte.

»Warum?« Walde reichte ihm die Hand.

»Ich will Ihnen ja nicht den Appetit auf Fleisch nehmen. Aber das, was unserem Opfer widerfahren ist, erleiden täglich tausende von Tieren.«

»Mit einem Schussapparat?«

»Genau, ich hatte schon mal einen Fall von suizidaler Schussbeibringung mit einem Bolzenschussgerät.«

»Sie meinen, jemand hat sich das Gerät selbst ans Genick gesetzt.«

»Es handelte sich um einen erfahrenen Metzger, soweit erinnere ich mich wieder.« Hoffmann trat an den Seziertisch und wies auf die Kopfruine. »Im aktuellen Fall ist eindeutig von einer Fremdeinwirkung auszugehen. Der Bolzen hat den hinteren Bogen des zweiten Halswirbels rechtsseitig durchsetzt und zu Verletzungen des Gehirns geführt, der Hirnstamm blieb verschont.«

»Bröding war nicht sofort tot?«

»Erst das zentrale Regulationsversagen beim Bluteinbruch in das Hirnkammersystem hat zum Tode geführt, neben weiteren ausgedehnten subduralen Blutungen.«

»Wie lange hat er noch gelebt?«

»Schwer zu sagen. Ein paar Minuten vielleicht, zwar bewegungsunfähig, aber noch zum Denken und vielleicht auch zum Sehen fähig, falls er nicht das Bewusstsein verloren hat.«

Walde atmete hörbar aus.

»Das meiste von dem, was hier fehlt, geht auf unsere Untersuchungen zurück. Die Schusslokalisation liegt im Nacken. Das Projektil vom Kaliber 9 mm kommt im Schlachthof bei Kühen, Pferden und leichten Ochsen zum Einsatz.«

»Und wo ist der Schuss ausgetreten?«, fragte Grabbe, während er sich in seinem Büro zum Drucker neben dem Schreibtisch hinunterbeugte und weitere Blätter auf einen Stapel mit Ausdrucken legte.

»Überhaupt nicht, eine Platzpatrone treibt den Bolzen hervor. Daher der Name Bolzenschussapparat.« Walde war im Büro des Kollegen stehen geblieben. Eine neben dem Telefon liegende halb gegessene Banane verbreitete ihren Duft.

»Und damit werden die Tiere im Schlachthof getötet.«

»Eher betäubt, wie man in unserem Fall sieht.«

»Dann kriegen die womöglich mit, wie sie bei lebendigem Leib geschlachtet werden.« Grabbe verzog das Gesicht.

»Ich glaube, es wird Ihnen erst die Kehle aufgeschnitten, damit die Tiere ausbluten.«

»Hört sich auch nicht besser an.« Grabbe tippte auf den Papierstapel. »Allein ein rundes Dutzend Pressemeldungen befassen sich im letzten Vierteljahr mit Bröding. Der scheint politisch sehr aktiv gewesen zu sein. Das hier könnte für den Fall relevant sein.«

»Der ist doch Vorsitzender der Stadtratsfraktion ...«

»Gewesen, er hat alle seine politischen Ämter niedergelegt.«

»Weshalb?«, fragte Walde.

»Darüber wird nur spekuliert. Er scheint in nichts Anrüchiges verwickelt zu sein oder hat sich sonst was zu Schulden kommen lassen. Sein Name taucht immer wieder im Zusammenhang mit einem Großprojekt zur Energiespeicherung auf. Es handelt sich um ein geplantes Pumpspeicherwerk an der Mittelmosel auf einem weitgehend brach liegenden Hochplateau. Die interessanten Passagen habe ich markiert.«

»Vielleicht können wir dazu was in Brödings Rechner finden.«

»Das kann noch dauern.«

»Das kann doch nicht wahr sein. Hat Roth sich von diesem Dings von der Anwaltskammer ...«

Grabbe nickte. »Der Staatsanwalt verbrennt sich doch nicht die Finger. Die Kanzlei wurde vorerst versiegelt.«

»Brödings Schlüssel sind auch nicht in der Gerichtsmedizin gewesen.«

»Dann muss umgehend das Schloss an der Haustür ausgetauscht werden.« Grabbe griff nach einer Post-it-Notiz. »Da waren ein paar Anrufe. Unter anderem bittet dich Eckhard Fürst von *Tele Mosel* dringend um Rückruf.«

»Der soll sich an unsere Pressestelle wenden.«

»Habe ich ihm auch gesagt. Dann hat jemand angerufen, der angeblich gestern Abend bei einer ziemlich heftigen verbalen Auseinandersetzung zwischen Bröding und Klaus Holtzer in Bitburg zugegen war. Klang glaubwürdig, ich habe mir Name, Adresse und Telefonnummer notiert.«

»Und der dritte Anruf?«

»Dr. Joachim Ganz, du sollst ihn ganz ganz dringend auf dem Handy zurückrufen oder so ähnlich.«

Waldes Freund Jo besaß kein Handy. Was er an Technik nicht unbedingt zum Überleben benötigte, mied er. Walde packte sich die Papiere unter den Arm. An der Tür blieb er stehen: »Gute Arbeit, Grabbe!«

»Man tut, was man kann, übrigens, Gabi hat ebenfalls angerufen, sie wird gleich hier sein.«

Eine Stunde später fuhren Walde und Gabi zum zweiten Mal an diesem Tag die B 51 stadtauswärts hinauf in Richtung Eifel. Unterwegs ließ sich Gabi telefonisch von Grabbe über das informieren, was sie noch nicht über die Person wusste, zu der sie unterwegs waren. Der als Eifeler Dickschädel titulierte Klaus Holtzer war deutlich häufiger in den Medien vertreten als Thomas Bröding.

Als das Telefonat zu Ende war, sagte sie: »Außer den Tatort-Folgen am Sonntagabend hatte ich in den letzten Monaten keine Berührung mit Polizeiarbeit. Und jetzt kommt es mir ein bisschen so vor, als würde ich selbst in einem Tatort mitspielen.«

»Hhm?«

»Der erste Verdächtige klingt meistens plausibel, stellt sich aber dann als Finte heraus.«

»Hhm?« Sie waren inzwischen auf einer schmalen Nebenstrecke unterwegs. Walde konzentrierte sich auf die glitschige Straße, die in scharfen Serpentinen bergab führte. Immer wieder sprudelten Rinnsale aus den Hängen auf die Straße, manche so heftig, dass Aquaplaning entstand.

»Du weißt, dass unser Job in der Regel längst nicht so kompliziert ist, wie es sich Laien vorstellen?«, fragte Gabi.

»Was stört dich daran?«

»Okay, das hier hört sich eine Nummer zu einfach an. Erst der Streit und danach ausgerechnet diese Tatwaffe. Jetzt muss Holtzer nur noch behaupten, dass sein Apparat verschwunden ist und kein Alibi für die Tatnacht haben.«

»Das sollte uns aber nicht davon abhalten, mit Holtzer zu reden«, sagte Walde. »Genauso gut könnte er selbst die Spuren so absurd gelegt haben. Nach allem, was ich über ihn gehört und gelesen habe, scheint er ziemlich ausgefuchst zu sein.«

»Sehen wir mal.«

»Du hast noch gar nicht gesagt, warum du schon wieder im Dienst bist.«

»Das habe ich dem hier zu verdanken.« Sie beschrieb mit der rechten Hand in Augenhöhe einen Bogen. »Dem scheiß Wetter.«

»Versteh ich nicht.« Walde hatte die CD in seiner Jackentasche gespürt und reichte sie Gabi. »Leg das bitte mal in den Player.«

Schon nach den ersten Tönen schaltete sie das Gerät wieder aus. »Nein, für Rock oder Heavy Metal bin ich jetzt nicht in der richtigen Stimmung.«

Sie gelangten in einen kleinen Ort, der aus einer Straße mit überwiegend weit auseinander liegenden Bauernhöfen bestand.

»Du hast meine Frage nicht beantwortet«, beharrte Walde. »Was hat das Wetter damit zu tun, dass du heute zum Dienst kommst?«

»Bei Ben … meinem Freund, da haben zwei Gruppen kurzfristig ihre Buchungen für die Erlebnisführung in der Porta Nigra abgesagt. Er gibt dort den Zenturio.« Sie wartete, als würde sie mit einer Bemerkung rechnen. »Wenn es in den Nachrichten heißt, dass es Hochwasser an der Mosel gibt, meinen die Leute von auswärts, wir würden hier absaufen.«

»Wenn es weiter so runtermacht, kann das auch passieren.«

»Nein, nicht schon wieder …« Gabis Mund blieb offen, als sie den gelben Smart erblickte.

Walde fuhr gegenüber dem Wagen von *Tele Mosel* unter dem mächtigen Torbogen mit dem Schild ‚Willkommen' hindurch. Rechts lag ein restaurierter alter Gutshof mit einem großen Wohngebäude, an das sich eine Scheune anschloss. In dem langen Gebäude links schienen Stallungen zu sein. Dahinter standen Trecker, Anhänger und weitere Geräte unter einer offenen Dachkonstruktion. Das großflächige Dach des neueren Traktes war mit Sonnenkollektoren bedeckt.

Sie parkten hinter der Steintreppe, die auf zwei Seiten bis zu dem etwas über einen Meter fünfzig höher gelegenen Eingangsportal führte.

Noch während Walde die Namen auf den vier Klingelschildern las, drückte Gabi auf den untersten Knopf.

»Ich komme«, war nach einer Weile von innen zu vernehmen.

Eine rundliche weißhaarige Frau, deutlich jenseits der siebzig, öffnete ihnen. Sie trug eine dunkelgraue Kittelschürze, hatte ihr Haar nach hinten gekämmt und in einem Dutt gebündelt.

»Wir möchten zu Herrn Holtzer«, sagte Gabi. »Klaus Holtzer.«

Mit einer überraschend energischen Stimme rief sie: »Kloas?«

Nach ein paar Sekunden der Stille wiederholte sie den Namen mit noch etwas mehr Nachdruck. Wieder ohne Antwort.

»Den as an der Scheia.« Die alte Frau wies mit einem gichtgekrümmten Finger den Hof aufwärts.

Ein Traktor mit Anhänger kam mit Karacho zum Tor hereingefahren. Nasse Klümpchen von den Reifen wirbelnd, fuhr er mit Getöse an ihnen vorbei und hielt wenige Meter weiter an. Ein altes Holztor wurde aufgeschoben. Das Getriebe knirschte, der Treckerfahrer manövrierte im Rückwärtsgang den Anhänger durch das Tor.

Einem Rinnsal ausweichend, das aus einem Loch in der Dachrinne lief, drängte sich Gabi, gefolgt von Walde, an der Zugmaschine vorbei. Sie befanden sich in einer Scheune. Die unregelmäßigen Ziegel waren hell verfugt, hoch oben schwebte eine Konstruktion aus alten Balken, dekoriert mit antiken Wagenrädern und bäuerlichen Utensilien aus vergangenen Zeiten. Neben zusammengeklappten Bierzeltgarnituren und Stehtischen lagerten mehrere Reihen mit hunderten von Sandsäcken. Eine Gruppe von etwa zehn Männern, die meisten trugen grüne und blaue Arbeitskleidung und Stiefel, stand um eine riesige Plane herum, auf die nun aus dem Hänger Sand gekippt wurde.

Sobald der Kipper sich wieder gesenkt hatte, fuhr der Trecker los, das Scheunentor wurde geschlossen und die Männer begannen, den Sand in weitere Säcke zu schaufeln.

Walde erkannte den Mann, der nun freundlich lächelnd auf sie zukam.

»Holtzer, was kann ich für Sie tun?« Er reichte Gabi und Walde die Hand.

Der untersetzte Mann mit der dunklen Stimme war kleiner, als Walde sich ihn vorgestellt hatte. Der Druck seiner breiten Hand war fest.

»Dürfen wir Sie sprechen?« Walde hielt seinen Ausweis so, dass er von den übrigen Männern nicht gesehen werden konnte. »Kriminalhauptkommissar Bock und das ist meine Kollegin Kriminaloberkommissarin Wagner, Kripo Trier.«

»Haben Sie auch Probleme mit dem Hochwasser?«, fragte Walde.

»Sie haben doch gesehen, was draußen los ist. Wenn das so weiter regnet, werden wir die Sandsäcke gut gebrauchen können. Es tritt Wasser an Stellen aus, wo ich mein Lebtag noch keins gesehen hab. Ich bin hier im Ort der Wehrführer. Aber lassen Sie uns nebenan ins Stübchen gehen.«

Was Holtzer als Stübchen bezeichnete, sah auf den ersten Blick wie eine Dorfkneipe aus. Es roch nach kaltem, abgestandenem Rauch, Schnaps und weiterem Undefinierbarem. Auf der Theke standen benutzte Gläser, leere Flaschen und volle Aschenbecher.

»Entschuldigung, hier ist noch nicht aufgeräumt, dann lassen Sie uns in die Milchkammer gehen.« Holtzer geleitete sie zur Tür hinaus auf den Hof, wo er sie nahe der Hauswand, im Schutz des überstehenden Dachs, einige Meter weiter in einen schmalen, weiß gekalkten Raum führte. Außer einer kleinen Sitzgarnitur für vier Personen, bestehend aus einer Tischplatte mit zwei Holzbänken ohne Rückenlehnen, wie sie ähnlich auf Rastplätzen zu finden war, gab es in der länglichen kleinen Kammer nur noch zwei Regalbretter an der Wand. Hier standen Literkannen mit unterschiedlichen Dekorationen und Formen, manche waren beschriftet. Der Raum war nicht geheizt. Walde wartete, bis Gabi sich gegenüber von Holtzer gesetzt hatte, bevor er seine langen Beine über die Sitzbank hob und unter dem Tisch unterbrachte.

»Außer Milch kann ich Ihnen hier leider nichts anbieten.« Holtzer rieb die Handflächen aneinander, während seine Besucher die Köpfe schüttelten.

»Sind Sie nicht auch der Ortsbürgermeister?«

»Nee, früher mal, das macht schon seit Jahren der Rudi, mein Sohn. Nicht dass Sie meinen, wir hätten hier im Dorf eine Autokratie, der wurde ganz demokratisch gewählt.«

»Aber es gab keinen Gegenkandidaten?«, fragte Gabi ins Blaue.

Holtzer zögerte einen Moment, dann grinste er. »Sie haben es erfasst. Wer will heutzutage noch ein Ehrenamt übernehmen?« Er legte die Hände mit den breiten Fingern flach auf den Tisch. »Aber Sie sind aus einem anderen Grund hier. Die Fernsehfritzen waren auch gerade da.«

»Dann wissen Sie in groben Zügen, worum es geht«, sagte Gabi.

»Ich habe sie gleich vom Hof gewiesen, aber es geht wohl um den Bröding.«

Gabi nickte. »Thomas Bröding ist heute Nacht ermordet worden.«

»Unfassbar!«

Walde beobachtete, wie Holtzer nachdenklich blickte und mit dem Mittelfinger ein Ohrläppchen nach vorne drückte, auf dessen Rückseite dunkle Haare zum Vorschein kamen.

»Der Jakob ist gerade erst achtzehn geworden und Katja ... noch nicht lange umgezogen ... nicht zu fassen ...«

Ein Mann in Parka mit Kapuze über dem Kopf kam zur Tür herein. Er hielt kurz inne, als er die drei am Tisch sah, dann hob er kurz grüßend die Hand, nahm eine Milchkanne aus dem Regal und stellte an ihre Stelle eine andere hin. Dabei gab die Kanne einen scheppernden Ton von sich.

»Hier steht die Milch für die Leute, die sie jeden Tag frisch haben wollen. Ich will jetzt nicht ausführen, was für Klimmzüge ich machen muss, dass das überhaupt möglich ist, weil die Milch ja frisch vom Euter kommt und nicht untersucht ist.« Er machte eine wegwischende Handbewegung. »Das ist ja auch nicht Ihr Thema.«

»Sie kennen Brödings Familie näher?«, fragte Gabi.

»Er ist ein Parteifreund.«

»Was bei manchen Politikern als Steigerung von Feind bezeichnet wird.« Sie blieb ernst.

»Ich bin dafür bekannt, wenn es sein muss, kein Blatt vor den Mund zu nehmen.«

»Worum ging es bei Ihrer Auseinandersetzung, die Sie gestern Abend in Bitburg mit Bröding hatten?«, fragte Walde.

»Hat dieser Ökofuzzi nix Besseres zu tun gehabt, als gleich Aktenzeichen XY zu spielen?«

»Sie sollen Bröding vorgehalten haben, mit seinem Umzug in die Eifel ein Kalkül zu verfolgen. Er solle Farbe bekennen, Sie wüssten, was er vorhabe. Soll sich alles nicht sehr freundlich angehört haben.«

»Läuft der selbsternannte Öko-Karl nun mit einem Kassettenrekorder herum und nimmt Gespräche auf dem Scheißhaus auf?«

»Dann haben Sie das also gesagt?«

»Vorweg mal eines: Was ich gesagt haben soll oder nicht, werde ich jetzt hier nicht bei Ihnen ausführen.«

»Was hatte Bröding denn Ihrer Meinung nach vor?«

»Keine Ahnung, das werden Sie ihn auch nicht mehr fragen können. Aber wie gesagt, bisher betrachte ich dieses Gespräch als informell. Wenn es von Ihnen als Verhör gesehen wird, muss ich leider passen. Dann empfehle ich Ihnen, mich vorzuladen, und Sie können sicher sein, dass ich einen Anwalt mitbringen werde.«

»Eins würden wir dennoch gerne wissen. Wo waren Sie heute Nacht zwischen Mitternacht und vier Uhr früh?«

»Sie wollen ein Alibi?«

Gabi nickte: »Manchmal nehmen auch wir kein Blatt vor den Mund.«

»Ich muss Ihnen dennoch die Antwort schuldig bleiben.«

»Es wäre sehr hilfreich, wenn Sie kooperieren würden.«

»Das ist persönlich.« Die Spitze des Mittelfingers wanderte erneut zum Ohrläppchen.

»Überlegen Sie es sich. Wir müssen sonst unsere Schlüsse ziehen.« Walde versuchte, seine Beine unter der gegenüberliegenden Bank hindurch auszustrecken. Er befürchtete, Holtzer würde nichts mehr sagen, wenn Gabi bei ihrer Linie blieb. »Sie betreiben einen Bauernhof und eine Pension?«

»Die Pension führt meine Frau und auch die Scheune, die hier im Dorf der Ersatz für ein Gemeindehaus, für Familienfeiern und dergleichen ist. Die Viehwirtschaft betreibt mein Sohn. Und ich lebe von meinem Einkommen als Landtagsabgeordneter und Energiebauer.«

»Die Solaranlage?«

Holtzer nickte. »An guten Tagen könnten wir das ganze Dorf versorgen.«

»Und Ihr Sohn lebt von der Milchwirtschaft?«

»Und der Zucht«, ergänzte Holtzer.

»Werden bei Ihnen auch Tiere auf dem Hof geschlachtet?«

»Nein, schon lange nicht mehr.«

»Wie lange nicht mehr?«

»Zehn, fünfzehn Jahre?«

»Gibt es noch Geräte von damals?«

»Warum fragen Sie das …?« Holtzer wurde unruhig. »Sie meinen doch nicht … ist Bröding etwa mit einem … nee …«

»Ich werde mal mit Ihrem Sohn sprechen.«

Die Stimme des Mannes nahm einen energischen Ton an. »Den halten Sie da gefälligst heraus, nicht noch einer.«

Walde verstand die Anspielung und wusste, dass sie sich jetzt auf dünnem Eis bewegten.

»Das müssen Sie schon uns überlassen«, fuhr Gabi unbeirrt fort. »Ihr Sohn ist erwachsen und, wie Sie selbst sagen, der Betreiber des Hofes.«

»Egal, das erlaube ich nicht«, schrie Holtzer.

»Sie haben hier nichts zu erlauben.«

»Und ob.« Holtzer stand schneller auf, als es Walde für möglich gehalten hätte.

»Herr Holtzer, bleiben Sie stehen!«, rief Walde.

Dieser scherte sich nicht darum und eilte zur Tür. Als er sie aufzog, wurde sie wieder zugeschlagen. Holtzer stöhnte auf, als sein Arm auf den Rücken gerissen, nach oben gedrückt und sein Gesicht an die Tür gepresst wurde. Er war zu überrascht, um verhindern zu können, dass Gabi ihm Handschellen anlegte.

»Sie sind vorläufig festgenommen.«

»Haben Sie einen Haftbefehl?«

»Brauchen wir nicht bei Gefahr in Verzug oder Fluchtgefahr oder dringendem Tatverdacht.«

»Als Mitglied des Landtages unterliege ich der Immunität.«

»Darum wird sich der Staatsanwalt kümmern«, sagte Gabi. »Aber soviel kann ich Ihnen jetzt schon sinngemäß mitteilen: Die Immunität gilt nicht bei der Festnahme eines Mitglieds des Landtags bis spätestens am folgenden Tag nach der Tat, die ihm vorgeworfen wird.«

»Ja, aber beim …«

»Beim letzten Mal war dieser zeitliche Zusammenhang nicht gegeben. Deshalb musste erst mal der Landtag Ihre Immunität aufheben, darauf brauchen wir diesmal nicht zu warten.«

Walde konnte es nicht fassen, wie gut sich Gabi vorbereitet hatte.

Während seine Kollegin bei Holtzer im Milchstübchen blieb, ging Walde zum Auto und rief von dort Staatsanwalt Roth an. Nachdem er ihm die Situation geschildert hatte, bat dieser um ein paar Minuten Bedenkzeit und versprach zurückzurufen.

An der Frontscheibe liefen die Regentropfen herunter, trafen auf die alten und rissen sie mit. Der Trecker von vorhin fuhr wieder auf den Hof. Walde sah, wie der Anhänger erneut rückwärts in die Scheune manövriert wurde. Nach dem Abkippen wurde der Traktor weiter hinten im Hof bei den anderen Maschinen geparkt. Als der Fahrer zu Fuß zurück zur Scheune ging, erkannte Walde die Ähnlichkeit mit Holtzer in der Statur des jungen Mannes.

Jemand klopfte an die Seitenscheibe. Eckhard Fürst stand neben dem Wagen.

Walde stieg aus und schaute sich um. Der Mann von *Tele Mosel* hatte die linke Hand in der Tasche. In der anderen hielt er einen großen gelben Regenschirm. Keine Kamera und auch kein Mikrofon waren zu sehen. Nur der Regen auf dem Schirm, den Fürst nun anhob und auch über Walde hielt. Von der Scheune her war das Kratzen der Schaufeln zu hören.

»Kriegen Sie den Durchsuchungsbeschluss, Herr Bock?«

Einen Augenblick war Walde perplex. Hatte Fürst gelauscht? Am liebsten hätte er den Mann daran erinnert, dass Holtzer ihn vorhin vom Hof gewiesen hatte. »Zu laufenden Ermittlungen kann ich Ihnen leider keine Auskunft …«

»Herr Kommissar, das verstehe ich«, Fürst lächelte verschwörerisch. »Aber Sie sehen ja selbst, wie nah wir am Geschehen sind. Uns liegen Informationen vor, die Sie vielleicht nicht besitzen.«

»Und die wollen Sie gegen unsere austauschen?«

Fürst legte seinen Kopf schief und versuchte, seinem leicht aufgedunsenen Dummejungengesicht einen geheimnisvollen Ausdruck zu verleihen.

»Dann legen Sie mal los«, forderte Walde ihn auf.

»Holtzer kam erst heute Morgen nach Hause.«

»Aha.«

»Er hat eine Detektei beauftragt, in Brödings Vergangenheit zu wühlen.« Fürst sprach leiser. »Und diese Schnüffelei ist vor dem Hintergrund mit der Sache mit Holtzers Sohn, Sie wissen von der Geschichte mit den Kontoauszügen, doppelt brisant.«

»Interessant.«

»Und was haben Sie herausgefunden?«

Waldes Mobiltelefon klingelte. Es lag auf dem Beifahrersitz.

»Bitte entschuldigen Sie mich.«

»Und was ist mit meinen Infos?«

»Morgen gibt es eine Pressekonferenz.«

Walde stieg ein und nahm das Gespräch entgegen. Es war Roth. »Behalten Sie Herrn Holtzer da. Ich bringe den Durchsuchungsbeschluss mit.«

Fürst kam wieder zurück, wobei er den Schirm senkte und mit der Spitze auf ihn zeigte. »Sie wollen mich doch jetzt nicht so abspeisen. Wir hatten eine Abmachung.«

»Tut mir leid.«

Fürst hob den Zeigefinger und stampfte auf, bevor er umkehrte und sich wieder auf den Weg zu seinem Auto machte. »Das wird Ihnen vielleicht noch leid tun.«

Kaum eine halbe Stunde später traf Staatsanwalt Roth, zusammen mit den Kollegen von der Kripo, auf dem Hof ein. Als Erstes bat er darum, mit Holtzer allein sprechen zu dürfen.

Während Walde und Gabi unter dem überstehenden Dach warteten, war nebenan aus der Scheune gelegentlich das Klappern von Flaschen und lautes Lachen zu vernehmen. Die Feuerwehrleute schienen zum gemütlichen Teil, verbunden mit dem Löschen des eigenen Durstes, übergegangen zu sein.

»Saukalt ist es. Meine Füße sind Eisklumpen.« Gabi verschränkte die Arme und trippelte auf der Stelle.

»Wenn du willst, kannst du dir nachher das Haus vornehmen«, schlug Walde vor, obwohl es ihm ebenfalls kalt war. »Ich kümmere mich um den landwirtschaftlichen Teil. Übrigens fand ich es sehr beachtlich, was du vorhin Holtzer wegen der Immunität mitteilen konntest.«

Sie lächelte. »Die Info lag in den Unterlagen von Grabbe.«

»Und wie fix du den Holtzer gepackt hast.«

»Ein bisschen Rückbildungsgymnastik für junge Mütter, mehr nicht.«

Aus der Milchkammer kam Staatsanwalt Roth. Holtzer blieb hinter ihm in der Tür stehen.

»Könnten Sie bitte Herrn Holtzer die Handschellen abnehmen, er hat versichert, dass er sich den Anweisungen der Beamten fügen wird.«

Als Erstes schickte der Hausherr seine Kollegen von der Feuerwehr weg. Danach zeigte er seinem Sohn Sven den Durchsuchungsbeschluss, der sich auf alle Räume und Fahrzeuge bezog, zu dem sein Vater Zutritt hatte. Damit war praktisch der ganze Hof mit dem Wohngebäude betroffen.

Walde übernahm es, mit seinem erfahrenen Kollegen Meyer und drei weiteren Leuten aus seinem Team in Begleitung von Holtzers Sohn die Wirtschaftsgebäude zu inspizieren. Erst einmal wollten sie sich einen Überblick verschaffen. Neben dem Bereich mit dem Landmaschinenpark befand sich eine gut ausgestattete Werkstatt.

»Das ist ja schlimmer, als die Nadel im Heuhaufen zu suchen«, bemerkte Walde zu Meyer, als sie eine große Lagerhalle betraten und Sven Holtzer eine Schaufel in die Hand nahm, um etwas vom Boden zu kratzen, das wie Katzenkot aussah.

Walde hatte sich keine Vorstellung davon gemacht, wie viele Ballen Heu und Stroh hier gelagert waren. Hinzu kamen zwei hohe Silos. Alles war eine Dimension größer, als er erwartet hatte. Wie gut hätten sie Verstärkung durch die Bereitschaftspolizei brauchen können, aber diese war bereits wegen des Moselhochwassers im Einsatz.

»Im Herbst, als ich schon mal da war, es ging um die Sache mit seinem Sohn Marco, da war hier dreimal soviel eingelagert«, bemerkte Meyer. »Das Vieh hat über den Winter einiges weggefressen.«

»Und wo seid ihr fündig geworden?«

»Nicht hier, die Kopien der illegal beschafften Kontoauszüge lagen in Holtzers Büro. Er dachte wohl, der Zweck heiligt die Mittel.« Meyer senkte die Stimme. »Sollte er davon immer noch überzeugt sein … von dem guten Zweck … spätestens heute Nacht wäre er dann zu weit gegangen.« Er drehte sich beschwingt um, klatschte in die Hände und rief in die Runde: »Sollen wir die Gabelstapler holen und den Kram hier im Hof ausbreiten? Dann müssen wir auch noch die ganzen in Folie gewickelten Heuballen, die draußen lagern, auspacken. Ich denke, bis morgen Abend müssten wir die Hälfte geschafft haben.«

»Dann wird doch alles nass«, mischte sich Walde ein. Er war sich nicht sicher, ob Meyer scherzte.

»Das ist bei dem Sauwetter wohl nicht zu vermeiden.« Meyer steckte sich grinsend eine Zigarette in den Mund. »Und das ist nur ein Teil. Du kannst dir gar nicht vorstellen, wie viel Mist die bauen.«

»Wer macht den Mist, Chef?«, rutschte es einem seiner jungen Kollegen heraus.

»Die Kühe! Du Rindvieh!« Er schlug ihm lachend auf die Schulter, als er an ihm vorbei ins Freie ging, dort die Zigarette anzündete, sie mit einer Hand gegen den Regen schützte und einen tiefen Zug nahm.

Durch den großen Stall führte ein breiter Mittelgang. Links und rechts standen braune und braunweiß gefleckte Kühe in langen Reihen hinter Fressgittern. Alle trugen breite, orangefarbene Halsbänder. Die Luft war warm. Der Geruch der Tiere löste bei Walde angenehme Erinnerungen an Kindheitstage bei den Großeltern aus. Er beobachtete, wie eine Kuh mit lang herausgestreckter Zunge sich Futter ins Maul schob. Mahlende Kaugeräusche waren zu hören, irgendwo trank laut schlabbernd eines der Tiere. Manche Kühe musterten mit unergründlichen Augen die Besucher.

»Wird hier geheizt?«, fragte Walde.

»Das sind die lebendigen Heizkörper.« Sven Holtzer beugte sich zu einer fressenden Kuh herunter und legte ihr eine Hand auf die Stirn.

So ein Stall würde seiner Tochter Annika sicher auch gefallen, dachte Walde.

»Wir melken morgens um sechs Uhr. Vorher wird der Stall sauber gemacht und alles vorbereitet. Der Milchwagen kommt um acht und dann noch mal um neunzehn Uhr.« Der junge Landwirt sprach in einem Ton, als führe er eine Besuchergruppe über den Hof.

Selbst Meyer blieb stehen, um einem der Tiere den Kopf zu tätscheln.

»Haben Sie die Hörner weggezüchtet?«

»Nein.« Sven Holtzer lachte. »Wir enthornen die Tiere, um Verletzungen zu vermeiden, und sie können sich freier bewegen.«

Hinter dem Stall passierten sie einen Raum mit großen chromblitzenden Behältern. Der Jungbauer erklärte ihnen, dass hier die Milch aus der Melkanlage ankäme, heruntergekühlt und gelagert würde, bis der Milchtankwagen sie abhole.

Hier befand sich ein kleiner Raum mit Regalen an zwei Wänden und einer Arbeitsfläche mit Geräten, die an ein Labor erinnerten. Walde besah sich den Inhalt der Regale.

»Wenn ich kurz erläutern darf.« Sven Holtzer blickte in die Runde. Dann wandte er sich dem obersten Regalbrett zu. »Das sind zum Beispiel Geräte zur Geburtshilfe.«

Walde betrachtete ein an einen Fahrradlenker gemahnendes Gestell mit Schlinge und Hebel. »Ist das nicht Sache des Tierarztes?«

»Wenn der rechtzeitig da ist, gerne.« Er plusterte sich ein wenig auf. »Da ist der Papa noch unschlagbar drin. Meistens laufen die Geburten aber problemlos ab.« Er wies auf die anderen Gegenstände. »Das meiste hier ist Melkzubehör, weiter benötigen wir Material für Euterhygiene, fürs Melken, die Aufzucht, Mittel gegen Krankheiten, Geräte für die Enthornung, für das Pflegen des Fells, die Huf- und Klauenpflege und …«

»Kommt es vor«, Walde wollte nun endlich zum Punkt kommen, »dass sich ein Tier schwer verletzt oder durch andere Umstände ... oder Krankheit nicht mehr lebensfähig ist?«

»Sie meinen ... ob wir ...«

»Manchmal ein Tier einschläfern müssen.« Walde ließ Sven Holtzer nicht aus den Augen.

»Das kommt ... ganz selten vor.«

»Und dafür haben Sie ein Bolzenschussgerät?«

»Das bewahren wir da drin auf.« Der Sohn wies auf einen schmalen, etwa hüfthohen Stahlschrank in der Ecke, auf dem sich Ausgaben der Zeitschrift *'Braunvieh'* stapelten. »Die Munition wird – wie vorgeschrieben – getrennt gelagert.« Er lächelte und wandte sich dem Arbeitsbereich zu. »Hier haben wir verschiedene Geräte zum Überprüfen der Milchqualität, zum Beispiel einen Mastitis-Tester ...«

»Wir möchten uns erst einmal den Schrank anschauen. Können Sie ihn bitte öffnen.«

Der junge Mann klinkte einen runden Schlüsselbund in Höhe seiner rechten Hüfte vom Gürtel. Er brauchte einen Moment, bevor er den kleinen Schlüssel gefunden hatte. Im Inneren des Schranks waren die Böden lückenlos mit übereinander gestapelten Medikamenten gefüllt. Sven Holtzer kniete sich davor. Er versuchte, ein paar Packungen zur Seite zu schieben, nahm sie dann heraus und tastete den Raum dahinter ab.

»Hier müsste das Ding eigentlich liegen.«

»Wann wurde es zuletzt gebraucht?«

»Also im Januar ... nee, im Februar müsste es gewesen sein.«

»Und wer von Ihnen hat das Gerät benutzt?«

»Das war der Ludwin, unser Viehdoktor. Der hat auch schon im Schlachthof gearbeitet.« Sven Holtzer räumte die

Packungen wieder ein und versuchte es auf dem Brett darüber.

»Und danach ist es wieder in diesem Schrank verstaut worden?«

»Eigentlich schon.«

»Lassen Sie uns mal ran.« Meyer gab seinen drei Kollegen einen Wink. Im Handumdrehen hatten diese alle Fächer ausgeräumt. Währenddessen notierte sich Walde den Namen des Tierarztes. Das Bolzenschussgerät war nicht zu finden.

»Ist dieser … der Bröding, der ist doch nicht etwa mit …«

Walde konnte dem Blick von Sven Holtzer nicht ausweichen. Was sollte er ihm sagen? Er entschied sich zu schweigen.

Der junge Bauer nahm sein Handy aus der Tasche.

»Was haben Sie vor?«

»Ich ruf' den Ludwin an.«

Er ließ lange klingeln und musste sich dann mit einer Nachricht auf die Mailbox begnügen, mit der er dringend um Rückruf bat.

Als Walde geduckt über den Hof zum Wohngebäude ging, nahm der Regen dermaßen zu, dass er die letzten Meter im Laufschritt um die Pfützen herum nehmen musste.

In Holtzers Büro war man offensichtlich recht gründlich bei der Sache. An der bis zur Decke reichenden Schrankwand aus Kirschbaumholz standen auf der linken Seite alle Türen offen. Unter den Augen von Staatsanwalt Roth und Klaus Holtzer, die schweigend in bequem wirkenden Ledersesseln saßen, schienen die Kollegen deutlich behutsamer als üblich beim Durchforsten der Unterlagen vorzugehen. Auf der rechten Schrankseite war noch ein Kollege dabei, letzte Aktenordner zurück zu stellen.

Walde, Gabi und Staatsanwalt Roth zogen sich in einen Aufenthaltsraum für Pensionsgäste zurück. Ein langer Flur führte bis ins Gästehaus. Als Walde die Zwischentür schloss, die den Gästetrakt vom Wohnhaus trennte, sah er auf ein Schild mit der Aufschrift ‚*Privat*'.

Hinter der Tür mit der Aufschrift ‚Aufenthaltsraum' lag ein geräumiges, mit Teppichboden ausgelegtes Zimmer. Es war möbliert mit einer Eckbank mit Tisch und Stühlen, einer Couch und drei Sesseln. Die Längsseite wurde von einem Regal mit Büchern, Spielen und einem Fernseher eingenommen. An den übrigen Wänden hingen Bilder mit Szenen vom Urlaub auf dem Bauernhof. Wieder musste Walde an Annika denken, der es hier sicher gefallen würde.

Walde und Gabi ließen dem Staatsanwalt den Vortritt, der sich den Platz am Kopf der Eckbank auswählte. Gabi rutschte von der anderen Seite auf die Bank und Walde nahm auf dem Stuhl gegenüber Platz.

Roth legte einen mit durchgestrichenen Beschriftungen in verschiedenen Farben übersäten Aktendeckel aus grauem Karton auf den Tisch und entnahm ihm zwei Blätter.

»Das Gerät taucht in den Unterlagen für das Finanzamt nicht auf, weil es wirtschaftlich und buchhalterisch abgeschrieben und damit theoretisch nicht mehr vorhanden ist. Und das hier«, er zog das zweite Blatt hervor, »haben wir zuerst gefunden. Es stammt aus der internen Inventur des Hofes vom Januar diesen Jahres. Unter dem Inventar in einem als ‚Milchlager' bezeichneten Raum wird ein Bolzenschussgerät, Kaliber 9 mm, aufgeführt.«

»Das deckt sich mit den Angaben seines Sohnes.« Waldes rechter Schuh stieß unter dem Tisch gegen ein Hindernis. »Der Schrank, in dem das Gerät aufbewahrt wird, war verschlossen. Angeblich soll das Bolzenschussgerät zuletzt vor ein paar Monaten benutzt worden sein. Von einem Tierarzt, der im Moment nicht erreichbar ist.«

Gabi und Roth tranken aus ihren Kaffeebechern, die sie von drüben mitgebracht hatten. Der Staatsanwalt setzte seinen Becher ab. »Ein Tierarzt soll sich eines Bolzenschussapparates bedient haben? Das klingt nicht sehr glaubhaft«, fuhr Roth fort. »Andererseits haben wir einen Waffenschrank inspiziert, der genug Alternativen bietet. Neun Waffen, teils großkalibrige Gewehre mit Zielfernrohr, und eine ordentliche Pistole. Alles besser als ein primitiver Schussapparat, den man dem Opfer zudem noch auf den Nacken setzen muss.«

»Der Täter musste sich anschleichen wie ein Indianer oder kannte das Opfer und hat sein Vertrauen ausgenutzt«, sagte Walde.

»Mal sehen, was die Haftrichterin sagt.« Staatsanwalt Roth steckte die Blätter in die Mappe zurück. »Wir nehmen Holtzer vorläufig fest und bringen ihn ins Präsidium.«

Gabi und Walde nickten.

Der dritte Wagen des kleinen Konvois blieb mit laufendem Motor im Hof stehen. Aus dessen Fond heraus beobachteten Staatsanwalt Roth und Klaus Holtzer, wie sich vorne der Trecker mit dem großen runden Strohballen auf dem Frontlader und einem zweiten auf der Heckgabel in Bewegung setzte, aus dem Hof über die Straße rollte und vor dem

Smart stehen blieb. Ihm folgte Walde, der seinen Wagen an dem Traktor vorbei hinter das kleine Auto von *Tele Mosel* manövrierte. Das gelbe Fahrzeug war nicht größer als der Heuballen, der den Leuten von *Tele Mosel* die Sicht auf den Wagen verdeckte, der nun aus der Einfahrt kam und auf der Straße mit aufheulendem Motor beschleunigt wurde, bevor er, eine Gischtspur hinter sich herziehend, in der Abenddämmerung verschwand.

Als Fürst verdattert ausstieg und im Regen instinktiv die Schultern hochzog, war es längst zu spät für eine Verfolgung. Der Traktor setzte in den Hof zurück.

»Das wird Ihnen ganz sicher noch leid tun.« Der Mann von *Tele Mosel* beließ es diesmal nicht beim ausgestreckten Zeigefinger, sondern ballte die Hand zur Faust.

»War's das?« Gabi kramte eine angebrochene Schachtel Zigaretten aus einer ihrer Schreibtischschubladen und beförderte sie in den Papierkorb.

»Meinst du deine ehemalige Nikotinsucht oder den Fall?«, fragte Grabbe, neben dem der Drucker einen weiteren Stapel Papier auswarf.

»Ist der Fall vom Tisch?«

»Ich denke mal, wir wären schlechte Polizisten«, Grabbe schaute demonstrativ zu Walde hinüber, der sich die Pressemitteilungen an der Pinnwand ansah, »wenn wir den Fall vorschnell zu den Akten legen würden.«

»Wer ist das?« Walde tippte auf das Bild eines Mannes mit kurz geschnittenem grauen Vollbart, der mit einer Broschüre in der Hand an einem Baum lehnte und in die Kamera lächelte.

»Das ist der erfolglose Investorsucher.« Grabbe stand auf und stellte sich neben die Tafel, damit auch Gabi das Foto mit den zwei Männern sehen konnte, auf das er zeigte. »Hier neben Klaus Holtzer, das ist er. Damian Lutton, Projektleiter der Bioenergie Südeifel Technologiepark, kurz BEST genannt. Dieser Mann mit angeblich besten internationalen Beziehungen soll sich neben der Planung und Genehmigung auch um Investoren für das Großprojekt kümmern. Angeblich sind Investoren aus der ganzen Welt, von Irland bis Fernost, interessiert. Klaus Holtzer hat das Projekt angeleiert. Sein Problem sind die windigen Großinvestoren und als Folge daraus die schlechte Presse.«

Er zeigte auf den nächsten Artikel. Wieder war es ein Aufmacher auf Seite eins der Lokalzeitung. »Klaus Holtzer hat Einsicht in dienstliche Unterlagen seines Sohnes Marco genommen, der bei einer Bank in Trier arbeitet. Holtzer behauptet, die Unterlagen hätten sich in dessen Auto befunden. Marco chauffiert ab und an seinen Vater.«

»Um was ging es?« Walde schaute verstohlen auf seine Uhr. Wenn er nicht bald nach Hause käme, wäre es zu spät, die Kinder ins Bett zu bringen.

»Holtzers Projekt umfasst einen Stausee auf einem Konversionsgelände der Amis, eine Raketenstation, die, wie der Zufall es will, oberhalb von seinem Dorf liegt«, erklärte Grabbe. »Nach dem Abzug der Air Force vom Flugplatz Bitburg wurde das Gelände aufgegeben. Quasi ein Konkurrenzprojekt zu dem, für das sich Thomas Bröding stark gemacht hat, erweitert durch einen Energiepark aus Windrädern und Kollektoren.«

»Ein Konkurrenzprojekt zu dem, in das Thomas Bröding verwickelt war?«

Grabbe nickte. »Bei Holtzer wurden Fotos von Überweisungen der Gesellschaft gefunden. Wahrscheinlich wollte er nachweisen, dass die Zahlungen an Bröding gingen. Damit wäre er politisch unten durch gewesen und Holtzer hätte einen ernst zu nehmenden Gegner ausgeschaltet.«

»Sind Gelder an Bröding geflossen?«, fragte Gabi.

»Nein, die Sache ist nach hinten losgegangen. Holtzers Sohn Marco hat seinen Job bei der Bank verloren und ist irgendwo in Luxemburg untergekommen. Seine Karriere hat einen mächtigen Dämpfer erlebt. Da wollte sein Vater nicht noch Öl ins Feuer gießen. Zum Prozess ist es, warum auch immer, nicht gekommen.«

»Okay, mit Holtzer haben wir uns schon ausführlich beschäftigt«, sagte Gabi. »Nun bleiben Gegner aus dem beruflichen Umfeld von Bröding, eifersüchtige Partner von möglichen Geliebten …«

»Bei denen es sich auch um Exgatten von Mandantinnen handeln könnte, schenkte man der am Fenster spionierenden Nachbarin Glauben«, ergänzte Grabbe.

»Oder um seine Ehefrau selbst … oder wir suchen einen Nebenbuhler, der was mit ihr hat?«

»Das scheint alles möglich, aber ich denke, wir sollten Klaus Holtzer noch einmal befragen«, sagte Grabbe.

»Der möchte nichts mehr sagen, bevor er mit seinem Anwalt gesprochen hat. Der soll aber übers Wochenende weggefahren sein und erst mal wieder zurück …« Gabi nahm das klingelnde Telefon auf ihrem Schreibtisch ab. Sie hörte kurz zu, legte dann die Hand auf die Muschel und wandte sich zu Walde. »An der Pforte wartet ein Dr. Rupprath, der dich sprechen möchte.«

»Das dürfte Holtzers Anwalt sein. Der sollte besser zuerst mit seinem Mandanten sprechen.«

»Er möchte ausdrücklich zu dir.«

Walde war überrascht von der Frisur und Kleidung des Mannes, der mit federnden Schritten, immer zwei Stufen auf einmal nehmend, die Treppe hochstieg. Unter einer dunklen Regenjacke mit Kapuze trug er Jeans und nicht ganz sauber wirkende Laufschuhe. Er kam ihm bekannt vor.

»Rupprath«, stellte sich der schlanke Besucher vor. Er hatte die gewellten roten Haare nach hinten zu einem Zopf gebunden.

»Was ist aus dem Husky geworden?«

»Es war ein Malamute«, sagte Walde, dem augenblicklich wieder die Bilder des halb verhungerten Quintus vor Augen kamen, wie er ihn vor Jahren auf einem einsamen Gehöft in der Eifel gefunden hatte. Damals hatte Dr. Rupprath das Tier untersucht. »Dem geht es gut.«

»Sie haben noch Kontakt zu dem Halter?« Der Mann steckte sich den herausgerutschten Zopf zurück in den Kragen.

»Das bin ich selbst.«

»Ah ja.«

»Sie sind also der Tierarzt.«

»Viehdoktor passt besser.«

»Und Sie behandeln nun größere Tiere?«

»Das habe ich früher auch schon getan, nur war das manchmal nicht so angenehm. Da war in Belgien ein Hof mit achthundert Rindern …«

»Massentierhaltung …«

»Die große Zahl an Tieren ist eigentlich nicht das Problem. Es gibt Standards, die eingehalten werden sollten, und dann ist das Ganze ethisch zu vertreten. Bei den Holtzers ist die Behandlung der Tiere absolut einwandfrei.«

»Kommen Sie bitte mit in mein Büro«, forderte Walde den Tierarzt auf. Er war froh, dass ihm die Frage erspart blieb, warum er den Hund behalten hatte, dessen Halter einem Verbrechen zum Opfer gefallen war.

»Wir gehen vielleicht besser noch mal runter zur Pforte. Da liegt was, das ich Ihnen mitgebracht, also mitbringen wollte … aber in der Besucherschleuse haben die Metalldetektoren das Gerät wohl angezeigt.«

Das Ding in der weißen Plastiktüte, das ihm der Kollege an der Pforte reichte, ähnelte auf den ersten Blick der großen Geschosshülse, die Walde mal auf einer Wanderung in der Nähe von Hallschlag gefunden hatte. »Haben Sie es angefasst?«

Der angesprochene Polizist schüttelte den Kopf, während er ein Telefongespräch entgegennahm.

»Ich schon«, sagte der Tierarzt. »Ich wusste gar nicht, dass ich das Ding die letzten Wochen spazieren gefahren habe. Wer weiß, ob es geladen ist.«

»Und Sie wären mit dem Apparat einfach so hier ins Präsidium marschiert?«

»Ich bin ja nicht *Chigurh*«, verteidigte sich Rupprath. »Kennen Sie nicht den Film? Er heißt irgendwas mit Old Men und ist, glaube ich, von Tarantino oder von den Coen-Brüdern.«

Walde schüttelte den Kopf. Hatten sie zuhause nicht diesen Film auf DVD? Mit Ausnahme von *,Die fabelhafte Welt der Amélie'* waren sie in den letzten Jahren nie dazu gekommen, etwas aus ihrer Filmsammlung anzuschauen, zu der Streifen gehörten, die inzwischen längst ein paar Mal im Fernsehen gelaufen waren. Selbst sein eigentlich filmabstinenter Freund Jo hatte mal vermutet, dass er und Doris sich bei der Wahl des Namens ihrer ersten Tochter von dem Film *,Leon der Profi'* hätten beeinflussen lassen. Aber Mathilda verdankte ihren Namen ganz sicher nicht diesem Film.

»*Chigurh* tötet in dem Film mit einem Bolzenschussgerät, manchmal auch mit einer Flinte oder mit den bloßen Händen.«

Walde wandte sich der Treppe zu. »Laut Sven Holtzer haben Sie mit dem Gerät einer Kuh den Gnadenschuss verpasst.«

»Nee.« Rupprath stieg im Gleichschritt mit Walde die Treppen empor und begnügte sich diesmal mit einer Stufe. »Ein Bolzenschussgerät betäubt nur. Außerdem sollte sich das Tier nicht bewegen, wenn dieses Gerät zum Einsatz kommt. Klaus Holtzer hat selbst den Sachkundenachweis für Hausschlachtungen.«

»Und der hat das Gerät auch bedient?«

»Klar, das wäre sonst ein doppelter Verlust gewesen. Das Tier hatte sich ein Bein gebrochen. Hätte ich eine Nottötung durchgeführt, also eine Spritze gesetzt, hätte das noch zusätzliches Geld gekostet.«

»Und bei einer Notschlachtung kann das Fleisch noch verwendet werden?«

Der Tierarzt nickte. »Das Tier war ja nicht krank, zumindest nicht in dem Sinne, dass das Fleisch nicht mehr hätte in den Handel kommen dürfen.«

»Einen Moment bitte.« Sie waren im Flur vor dem Büro von Gabi und Grabbe angekommen.

Walde ging hinein und ließ die Tür hinter sich offen. »Dr. Rupprath hat dieses Bolzenschussgerät gebracht.«

Grabbe nahm die Tüte entgegen und legte sie, ohne hineinzusehen, auf seinen Schreibtisch. »Ich bringe es nachher zur KTU«, sagte er. »Übrigens, Burkhard hat zurückgerufen. Er konnte für morgen früh einen Flug buchen. Und dein Freund Joachim Ganz hat wieder um Rückruf gebeten. Ein Zettel mit der Nummer, falls du sie nicht zur Hand hast, liegt auf deinem Schreibtisch.«

Sobald das Protokoll gefertigt und der Tierarzt gegangen war, rief Walde zu Hause an.

Annika meldete sich und berichtete ihm, dass sie wieder gesund sei und am Montag in die Schule gehen könne. Noch bevor er ihr von seinem Besuch auf dem Bauernhof erzählen konnte, gab sie das Telefon an ihre kleine Schwester Mathilda weiter. Nachdem er ihr mehrere Minuten beim Schmatzen zugehört hatte, das Abendessen schien ihr zu schmecken, übernahm Doris das Telefon. Als Erstes fragte sie, ob er Jo zurückgerufen habe.

»Ich wollte erst wissen, ob du klarkommst.« Hinter ihm prasselte der Regen ans Fenster.

»Nach dem Essen gehen die Kinder schlafen. Marie wollte beiden was vorlesen, und wenn du nachher kommst, gehen wir vielleicht noch ein Stündchen aus.«

»Und Marie passt auf die Kinder …«

»Nein, Marie und ich gehen aus. Jo hat ihr Handy. Er wird in der *Gerüchteküche* sein.«

Bernd Hansen trug bereits die Einsatzkleidung der Freiwilligen Feuerwehr, als er im Gemeindehaus das Amtszimmer des Ortsbürgermeisters betrat. Er zog die schwarze Jacke mit den gelben Streifen aus. Darunter trug er eine schwer entflammbare Latzhose, Stiefel mit Stahlkappe und Knöchel- und Schienbeinschutz. Die Jacke hängte er über den zweiten Stuhl, auf dem schon sein Helm lag. Obwohl er bereits eine schmale Größe gewählt hatte, war ihm die Schutzkleidung nach dem Gewichtsverlust der letzten Monate zu weit geworden.

Hinter dem Schreibtisch saß der Ortsbürgermeister, ein junger Mann, der vor etlichen Jahren in Hansens Lehrwerkstatt zum Zerspannungstechniker ausgebildet worden war. Sein damaliger Lehrjunge war inzwischen Ingenieur mit einer guten Stelle in Luxemburg, hatte im Ort neu gebaut, eine Familie mit zwei Kindern und war zum Ortsbürgermeister gewählt worden. In Punkto Tüchtigkeit stand Hansen diesem Mann kaum nach.

Neben seinem Brotberuf betrieb Hansen eine Imkerei. Sein großes mobiles Bienenhaus mit knapp zwei Dutzend Völkern hatte im Sommer seinen Standort auf dem Hochplateau oberhalb des Moseltales. Als Hansen zu Ohren kam, dass dort ein Pumpspeicherkraftwerk gebaut werden sollte, wurde er einer der Gründungsmitglieder der Bürgerinitiative, die das Projekt verhindern wollte. Daneben war Hansen als Wehrführer der örtlichen Feuerwehr besonders um den

Nachwuchs bemüht. Und bei der letzten Wahl hatte er für den Gemeinderat kandidiert und wurde prompt gewählt.

»Was kam raus?« Hansen setzte sich. Die FWG hatte sich heute Abend zu einer außerordentlichen Sitzung getroffen. Der einzige Tagesordnungspunkt war das FWG-Ortsgemeinderatsmitglied Hansen gewesen.

»Ich bin mit meinem Antrag, dich anzuhören, leider gescheitert.«

Hansen hatte sich vorgenommen, den Ortsbürgermeister und FWG-Vorsitzenden ausreden zu lassen. »Üblicherweise wird derjenige gehört, über den zu Gericht gesessen wird.«

»Wir hatten nicht über dich zu urteilen.«

»Was dann?«

»Du weißt, unter welchem Druck die FWG steht, seitdem …«

»Und was ist mit mir? Über mich wird doch kübelweise Dreck ausgekippt, nicht über euch!«, platzte es aus Hansen heraus. »Die Bürgerinitiative hat doch mit euch gar nix zu tun.«

»Das ist richtig, aber …«

»Ich bringe die Geschichte wieder in Ordnung. Wer nix macht, macht nix verkehrt.«

»Das weiß ich auch, aber …«

»Gebt mir drei Wochen Zeit, dann ist das geregelt und Gras über die Sache gewachsen.«

»Tut mir leid, die Entscheidung ist gefallen. Du wirst aus der FWG ausgeschlossen. Die Ortsgruppe geht zu dir auf Distanz. Du musst nun selbst entscheiden, ob du dein Mandat zurückgibst oder als Fraktionsloser im Gemeinderat bleibst.«

Hansen hatte damit gerechnet, aber insgeheim doch gehofft, von der Freien Wählergemeinschaft nicht fallen gelassen zu werden. Sie hatte es nicht zuletzt auch seinem langjährigen ehrenamtlichen Engagement zu verdanken, dass die Gruppierung bei der letzten Wahl die absolute Mehrheit der Stimmen im Ort gewonnen hatte.

»Bernd, wir wissen, also zumindest ich weiß, was wir dir zu verdanken haben. Aber wie konntest du nur so … unter uns gesagt, so eine Scheiße bauen?«

»Du kennst doch den Spruch, gut gemeint kommt vor schlecht gemacht. Genau so ist es gelaufen. Ich bin immer gerade heraus und auch nicht der Diplomatischste, aber was die von *Tele Mosel* daraus gemacht haben, das war schon des Guten zu viel. Und dieser Bröding, dieser Rechtsverdreher, das ist doch eine ausgekochte Oberdrecksau …«

»Aber du hast das Geld doch für dein … das Boot aus der Kasse der Bürgerinitiative gegen das geplante Pumpspeicherkraftwerk genommen?«

»Ja, natürlich, aber doch nur als Leihgabe, weil die Feuerwehr klamm war … die Sammlung für das Boot und das Feuerwehrfest findet doch erst nach Ostern statt.«

»Du hättest was sagen sollen, dann hätte ich bestimmt einen Weg gefunden.«

»Ich hatte schon genug im Gemeinderat gebettelt und ihr habt so getan, als wäre das Rettungsboot meine persönliche Angelegenheit.«

Walde lehnte seinen Schirm gegen den übervollen Schirmständer neben der Eingangstür der *Gerüchteküche.* Alle Tische waren besetzt. Zum Glück lief keine Musik, weil dann die Unterhaltungen in dem kleinen Lokal noch anstrengender gewesen wären.

Jo saß auf seinem Stammplatz in dem kurzen Bänkchen in der Biegung am Ende der Theke. »Da bist du ja endlich!« Jo rutschte etwas tiefer in die Bank hinein.

»Ich hatte noch was zu erledigen.« Walde setzte sich neben seinen Freund.

»Hab' ich im Radio verfolgt.« Jo machte eine Handbewegung zu Uli, der hinter der Theke ein Tablett mit Gläsern füllte.

»Was gibt's denn so Dringendes, dass du nicht mal davor zurückschreckst, dir ein Handy auszuleihen?« Walde legte seine Jacke neben sich über die Lehne.

»Stell dir mal vor, mich hat gestern Abend einer vom Museum angerufen. Er behauptet, ich wäre beobachtet worden, wie ich mit noch jemandem zusammen einen Acker in der Nähe von Rivenich mit einem Metalldetektor untersucht hätte. Ihm würde ein Foto von dem auf mich zugelassenen Pkw vorliegen.«

»Und?«

»Erstens habe ich schon seit Jahren nicht mehr nach Münzen gesucht, zweitens habe ich gar keinen Führerschein und auch nie versucht, einen zu erwerben.«

»Hast du ihm das gesagt?«

»Und ob. Und ich habe ihm erklärt, dass die von ihm beschriebene Gegend gar nicht als Grabungszone ausgewiesen ist.«

»Was ist eigentlich eine Grabungszone?«, fragte Walde.

»So eine Art Sperrgebiet, in dem man eine Genehmigung für Erdbewegungen fast aller Art benötigt, um historische

Artefakte im Erdreich nicht zu gefährden. Die Innenstadt von Trier gehört dazu und dann noch ein paar Bereiche wie das Plateau bei Kastel-Staadt et cetera.« Jo nahm einen tiefen Schluck aus seinem Glas. »Jedenfalls will er die Sache jetzt der Polizei übergeben.«

»Hast du oder hat Marie vielleicht das Auto verliehen?«

»Nein, es ist zwar auf mich eingetragen, doch Marie fährt ausschließlich damit.«

»Warum ist denn die Kiste auf dich zugelassen?«

»Das war früher mal günstiger mit der Versicherung, weil ich Beamter bin oder so, aber das spielt in diesem Fall doch gar keine Rolle.«

»Du bist also unschuldig?«

»Das hat manchmal gar nichts zu bedeuten, das müsstest du doch am besten wissen. Irgendwas bleibt immer hängen. In leitender Position in einer Behörde macht es sich nicht gut, so was angehängt zu bekommen.«

»Nimm dir einen Anwalt!«

Jo schaute gequält. »Kannst du nicht?«

»Was?«

»Dir die Akten mal anschauen.«

»Die Sache fällt nicht in mein Dezernat.«

»Aber du kannst dich doch vielleicht mal umhören.«

»Ich habe zurzeit alle Hände voll mit anderem Kram zu tun.«

»Ich auch, aber ich würde dich nicht hängen lassen … weißt du noch, wie ich für dich mein Leben riskiert habe an dem Wrack in der Mosel?«

»Ja, ja, ist schon gut. Aber versprich mir, dass an den Vorwürfen wirklich nichts dran ist.«

Jo stand auf, nahm eine gerade Haltung an, streckte drei Finger der rechten Hand in die Höhe, leckte darüber und legte sie mit bedeutungsvoller Miene im Bereich des Herzens auf seine Brust.

Uli stellte ein Glas Wein vor Walde auf die Theke und schenkte anschließend aus der Flasche in Jos Glas nach. »Welchen Meineid im Namen Winnetous hast du denn da wieder geleistet?«

Jo ignorierte Ulis Bemerkung und prostete seinem Sitznachbarn zu. »Kannst du mal nachsehen?«

Walde nickte. »Okay.« Der Wein schmeckte frisch, war nicht zu herb und hatte genau die richtige Temperatur.

»Was jetzt, der Wein oder meine Frage?«

»Beides okay.«

In der Wohnung war es still. Keine Gespräche, weder Radio noch Fernseher waren zu hören. Als Walde in die Küche schaute, saßen dort Doris und Marie am Esstisch. Sie schienen ihn bereits erwartet zu haben.

Wenige Minuten, nachdem Doris ihm berichtet hatte, die Kinder seien problemlos eingeschlafen und das Essen für ihn zum Aufwärmen in der Mikro stehe, verschwanden beide. Erst da fiel Walde ein, dass er nicht einmal gefragt hatte, wo sie hinwollten.

Wenig später machte es sich Walde mit einem Teller Gemüseauflauf und einem Glas Weißwein vor dem Fernseher bequem. Was hatte Uli da vorhin von *Tele Mosel* erzählt?

Gerade hatte die in Endlosschleife gesendete halbe Stunde mit Lokalnachrichten wieder von vorne begonnen.

Den Aufmacher bildete der Bericht von der Havarie des Schubschiffes an der Longuicher Brücke, von dem er am Morgen bereits im Radio gehört hatte. Die Kamerafahrt über den Hafenkai, an dem das geborgene Schubschiff nun vor Anker lag, schien nicht enden zu wollen. Er wunderte sich, dass mit diesen fast zweihundert Meter langen Ungetümen nicht mehr Unfälle passierten.

Beim Wetterbericht hatte sich nichts geändert. Auch für die nächsten Tage wurden ergiebige Regenfälle vorhergesagt. Der Pegel der Mosel hatte die kritische Marke von acht Metern überschritten. Für den nächsten Tag wurde das Erreichen der als sehr kritisch bezeichneten Marke von neun Metern erwartet.

Seine Aufmerksamkeit war gleich wieder hergestellt, als er sich selbst im Großformat sah, wie er in gebückter Haltung und mit missmutiger Miene über das Pflaster der Einfahrt vor Brödings Kanzlei stolperte. Wenige Sekunden später stellte Walde seinen noch halb gefüllten Teller auf den Wohnzimmertisch, drehte den Ton ab und griff zum Telefon. Grabbe meldete sich augenblicklich.

»Du bist noch bei der Arbeit?«, fragte Walde.

»Ich bin noch etwas sehr Interessantem auf der Spur. Es betrifft Holtzer.«

Walde dachte an den riesigen Stapel Material, den Grabbe bereits über den Lokalpolitiker zusammengetragen hatte. »Hast du schon gesehen, was *Tele Mosel* über unseren Fall bringt?«

»Du meinst wohl eher über dich. Hast du denen irgendwas getan?«

»Eher nicht getan, was die Weitergabe von Informationen angeht«, sagte Walde, der sich nun bereits an der dritten

Örtlichkeit auf dem Fernsehbild sah, diesmal auf dem Bauernhof. »Können wir da nichts machen? Weiß Monika Bescheid?«

»Sie hat sich vorhin gemeldet und will gucken, dass sie schnellstmöglich eine Unterlassungserklärung erwirkt.«

»Bis dahin wird die Sache zwei Mal pro Stunde gesendet«, stellte Walde fest. »Mach' bald mal Feierabend!«

Walde nahm den Teller wieder auf den Schoß, das Essen war inzwischen kalt und schmeckte nicht mehr. Nun flimmerten verwackelte Bilder über den Schirm. Zuerst eine Sequenz, in der Klaus Holtzer den Kameramann oder die Kamerafrau vom Hof weist, dann ein Auto, das in den Hof des Polizeipräsidiums einfährt. Im Fond sind Holtzer und Roth zu erkennen.

Es folgten Berichte von Moseldörfern, in denen mobile Schutzvorrichtungen gegen Hochwasser errichtet wurden, und Bilder von ufernahen Straßen, die bereits von der Mosel überflutet waren.

Nebenan im Sessel lag zusammengerollt die Katze. Sie öffnete kurz ein Auge, als Walde sich erhob und zur Terrassentür ging. Quintus schlief auf der überdachten Terrasse auf einem Stück Kunstrasen. Während er das dicke Fell des Malamuts kraulte, ließ Walde sich vorsichtig auf Mathildas Bobbycar nieder und schaute hinaus auf die dunkle Wiese. Der Regen hörte sich an, als würden Zwiebeln in der Pfanne brutzeln.

Nachdem er den Teller abgeräumt hatte, begann die Nachrichtensendung von Neuem. Er stellte den Ton lauter und hörte zu, wie auf *Tele Mosel* berichtet und durch angebliche

Beweisbilder belegt wurde, dass Kommissar Waldemar Bock heute Vormittag im Beisein einer wahrscheinlich überrumpelten oder sonst wie eingeschüchterten Angestellten eine unbefugte Durchsuchung in der Kanzlei des auf bestialische Weise ermordeten Anwalts und Politikers durchgeführt hatte.

Sonntag

Silvana war sauer. Es waren so viele Vorhaltungen, die sie ihrer Freundin Eva machen wollte, dass sie gar nicht mehr wusste, wo sie anfangen sollte. Die kurze Fahrt zu Eva nach Hause hätte sowieso nicht ausgereicht, um all das loszuwerden, was ihr durch den Kopf ging. Aber darauf konnte sich diese blöde Tussi verlassen: Die letzte Nacht war nicht vergessen. Es reichte ihr, das Maß war voll, nein, es lief über. Mindestens so, wie es nebenan die braunen Fluten der Mosel taten, die der Straße bedrohlich nahe kamen. Eva schien bemerkt zu haben, was in der Luft lag, denn sie saß still neben ihr. Ab und zu versuchte sie, ihren viel zu kurzen Rock ein paar Zentimeter in Richtung Knie zu ziehen. Die Sonnenblende hatte sie heruntergeklappt, obwohl der Regen aus tief hängenden dunklen Wolken auf das Stoffverdeck prasselte.

Links floss ockerfarbener Schlamm über die Weinbergsmauer, rechts war der über die Uferböschung bis zur Straße reichende Fluss kaum langsamer unterwegs als das kleine blaue Coupé, mit dem ihr Vater sie dafür belohnt hatte, dass sie sich um das Amt der Weinkönigin beworben hatte. Es hatte nur zur Weinprinzessin gereicht, was aber nicht hieß, dass sie in zwei Jahren nicht doch noch Silvana I. wurde. Dann konnte ihr Vater auch seinen zu früh etikettierten Krönungswein loswerden. Einen Silvaner mit goldenem Etikett.

Sie schaltete in den zweiten Gang zurück, weil an manchen Stellen zentimeterdicker Schlamm den Asphalt bedeckte. Sie musste das Geräusch ertragen, wenn die Reifen die widerliche Pampe gegen das Auto schleuderten.

Als Silvana wegen des Wasserfilms auf der Straße weiter Gas zurücknahm und der Wagen eine Welle bis an die Mauer trieb, war ihr erster Gedanke, dass nun der Dreck vom Wagen abgespült wurde. Es war etwas gewöhnungsbedürftig, dass die Wasserfläche auf der Straße sich mit der auf der Uferwiese zu einer Ebene vereinigt hatte, die über den Fluss bis hinüber zum Ufer auf der anderen Seite reichte. Sie blickte in diese Richtung und stellte fest, dass der Fluss auf der anderen Seite ebenfalls die Wiesen überspült hatte und bis zur Kirche des Ortes zu reichen schien. Der Wagen wurde noch langsamer.

»Sollen wir nicht …« Eva war aus ihrer Agonie erwacht.

»Was?« Das laute Wort schleuderte Silvanas Gefühle heraus.

Evas Hände wanderten von ihren Beinen zu dem Sitz, den sie links und rechts umklammerte. »Zurückfahren.« Ihre Stimme war leiser als die Musik aus dem Autoradio und das Platschen des Regens auf die Frontscheibe und das Dach des Wagens.

»Du wolltest doch gefahren werden. Ich hätte heute liebend gerne mal ausgeschlafen.« Silvana erhöhte leicht den Druck auf das Gaspedal. Der Motor schnurrte ohne zu mucken. In dem kleinen Sportwagen saßen sie so tief wie im Beiwagen eines Motorrades. Das ließ die Überschwemmung optisch spektakulärer erscheinen. Wenn eine Gefahr bestünde, wäre die Straße längst gesperrt worden.

Gestern Abend war Silvana seit langem mal wieder mit Eva zu einem gemütlichen Mädchenabend, wie sie solche Treffen früher nannten, verabredet gewesen. Silvana hatte Knabberzeug und DVDs besorgt und natürlich wollten sie ausführlich quatschen. Schon um zehn wollte Eva lieber in die Disko des Moselbeachs, einem Schuppen, in dem die Touristen verkehrten, die über das Wochenende in der Hotelanlage am Ortsrand wohnten. Meist waren es Vereine und Clubs aus Nordrhein-Westfalen, die sich von dem Partyangebot all-inclusive locken ließen, zu dem auch der Moselwein bis zum Abwinken gehörte. Eva war bald außer Rand und Band gewesen. Irgendein alter Bock mit feisten Grinsebäckchen hatte es ihr angetan. Silvana war irgendwann allein nach Hause gefahren mit der Gewissheit, dass ihre Freundin sie nur wieder als Alibi für zu Hause benutzt hatte. Erst vorhin war Eva wieder aufgetaucht und wollte dringend nach Hause gebracht werden.

Silvana wurde bewusst, dass sie sich am meisten über sich selbst ärgerte. Sie war mal wieder so blöd gewesen, sich von Eva manipulieren zu lassen. Und nun gerieten sie auch noch in diesen Schlamassel.

Mittlerweile ließen die Räder das Wasser nicht mehr hochspritzen, weil sie überspült waren. Die braune Brühe reichte bereits bis zur Mitte der Türen und schwappte vorne am Kühler hoch. Links kam eine Treppe in der Weinbergsmauer in Sicht. Silvana überlegte, ob sie dort anhalten sollte. Aussteigen würde allerdings bedeuten, dass der Dreck in den Innenraum lief. Dann wären die Sitze und alles andere versaut. Dafür würde keine Versicherung aufkommen. Die Straße musste bald wieder ansteigen. War es nicht so? Früher waren sie hier oft mit den Fahrrädern gefahren. Dabei hatte man, anders als mit dem Auto, die leichten Steigungen noch gespürt.

Jetzt waren sie an der Treppe vorbei. Links ragte die hohe Mauer auf, rechts trennte sie nur die oberste der doppelten Leitplanken vom Fluss.

Eva starrte aus weit aufgerissenen Augen, beide Hände links und rechts in den Sitz gekrallt, durch die Frontscheibe, auf der die Scheibenwischer stehen geblieben waren. Wären es Minutenzeiger auf einer Uhr gewesen, hätten sie angezeigt, dass es zehn vor irgendwas war. Das Gedudel aus dem Radio war verstummt.

Schließlich setzte der Motor aus.

Walde hängte Mütze und Jacke in seinem Büro über den Besucherstuhl und rückte diesen nahe an die Heizung.

Gestern Abend hatte er den Schirm in der *Gerüchteküche* vergessen und auf dem Heimweg die Kapuze übergezogen. Es war seine einzige warme Jacke mit Kapuze und die war heute Morgen noch nass gewesen. Doris würde ihren Schirm für den Weg zum Kindergarten und zum Gassi gehen mit Quintus benötigen.

Walde hatte sich ins interne System eingeloggt und die wenigen Seiten, die sich mit Jos Sache beschäftigten, ausgedruckt, als Grabbe fast gleichzeitig mit dem Anklopfen zur Tür hereinkam.

»Hast du es schon gesehen?«

»Was?« Walde loggte sich schnell aus.

»Die Mail mit dem Link, die ich dir geschickt habe.«

Walde rief seine Mails ab. Grabbe hatte sie ihm kurz nach zwei Uhr heute Nacht geschickt. »Hast du überhaupt geschlafen? Warst du heute Nacht noch nach Hause?«

»Vier Stunden Schlaf müssen auch mal reichen.« Grabbe kam mit einem Besucherstuhl in der Hand um den Schreibtisch herum und nahm, den Blick zum Monitor gerichtet, auf der vorderen Kante Platz.

»Gestern Morgen ... da ging es dir noch ziemlich mies ...«

»Es handelte sich nur um ein Zwischentief.« Grabbe versuchte zu lächeln. »Danke der Nachfrage.« Dass er gestern seinem alten Therapeuten auf den Anrufbeantworter gesprochen hatte, behielt er für sich.

Walde öffnete im Mailanhang eine Worddatei, in der diverse Namen mit mehr oder weniger ausführlichen Anmerkungen versehen waren. »Hast du sie in Holtzers Rechner entdeckt?«

»Das wäre etwas zu einfach gewesen.« Grabbe grinste und richtete dabei den Oberkörper auf. »Außerdem, so blöd ist der Mann ja auch wieder nicht.«

»Scheint alphabetisch zu sein.« Walde ließ die Seiten so schnell ablaufen, dass nur die Namen zu lesen waren.

»So eine Art Negativpanorama von Who is Who von Leuten aus der lokalen Wirtschafts- und Politikszene, sogar der Bischof kommt vor. Da hat er einiges zusammengetragen, ob es nun falsche Anschuldigungen sind, ob es Klatsch oder die Wahrheit ist, weiß ich nicht. Aber wenn nur ein Bruchteil davon stimmt, ist das gewaltiger Zündstoff. Jedenfalls kann es nicht schaden, solche Infos zu besitzen.«

»Wo hast du das her?«

»Der Chefredakteur der Tageszeitung soll seine Hochzeit von diesem windigen Immobilienhai Stadtberg gesponsert bekommen haben. Natürlich bevor der fünf Jahre Knast wegen Konkursbetrug bekommen hat.« Grabbe ereiferte sich. »Unter den Dossiers ist das über Bröding am Umfangreichsten. Seine Frauengeschichten, eine Unfallflucht, sein Sohn Jakob soll übrigens adoptiert sein.«

»Ich werde es mir gleich ansehen. Wo hast du die Datei her?«, wiederholte Walde.

»Von einem Server in der Schweiz.«

»Alle Achtung, super!«

»Ein Zwischenhoch.« Der Enthusiasmus war aus Grabbes Stimme gewichen.

»Meine Bemerkung von gestern Morgen ... es tut mir leid, ich war nicht ausgeschlafen«, Walde stand auf und wies zum Fenster, »... und das Wetter.«

»Das Dauertief?«

»Das auch noch ...« Unten hielt ein Bentley Coupé. Ein Mann in olivfarbenem Regenmantel mit hochgeschlagenem Kragen und einem Hut à la Bogart stieg aus, ging auf die andere Seite und nahm eine schmale Ledermappe und einen Koffer heraus.

Während sich Walde noch fragte, ob der Rechtsanwalt Kleidung für Holtzer brachte, erkannte er, dass es sich um einen Picknickkorb aus hellbraunem Weidengeflecht handelte.

»Niko Haupenberg, Holtzers Retter, ist im Anmarsch.« Walde wandte sich zurück in den Raum und war überrascht, Polizeipräsident Stiermann zu sehen.

»Guten Morgen, allerseits.« Stiermann trat ans Fenster und schaute zur Straße hinunter. »Typisch Dr. Haupenberg, immer ein wenig over the top!«

»Ich geh' dann wieder nach drüben.« Grabbe verließ geschäftig den Raum.

»Darf ich Ihnen … einen Moment bitte.« Walde legte seine Jacke und Mütze über den Aktenstapel auf einem Beistelltisch und trug den Stuhl zurück vor den Schreibtisch.

»Der hat Nerven.« Stiermann ließ sich schwer darauf nieder. »Das muss ich schon sagen, also ich in dieser Situation, ich würde da nicht einfach so … die ganze Nacht bis in den Morgen hinein schlafen können. Ich war eben unten im Zellentrakt.«

Stiermann sprach, als würde er ein Selbstgespräch führen.

Walde hatte sich auf seinen Stuhl gesetzt. Er überflog das Dossier, während Polizeipräsident Stiermann weiter lamentierte. »Er soll gesagt haben, dass die harte Pritsche genau das Richtige für seinen kaputten Rücken wäre. Entweder hat er mit allem abgeschlossen und wird bald ein Geständnis ablegen oder er ist sich seiner Sache sehr sicher.«

Walde fragte sich, ob Stiermann vorher jemals dienstlich im Zellentrakt gewesen war.

Einmal abgesehen von den Führungen am Tag der offenen Tür gehörte dieser Bereich zu seinen No Go-Zonen, wie er sich gerne in Anglizismen ausdrückte.

»Übrigens ist das Ergebnis der Untersuchung des Bolzenschussgerätes negativ, hat mir Herr Sattler soeben mitgeteilt«, fuhr der Polizeipräsident fort, während er den Oberkörper vorbeugte und auf die Blätter schaute, die Walde vorhin ausgedruckt hatte.

»Sie haben noch eine weitere Spur?«

»Wenn das Gerät wirklich bei dem Tierarzt im Wagen gelegen hat, kann es nicht die Tatwaffe sein«, sagte Walde so gelassen wie nur möglich, »wer weiß, ob es noch ein weiteres Bolzenschussgerät auf dem Hof gibt. Das hier abgegeben wurde, war bereits beim Finanzamt abgeschrieben.«

»Sie sind doch nicht unbefugt an irgendwelche Unterlagen gelangt ... *Tele Mosel* berichtet von einer ... zwielichtigen Durchsuchung der Kanzlei von Herrn Bröding.«

»Alles war absolut korrekt, Staatsanwalt Roth und ein Vertreter der Anwaltskammer waren zugegen.«

»Reicht das, was Sie haben, noch für einen Haftbefehl?« Stiermann wählte, je nach seiner persönlichen Einschätzung der Lage zwischen wir und Sie. Im vorliegenden Fall schien es ihm ratsam, sich selbst nicht mit einzubeziehen.

»Schauen Sie sich das mal an.« Walde wollte ihm die von Grabbe gefertigte Mappe reichen. Doch Stiermann hatte sich den Vorgang vom Tisch genommen, in dem es um die Anzeige gegen Jo wegen Raubgräberei ging.

»Was ist das?« Der Polizeipräsident nahm eine Brille aus der Brusttasche seines Jacketts.

»Das hat nichts mit dem Fall zu tun«, versuchte Walde abzuwiegeln. »Das wurde irgendwie fehlgeleitet.« Er schob dem Präsidenten Grabbes Unterlagen hinüber. »In diesem sehr interessanten geheimen Dossier hat Holtzer Fakten über verschiedene Personen gesammelt.«

Waldes Telefon klingelte. Es war eine Kollegin von der Pforte, die mit aufgeregter Stimme ein Problem mit Haupenberg zu schildern versuchte. Walde stellte sein Telefon auf Lautsprecher um. So konnte der Polizeipräsident mithören, wie die Kollegin schilderte, dass sie den Picknickkorb samt Besteck, zu dem Messer und sonstige als Waffe nutzbaren Gegenstände gehörten, nicht passieren lassen könne. Haupenberg beharre auf dem Recht, dass seinem Mandanten vom Gesetz her ein Frühstück zustehen würde.

Schließlich übernahm Stiermann das Telefon und ließ sich den Anwalt geben.

»Stiermann«, meldete er sich. »Wait a minute.« Er suchte den Knopf, um den Lautsprecher auszuschalten, damit Walde nicht hören konnte, was Haupenberg sagte.

»…«

Stiermann lächelte. »Ja, danke, bestens, abgesehen davon, dass ich heute Morgen auch lieber …«

»…«

»Ja, bei dem Wetter macht das auch nicht wirklich …«

»…«

»Sowieso gesperrt, aha!« Das Gesicht des Polizeipräsidenten wurde wieder ernst.

»…«

»Nee, besser so, da hat keiner was davon, wenn das Fairway nachher zu einem Acker geworden ist.«

»…«

»Natürlich darfst du deinem Mandanten Frühstück mitbringen, aber es gibt hier gewisse Sicherheitsregeln, sorry, da kann selbst ich dir nicht helfen.«

»…«

»Okay, das finde ich auch unerfreulich, Niko, aber die Messer bleiben an der Pforte.«

Stiermann scharrte nervös mit den Schuhen über den Boden. »Gibst du mir bitte wieder die … eh … Wachhabende? See you.«

»Scheiße, Scheiße, Scheiße!« Silvanas Fäuste schlugen hart auf das Lenkrad.

Sie lehnte sich zurück und presste beide Hände an ihre Schläfen. Als sie in die Tasche ihres Kapuzenpullis griff, war ihr erster Gedanke, ihren Vater anzurufen. Sie ertastete nur ein zerknülltes Papiertaschentuch.

Die Fließgeschwindigkeit des Wassers war weit höher, als sie es vorhin für möglich gehalten hätte. Der Wagen vibrierte, als stünde er auf einer Rüttelplatte bei der TÜV-Überprüfung. Nebenan hämmerte Eva auf die Taste ihres Fensterhebers.

»Das bringt doch nix«, sagte Silvana. »Die ganze Elektrik ist im Eimer.«

»Ich krieg keine Luft. Kannst du das Verdeck …«

»Auch wenn ich wollte, es geht nicht«, sie bemühte sich, ruhig zu antworten, obwohl ihr ebenfalls auf einmal die Enge in dem kleinen Zweisitzer bewusst wurde. »Wir haben genügend Luft. Ruf lieber mal jemanden an.«

»Ich kriege wirklich keine Luft …« Eva fasste an den Türgriff.

Silvana ergriff blitzschnell den Arm ihrer Freundin und zog sie zu sich herüber.

»Ganz langsam atmen, lege dir eine Hand auf den Bauch«, sie drückte ihr die eigene Hand gegen den Bauch, ohne das Handgelenk loszulassen. »Einatmen und ausatmen … und wieder einatmen … spürst du, wie er sich langsam hebt und senkt?« Eva hatte die Augen geschlossen und konzentrierte sich auf ihre Atmung.

Silvana wartete geduldig, während das Wasser über den Wagen kratzte, als wären kleine harte Partikel darin. »Und nun gib' mir deine Handtasche.«

»Warum?«

»Ich brauch' dein Handy.«

Eva fingerte mit geübtem Griff ihr Handy aus der Handtasche im Fußraum. »Leer«, war ihr lakonischer Kommentar, als sie auf das Display schaute.

»Bist du sicher?«

Silvana sah an der nickenden Freundin vorbei auf den Ort gegenüber, wo das Wasser bis an die ersten Häuser reichte. Sie wirkten verlassen. Das war kein gutes Zeichen.

Sie lebte seit ihrer Geburt hier und wusste, dass sich die Leute für gewöhnlich nicht so schnell vom Hochwasser aus den Häusern vertreiben ließen.

»Was machen wir jetzt?« Eva hatte sich schon wieder die Hand auf den Bauch gelegt und den Mund geöffnet.

»Man wird uns über kurz oder lang von drüben sehen.« Sie glaubte selbst nicht so recht daran, was sie da sagte. Die hohen Leitplanken und das aus dem Wasser ragende Geäst des Uferbewuchses verdeckten die Sicht. Zudem war das dunkelblaue Dach des Wagens nicht unbedingt ein Blickfang.

»Wir müssen winken«, keuchte Eva vom Beifahrersitz und zuckte zusammen, als es hinter ihnen krachte. Silvana glaubte zuerst, von hinten wäre ein Wagen aufgefahren, aber dann löste sich der Ast, der den Wagen getroffen hatte, schrappte langsam und polternd an der Fahrerseite vorbei und nahm vor dem Wagen wieder Fahrt auf.

Eva drückte die Handflächen an die Scheibe und versuchte sie herunterzudrücken. Sie gab keinen Millimeter nach. »Wir müssen sie einschlagen ... und dann mit etwas winken ... und rufen ...«

Sie löste von Hand die Verriegelung des Daches, was zur Folge hatte, dass es nun von oben tropfte.

Eine Sirene heulte auf, dann noch mal und ein drittes Mal, so laut, dass sie nur von gegenüber aus dem Dorf kommen konnte. Die jungen Frauen waren erleichtert, aber zum Abklatschen bestand kein Grund.

Es war das erste richtige Hochwasser, das Josef Tränkle hier erlebte. Vor drei Jahren, als er die Richterstelle am Amtsgericht in Trier antrat, hatten sie das Haus in dem idyllischen Moseldorf gekauft, seine Frau und er. Der Garten und der in Sichtweite fließende Fluss hatten dabei wichtige Kaufanreize dargestellt. Sie waren davor gewarnt worden, dass die Mosel bis zum Haus vordringen könnte. Vor zwanzig Jahren, so hieß es, stand nicht nur der Keller unter Wasser, auch das Parterre soll fast einen Meter überflutet worden sein. Selbst die Fahrt nach Trier war damals für ein paar Tage nur über Umwege möglich gewesen. Und nun war die Mosel bis zum Rand des Gartens vorgedrungen und würde sich ihn, wenn die Prognose des Wasser- und Schifffahrtsamtes eintraf, in den nächsten vierundzwanzig Stunden einverleiben, so wie der Fluss es bereits mit den Uferwiesen ringsum und der Straße auf der anderen Flussseite getan hatte.

Ausgerechnet jetzt war seine Frau zur Kur und verpasste dieses Schauspiel, diese Urgewalt, die bei ihm Faszination, aber auch Angst auslöste. Bis auf den schweren Kaminofen war alles aus dem Parterre geräumt worden. Seit gestern saß Tränkle die meiste Zeit in seinem Arbeitszimmer am Fenster, wohin er sich seinen Ohrensessel geschoben hatte mit einem dicken Kissen darin, damit er von dieser leicht erhöhten Position nicht nur den Fluss und die Weinberge auf der anderen Seite, sondern auch den Garten sehen konnte, in den das Wasser unablässig Zentimeter um Zentimeter vorrückte. Es überraschte ihn, was alles im Wasser trieb. Der Fluss stibitzte hier was und legte es woanders wieder ab, um es sich später auch dort wieder zu holen. Wie das Teil, das er eben erst auf der anderen Seite angespült hatte. Es konnte sich um die Abdeckung eines Weinbergtreckers handeln. Die Maschinen waren sehr schmal, damit sie an den Hängen zwischen den Rebstöcken hindurch manövriert werden konnten.

Tränkle hatte sich die ganze Woche auf die Skatrunde zum Frühschoppen im Gasthaus gefreut, zu der er heute Morgen das erste Mal eingeladen war. Doch nun hätte er auch nichts dagegen gehabt, zu Hause zu bleiben. Bevor er das Haus verließ, steckte er das Mobiltelefon ein.

»Josef Tränkle«, meldete er sich. »Ich bin die nächsten Stunden nur mobil zu erreichen.« Zur Sicherheit hinterließ er bei der Justizangestellten, deren Namen ihm nicht geläufig war, die Nummer seines Handys, unter der sie ihn als diensthabenden Richter erreichen konnte.

Sie hockten wieder eine Weile stumm nebeneinander und starrten durch die Frontscheibe. Das Wasser schwappte links und rechts über die lange Motorhaube und ergoss sich davor in einen Wirbel. Die Minuten zogen sich zu einer Viertelstunde. Um nicht durchzudrehen, stellte sich Silvana vor, wie Spezialfahrzeuge herangekarrt werden mussten, ein

Hubschrauber von weit her im Anflug war, sich ein Rettungsboot stromaufwärts kämpfte. Und auch über die Weinberge war eine Hilfsmannschaft unterwegs.

Dabei sah sie immer wieder verstohlen auf ihre Uhr. Hatte der Alarm von vorhin überhaupt ihnen gegolten?

Die Vibration im Wagen schien zugenommen zu haben, immer wieder trafen im Wasser treibende Gegenstände das Heck. Es war ihr inzwischen einerlei. Als auch nach einer halben Stunde keine Hilfe in Sicht war, hörte sie nebenan ihre Freundin keuchen.

»Versuche, ganz ruhig zu atmen«, redete sie beruhigend auf Eva ein. »Lege dir die Hand auf den Bauch, dann spürst …«

»Wir müssen die Scheibe …«, ihre Freundin rang nach Atem, »… sie einschlagen und dann winken und … rufen.«

»Ich glaube, das ist keine …«

Silvana zuckte zusammen und hielt sich instinktiv die Hände vor das Gesicht, als Eva mit einem Knirps, der wohl aus ihrer Handtasche stammte, ausholte und die Metallspitze mit voller Wucht gegen die Scheibe an ihrer Tür schlug. Das Glas hielt stand. Sie versuchte es noch zwei Mal und holte dabei so weit aus, dass Silvana sich nach links an ihre Tür drängen musste, um nicht getroffen zu werden.

»Scheiße!« Eva warf den Schirm in den Fußraum, zog ihre Beine an, bis ihre Knie fast die Brust berührten, und trat gegen die Frontscheibe. Auch nach dem zweiten Tritt zeigte sich dort nicht einmal ein Riss.

Als sie die Armbewegung sah, wusste Silvana, was ihre Freundin vorhatte. Sie konnte nicht einmal mehr rufen, da traf die Strömung die aufschwingende Tür, drang in den Wagen, schwappte über das Armaturenbrett hoch an die

Front- und die Seitenscheibe. Das Auto geriet in Bewegung und drehte sich, als wäre die Tür die Schaufel eines Mühlrads. Eva wurde hinausgerissen. Silvana klammerte sich ans Lenkrad und sah, wie das blonde Haar ihrer Freundin immer wieder auftauchte, als der Fluss sie wegspülte, als sei Eva eine Puppe, die er sich geraubt hatte.

Es war eine gute Skatrunde mit teils spannenden Spielen gewesen. Seine leichte Nervosität zu Anfang hatte Tränkle, der seit seinen Jahren in Erfurt kaum mehr eine Skatkarte in den Händen gehalten hatte, schnell überwunden. Es hatte spannende und lustige Momente gegeben und am Schluss eine Einladung für den nächsten Sonntag.

Gleich nachdem er zu Hause das Festnetztelefon kontrolliert hatte, war er zum Fenster gegangen. Für einen Moment stockte ihm der Atem. In den vergangenen zwei Stunden war das Wasser in den Garten eingedrungen, hatte den Komposthaufen umzingelt und den gemulchten Streifen mit den Beerensträuchern überspült. Nun leckte es an dem einige Zentimeter höher gelegenen Nusspflaster, das den schmalen Weg säumte, der durch die Rabatte führte. Seine geheime Sensationslust war schlagartig gestillt, und er wünschte sich nichts mehr, als dass bald der Scheitel des Hochwassers erreicht war.

Weiter draußen änderte der Hauptstrom des Flusses immer wieder seine Form, als würden große Felsbrocken unter der Oberfläche verschoben und bildeten immer wieder neue unsichtbare Hindernisse für Stromschnellen. Das blaue

Ding auf der anderen Seite war noch da, schien sich aber ein paar Meter weiter flussabwärts zu befinden.

Jetzt fiel ihm eine weitere Stelle ein, wo das Fernglas sein könnte, nach dem er seit gestern vergeblich gesucht hatte. Und tatsächlich entdeckte er es in dem Wanderrucksack im Regal zwischen den Koffern in der Abstellkammer. Damit stieg er hoch auf den Dachboden, wo er die Luke soweit öffnete, dass er das Fernglas hindurchschieben konnte.

Das dunkle Teil, seine Farbe konnte blau sein, hatte er als zu klein und zu niedrig für das Dach eines Wagens eingeschätzt. Er war auch nicht auf die Idee gekommen, dass es zu einem kleinen Sportwagen gehören könnte. Wahrscheinlich waren die Rettungskräfte längst benachrichtigt, aber er wollte sicher gehen.

Seine langjährige Berufserfahrung in der Justiz hatte seine vom Wesen her bereits vorhandene ruhige Art noch weiter gefestigt, dennoch wählte er vor Aufregung den Notruf der Polizei, die seinen Anruf an die Feuerwehr weiterleitete.

Bald darauf ertönte zum zweiten Mal an diesem Tag die Feuerwehrsirene.

Wehrführer Hansen war seit gestern Nachmittag im Einsatz. Die ganze Nacht über hatten seine Leute und er mobile Hochwassereinrichtungen installiert, neuralgische Punkte vorsorglich mit Sandsäcken gesichert und die ersten Tauchpumpen waren ebenfalls bereits im Einsatz. Dabei hatte es ihn zusätzlich motiviert, wie sich die Jungen und Mädchen seiner Jugendfeuerwehr ins Zeug gelegt hatten.

Als der Funkspruch eintraf, wollte er gerade zum Mittagessen nach Hause und sich danach ein paar Stündchen aufs Ohr legen. Doch er spürte sofort, welche Chancen dieser Einsatz seiner Wehr bot. Jetzt war der Moment gekommen, wo er es den Bedenkenträgern aus dem Gemeinderat zeigen konnte.

Was hatten sie sich ihre dummen Mäuler zerrissen, als er sachlich und dezidiert die Neuanschaffung des Rettungsbootes für die Freiwillige Feuerwehr begründet hatte. Das Boot sei für Rettungseinsätze nicht tauglich, es diene nur der Motivation der Truppe, sollte quasi nur zum Vergnügen angeschafft werden. In jedem Gemeinderat, jedem Ausschuss, jeder Initiative fanden sich solche Typen, die es abends nicht zu Hause aushielten, von nichts eine Ahnung hatten, sich aber gern reden hörten. Ihm warfen sie vor, er würde für das Boot andere, dringendere Ausrüstungsgegenstände wie Schläuche vernachlässigen. Schläuche hatten sie heute wirklich schon viele gebraucht, aber die Leute im Ort hatten auch selbst Material und waren in vielen Fällen nicht auf die Feuerwehr angewiesen. Hochwasser war hier kein neues Phänomen. Und nun wurde das Rettungsboot gebraucht, um Leben zu retten – endlich.

Im Vernehmungsraum saßen sich auf der einen Seite Holtzer und sein Anwalt Haupenberg, die beiden ließen es sich nicht nehmen, Kaffee aus ihren eigenen Tassen zu trinken, und auf der anderen Seite Walde und Staatsanwalt Roth gegenüber. Holtzer schien sich mit seinem Anwalt darauf verständigt zu haben, diesem das Wort zu überlassen, und saß die meiste Zeit mit verschränkten Armen in aufrechter und wacher Haltung auf seinem Stuhl. Es lag etwas in seinem Blick, das Walde nicht so recht deuten konnte, aber als unangenehm empfand.

»Darf ich festhalten«, sagte Haupenberg, nachdem er in den Minuten zuvor keine von Waldes Fragen zum Verhältnis seines Mandanten zum Opfer und zum Alibi für die Tatzeit beantwortet hatte. »Mein Mandant hat ebenso wie Dutzende andere nicht gerade zu den Freunden des Herrn Bröding gehört und möchte sich nicht dazu äußern, wo er sich zur vermuteten Tatzeit aufgehalten hat.«

»Nicht unerheblich belastend scheint mir das Dossier zu sein.« Staatsanwalt Roth meldete sich erstmals zu Wort.

»Welches Dossier?«, fragte Haupenberg, während Walde darüber nachdachte, welch eines umständlichen Juristendeutschs sich Roth bediente. Konnte er nicht statt nicht unerheblich einfach erheblich sagen?

»Die Papiere haben wir Ihnen vorhin überreicht. In diesen hat Ihr Mandant zum Teil sehr brisante Informationen von Personen aus der lokalen Politik und Wirtschaft notiert. Besonders die Anmerkungen zu Herrn Bröding sprechen eine deutliche Sprache.«

Haupenberg schenkte sich aus der silberfarbenen Thermoskanne nach. »Diese Datei befand sich im Laptop meines Mandanten? Nur soviel, auf dem Rechner befinden sich auch höchst sensible parteiinterne Korrespondenzen und Dokumente.«

»Wir sichern Ihnen zu, mit der entsprechenden Sensibilität vorzugehen«, antwortete Roth beflissen.

»Die Datei mit dem Dossier lag auf einem Server in der Schweiz«, fuhr Walde fort.

»In der Schweiz.« Haupenberg sprach den Ländernamen aus, als handele es sich um einen fernen Planeten im Weltall.

»Der Name des Servers und der Benutzername fanden sich im Rechner von Herrn Holtzer.« Walde hatte eine Notiz von Grabbe erhalten, die er sich in seine Jackentasche gesteckt hatte.

»Und das Passwort?«, fragte der Anwalt.

»Das hat sich ausnahmsweise von dem ansonsten benutzten unterschieden. Es lautete …« Walde schaute in die Runde. Drei Paar Augen und Ohren waren auf ihn gerichtet. Er griff in seine Jacke. Dort befanden sich deutlich mehr Blätter als erwartet.

Mist, er hatte dort, gleich nachdem der Chef sein Büro verlassen hatte, auch die Ausdrucke von Jos Fall deponiert. Was er endlich herauszog, war zu seiner Erleichterung das richtige Blatt. »R1ndv1eh, mit jeweils der Zahl Eins statt dem Buchstaben i.«

»Kann man sich gut merken.« Haupenberg verzog keine Miene. »Darf ich fragen, wie Sie an das neue Passwort kamen?«

»Das Passwort hat sich der Kollege zuschicken lassen.«

»Wie kann das gehen?«

»Herr Holtzer hatte eine inoffizielle Mailadresse angelegt. Es wurde den Datenspuren gefolgt und umgekehrt waren die Vorgänge mithilfe der IP-Nummer seinem Laptop zuzuordnen.«

»Dazu werden wir uns jetzt nicht äußern«, sagte Haupenberg. »Unabhängig davon, dass es hin und wieder üblich ist, Informationen zu sammeln, die über das Archivieren von Pressemeldungen hinausgehen.«

»Es wird sich bestimmt der ein oder andere Ermittlungsansatz finden. Da tauchen eine Menge Personen auf. Und um den Kreis zu vervollständigen, fehlt nur eine Person …«

Walde sah Holtzer an. »Und das sind Sie!«

Der Mann schaute genau so ungerührt wie bei anderer Gelegenheit, wenn in politischen Sitzungen seine dubiosen Machenschaften angeprangert wurden.

Zur Pressekonferenz im Konferenzraum des Präsidiums war gerade eine Handvoll Medienvertreter erschienen. Der Rest der zum Sonntagsdienst eingeteilten Journalisten war nach Brauneberg unterwegs, um über die dramatische Rettungsaktion zu berichten.

Nachdem Walde und Monika die Fakten des Mordfalls geschildert hatten, ohne allzu viele Details zu nennen, stellten die anwesenden Presseleute beharrlich Fragen, von denen sich die meisten auf Klaus Holtzer bezogen.

Walde überließ es Monika, der Pressesprecherin, ausführlich die ungewöhnliche Weise zu beschreiben, auf die das Opfer zu Tode gekommen war. Anschließend redete sie mehr oder weniger nur noch um den heißen Brei, was sie so geschickt meisterte, dass sich die Presseleute damit zufrieden gaben.

Zu früh gefreut. Die Kollegen packten bereits ihre Sachen, als sich ein junger Mann von der örtlichen Tageszeitung, wahrscheinlich ein Student, der sich durch Sonntagsdienste bessere Chancen auf ein Volontariat versprach, zu Wort meldete: »Ich hätte noch eine Frage an Herrn Hauptkommissar Bock.«

»Ja, bitte.« Walde lehnte sich zurück. Wenn er jetzt noch die Arme verschränkte, würde seine Körpersprache genau das Gegenteil der angekündigten Bereitwilligkeit signalisieren.

»Ein lokaler Sender berichtete von einer unbefugten Durchsuchung der Kanzlei des Mordopfers …«

»Eine völlig aus der Luft gegriffene Behauptung, der wir entschieden widersprechen«, fiel Monika dem jungen Pressemann ins Wort und fixierte Fürst mit zu Schlitzen verengten Augen. »Neben der Staatsanwaltschaft waren ein Vertreter der Trierer Anwaltskammer und eine Mitarbeiterin der Kanzlei bei der Durchsuchung anwesend.«

Der Berichterstatter der Tageszeitung begnügte sich mit dieser Antwort.

Als Monika und Walde den Raum verließen, wartete Eckhard Fürst von *Tele Mosel* im Flur. Monika ging gleich in die Offensive: »Was Sie gestern behauptet haben, das ist nicht vergessen. Wir behalten uns da noch rechtliche Schritte vor.«

»Und die wären?« Fürst versuchte frech zu klingen.

»Das Mindeste ist eine Unterlassungserklärung und eine Gegendarstellung. Für letztere wird der Presserat sorgen.«

»Aha!«

»Wir können Ihnen die Akkreditierung entziehen und Sie aus dem Presseverteiler streichen.«

»Wollen Sie die Pressefreiheit abschaffen?«

»Darf ich ehrlich sein?«

»Nur zu!«

»Ich halte die Presse in manchen Bereichen für fast so wichtig wie die staatlichen Ermittlungsbehörden. Gerade wenn es um Grenzbereiche in Wirtschaft und Politik geht, kann investigativem Journalismus eine wichtige Rolle zufallen«, Monika redete sich in Rage. »… aber wenn es um reine Sensationsgier und persönliche Animositäten geht …«

»Sie spielen auf unsere Berichterstattung an? Verhängen Sie beim nächsten Mal doch gleich eine Nachrichtensperre!« Fürst bekam nicht mit, dass Walde seiner Kollegin zunickte und sich in Richtung Treppe entfernte.

In seinem Büro nahm Walde die geheimen Aufzeichnungen von Holtzer zur Hand. Kaum hatte er die ersten Seiten durchgeblättert, wurde seine Aufmerksamkeit geweckt. Er blockierte das Festnetztelefon und sah erst wieder auf, als Gabi etwa eine Stunde später ohne anzuklopfen zur Tür herein kam.

»Was war denn los, dass bei dir die ganze Zeit besetzt war?«, sie klang vorwurfsvoll. »Frau Bröding kommt nach Trier, um ihren Mann zu identifizieren.«

Er reichte ihr die Aufzeichnungen, wo er hier und da etwas mit einem Textmarker farbig markiert hatte. »Schau dir das mal an.«

»Das mach' ich unterwegs.«

Die Strecke zur Gerichtsmedizin war kurz und die Straßen am Sonntagmorgen kaum befahren. Die wenigen Minuten, in denen Gabi das Geheimdossier überflog, reichten aus, ihr Interesse so stark zu wecken, dass sie kaum mitbekam, dass Walde im Parkhaus neben dem Krankenhaus einparkte, während die Scheibenwischer quietschend die letzten Tropfen von der Scheibe entfernten.

Nur zögerlich stieg sie aus, folgte Walde und las auch beim Gehen weiter. Auf der Einfahrt zum Krankenhaus trafen Regentropfen das Papier. Sie färbten die Schrift dunkel, saugten sich in die Peripherie und ließen die Tinte unscharf werden. Erst da spürte Gabi den Regen auf Stirn und Nase. Kaum hatte sie die Blätter unter den Aufschlägen ihrer Jacke in Sicherheit gebracht, erreichten sie das weitläufige Vordach der Klinik, wo Katja Bröding sie in Begleitung eines groß gewachsenen jungen Mannes erwartete, der den Arm um sie gelegt hatte.

Für einen Moment überlegte Gabi, wie es wäre, wenn ihr Freund Ben dort unten liegen würde oder ihr Sohn. Allein der Gedanke löste einen Schmerz in ihr aus, der sie die Hand auf das Zwerchfell drücken ließ.

Eine Stunde später saß Katja Bröding mit Gabi und Walde am Tisch eines Besprechungsraums des Präsidiums. Ihr Sohn Jakob wartete draußen im Flur. Gabi wollte die Witwe zum einen nicht mit den Fotos in den Büros und zum anderen nicht mit der aseptischen Atmosphäre in den Vernehmungsräumen konfrontieren. Der Besuch in der Pathologie war sicher schwer genug für sie gewesen. Gabi hatte sie auffordern müssen, ihre Regenjacke auszuziehen. Einen Kaffee hatte sie abgelehnt, aber sich dann doch einen Becher Wasser geben lassen, aus dem sie nun in kleinen Schlucken trank.

»Wie geht es Ihrem Sohn?« Gabi war sich nicht mehr sicher, ob er Johann oder Jakob hieß.

»Er scheint im Moment der Stärkere von uns beiden zu sein.« Das Atmen fiel ihr nach den Weinkrämpfen in der Gerichtsmedizin noch sichtlich schwer. »Aber ich weiß nicht, wie es in ihm aussieht.«

»Was machen Sie beruflich?« Gabi wusste es, sie wollte Katja Bröding mit diesem Thema auf ein vertrautes Terrain führen, um so möglicherweise Zugang zu ihr zu finden. Während die Witwe von ihrer Arbeit an einer Sonderschule berichtete, gewann ihre Stimme wieder an Festigkeit. Gabi stellte Fragen, die sie wirklich zu interessieren schienen, und erzählte auch von ihrem kleinen Sohn. Katja Bröding hob nun hin und wieder ihren Blick, den sie vorher nur gesenkt gehalten hatte, und schaute Gabi in die Augen. Gabi näherte sich langsam dem Punkt. Sie ließ sich von der Witwe schildern, wie sie darauf reagiert habe, dass ihr Mann über Nacht nicht nach Hause gekommen war.

»Hin und wieder schläft er in der Kanzlei, eher selten, aber es kann vorkommen.«

Gestern Morgen hatte sie, soweit sich Gabi erinnerte, andere Worte benutzt – ein Indiz für die Glaubwürdigkeit dieser Aussage.

»Und am Morgen habe ich Jakob zur Schule gebracht und dann kamen Sie …« An ihrer Hand traten die Knöchel weiß hervor, als sie das Taschentuch darin zusammendrückte.

Sie ließ den Kopf in ihre rechte Hand sinken, den Arm mit dem Ellenbogen auf den Tisch gestützt. Ihr linker Unterarm lag mit der offenen Hand auf dem Tisch. Gabi sah den schmalen Ehering und spürte, dass auch Frau Bröding darauf schaute, bis ihr Blick unscharf wurde.

Walde schien zu bemerken, wie Gabi einen feinen Faden zu der Frau knüpfte. Gern wäre sie jetzt mit ihr allein gewesen, bei dem, was sie nun ansprechen musste.

»Möchten Sie vielleicht doch einen Kaffee?«, Walde nahm ihren leeren Becher.

Sie schaute ihn an, als habe sie ihm nicht zugehört, und verneinte dann.

Jakob Bröding saß im Flur des Präsidiums bewegungslos auf einem Stuhl. Seine Hände lagen auf den Oberschenkeln. Die nach hinten gekämmten blonden Haare hatten am Seitenscheitel einen dunkleren Ton. Das bei Gleichaltrigen in solchen Situationen fast obligatorische Smartphone fehlte.

»Kaffee oder Wasser?« Walde zeigte auf den Becher in seiner Hand.

Jakob Bröding verneinte stumm.

»Warum sind Sie von Trier nach Idesheim gezogen?«, fragte Gabi. Sie beabsichtigte, sich nun ohne weitere Umwege den Fragen zu nähern, für die Katja Bröding hierher gebeten worden war.

»Davon haben wir schon lange geträumt, auf dem Land zu leben. Wir wollten es einfach mal ausprobieren. Jakob und ich waren sowieso dreimal in der Woche in Idesheim auf dem Reiterhof.«

»Und es hatte nichts damit zu tun, dass Ihr Mann vielleicht mit dem Gedanken spielte, in diesem Wahlkreis bei den nächsten Landtagswahlen zu kandidieren.«

»Thomas hatte sich eigentlich, zumindest hat er das behauptet, ganz aus der Politik zurückgezogen.«

»Er soll in den letzten Monaten kaum eine größere Veranstaltung in der Südeifel versäumt haben.«

»Das hat er auch vorher in Trier nicht, bevor er alle seine politischen Ämter niedergelegt hat. Er war recht kommunikativ.«

»Und Sie?«

»Die Kommunalpolitik ist nicht unbedingt meine Welt.«

»Gab es Menschen, mit denen er besondere Schwierigkeiten hatte oder die umgekehrt ihn, ich will mal sagen, als Feind ansahen?«

»Das hat sein Job mit sich gebracht. Wer sich nur Freunde wünscht, sollte kein Anwalt werden.«

»Oder sich politisch engagieren«, ergänzte Gabi. »Sie sagen, Ihr Mann sei kommunikativ gewesen.«

Walde verfolgte den Fortgang des Gesprächs aus dem Nebenraum, wo Grabbe bereits vor einem großen Notizblock saß. Burkhard Deckers gebräuntes Gesicht erschien in der Tür. Walde legte einen Finger auf die Lippen, bevor er ihm stumm die Hand drückte.

Nebenan tippte Gabi mit dem Zeigefinger auf Holtzers Dossier. »Darin wird Ihr Mann häufig erwähnt. Er soll … wir haben den Wahrheitsgehalt noch nicht überprüfen können, privat …«

»Wenn Sie auf das hinaus wollen, was ich denke, müssen Sie mich nicht schonen.«

»Er soll Affären gehabt haben.«

»Wir haben eine offene Beziehung geführt, auch wenn das vielleicht nicht ganz ins familienpolitische Bild seiner Partei gepasst hat.«

»Sie auch?« Gabi sah wie Katja Bröding zuckte. »Hat Ihr Mann jemand Bestimmten erwähnt?«

Katja Bröding nahm eine gerade Haltung an. »Namen wurden bei uns zu Hause in diesem Zusammenhang nicht genannt. Solange unsere Ehe nicht in Gefahr geriet, war das in Ordnung.«

»Und die hat das ausgehalten.«

»Ich denke, wir hatten eine glückliche Ehe.« Sie atmete laut ein und aus. »Aber ich weiß nicht, was das mit Ihren Ermittlungen zu tun haben sollte.«

»Eifersucht kann ein starkes Motiv sein.« Gabi nahm ihren Becher in die Hand und stellte ihn gleich wieder hin. »Hier wird ein Sebastian Engels erwähnt. Er ist der Inhaber des Reiterhofes, den …«

»Basti ist ein Freund … auch von Jakob.«

»Wir haben eine ganze Sammlung von brisanten Informationen gefunden, die Ihr Mann beruflich und parteipolitisch genutzt haben könnte. Wussten Sie davon?«

»Von was sprechen Sie?«

»Von Material, für dessen Geheimhaltung die Betroffenen einiges zu leisten bereit gewesen wären, und von sonstigen Informationen, die dabei helfen konnten, Menschen gezielt zu manipulieren.«

»Damit hat sich mein Mann ausgekannt.«

»Auch in familiären Angelegenheiten?«

»Irgendwann ist es ihm schwergefallen, Berufliches von Privatem zu trennen. Mehr möchte … und kann ich dazu nicht sagen.«

Die Wärme spürte Silvana erst viel später. Sie hockte, die Füße auf dem Fahrersitz, Hals, Nacken und Hinterkopf unter das Dach gezwängt. Seitdem die Beifahrertür abgerissen war, brach die Strömung sich nun an der in Flussrichtung liegenden Fahrerseite. Das Wasser überspülte außen das Seitenfenster neben ihr und die Frontscheibe. Wie durch ein Aquarium sah sie die braunen Fluten, aus denen immer wieder Treibgut gegen die Scheibe schleuderte, kurz verharrte, als wolle es hineinsehen, und dann nach oben weggerissen wurde. Das Glas hatte bis jetzt gehalten. Auf der anderen Seite, da, wo sich die Beifahrertür befunden hatte, schien das Wasser zu kochen. Im Wagen dagegen war das Wasser ruhig, stieg aber stetig. Die drei Speichen des Lenkrads waren längst untergetaucht. Der freie Raum bis zum Dach betrug nur noch wenig mehr als eine Kopfhöhe. Bald würde es vorbei sein. Eva hatte es schon hinter sich.

Das Wasser wurde wärmer. Wie in einer Badewanne, in der aus dem auf dem Boden liegenden Duschschlauch heißes Wasser zulief. Silvana kam problemlos aus der Jacke. Ihre Brille blieb im Pulli hängen, als sie ihn über den Kopf streifte.

Wehrführer Hansen wusste, dass der Einsatzort gut zehn Kilometer entfernt lag. Er musste schnell entscheiden. Natürlich kamen sie mit dem Spritzenfahrzeug über die Straßen zügiger voran, aber bis der gerade im Einsatz befindliche Wagen endlich startklar gewesen wäre, war das Boot längst zu Wasser gelassen.

Fünf Mann, Claudia mitgerechnet, Schwimmwesten, Rettungsringe, er am Steuer. Genug Sprit im Tank. Das ging ihm durch den Kopf, als er bereits die Mannschaft zusammentrommelte.

Es dauerte dann aber doch etwas länger als geplant, bis sie schließlich das kleine Rettungsboot runter zur Mosel geschleppt hatten und endlich ablegen konnten. Zusammen mit der Fließgeschwindigkeit machte das Boot flussabwärts aber dann mächtig Tempo. Hansen musste das Gas zurücknehmen, als sie in der Flussmitte eine Welle so unglücklich erwischten, dass die Schraube kurz aus dem Wasser geriet und im Trockenen aufheulte. Den Gedanken an einen Motorschaden versuchte er zu verdrängen. In dieser Nussschale auf dem tosenden Strom wurde ihm nun selbst bewusst, was er den Jungfeuerwehrleuten während der Ausbildung erzählt hatte: Die Mosel konnte bei Hochwasser bis zu zweihundert Mal mehr Wasser führen als bei Niedrigwasser in heißen Sommern.

Jeweils zwei seiner Mannschaft kauerten links und rechts auf den nassen Bänken. Von den weißen Helmen tropfte der Regen auf den Nackenschutz und die orangefarbenen Schwimmwesten über den schwarzen Einsatzjacken. Alle hielten sich an der niedrigen Reling fest. Wäre einer von den Kritikern aus dem Gemeinderat jetzt hier, würde er sich nicht mehr trauen von einer Vergnügungsfahrt zu sprechen.

Je länger die Fahrt dauerte, um so mehr kam Hansen ins Grübeln. Wenn er in dieser Situation einen Fehler machte, dann gab es erst recht Erklärungsbedarf. Der erste Schnitzer ging auf seine Kappe. Als sie aus dem lang gezogenen Moselbogen auf Kesten zufuhren, fiel es ihm ein: Er hatte versäumt, einen Funkspruch abzusetzen und die Leitstelle über den Einsatz zu informieren. Aber nun musste er sich darauf konzentrieren, sich für die richtige Route zu entscheiden. Hier gab es auf einmal drei zur Auswahl, jeweils gesäumt von Bäumen. Zwei davon hatte das Hochwasser frisch geschaffen. Nicht auszudenken, wenn er das mehr als zehntausend Euro teure Boot auf einer überschwemmten Wiese auf Grund setzte.

Hinter dem Ort waren auf der linken Seite die ersten Blaulichter zu sehen. Die steilen Hänge der Brauneberger Juffer kamen näher und verengten das Flussbett, was eine erhöhte Fließgeschwindigkeit zur Folge hatte. Die Mosel wurde von den Hängen begrenzt und drängte auf der anderen Seite in Richtung der Häuser von Brauneberg.

Die Einsatzfahrzeuge waren so weit wie irgend möglich auf der überfluteten Straße gefahren. Die letzten zweihundert Meter hatten sich Kollegen über den Steilhang oberhalb der überschwemmten Straße durch den Weinberg gekämpft. Erst als das Rettungsboot auf gleicher Höhe war, erkannte Hansen das aus der Flut ragende Autodach. Er fuhr weiter flussabwärts und drehte in einem großen Bogen. Für einen Moment hielt das Boot auf den Hang zu, weil die Strömung es dagegendrängte. Unterhalb der ‚Sonnenuhr' kamen sie dem Weinbergshang bedrohlich nahe. Erst als Hansen Vollgas gab, nahm das Boot Kurs flussaufwärts. Die fünf PS des Motors ließen sie nun nur langsam vorankommen.

Als sie endlich wieder in Höhe der Bergungsstelle angekommen waren, hielten sie auf die Straße zu. Ein Wirbel im Wasser ließ Hansen die Spitze eines überschwemmten Verkehrspfostens ahnen, das Boot schrammte über eine Leitplanke und geriet in Schieflage. Claudia schrie kurz auf und lächelte darauf beschämt. Es war bisher der erste Laut, den er während der Fahrt von seiner Crew gehört hatte. Mit der abgerissenen Tür wirkte das blaue Coupé wie eine geborstene Taucherglocke aus einer Tiefseeexpedition. Niemand schien sich mehr im Inneren des Wagens zu befinden und wenn doch, kam jede Hilfe zu spät.

Ein schwarzes Schlauchboot war mit Seilen an den unteren Pfählen des Steilhangs befestigt, zusätzlich gehalten von uniformierten Kollegen, die kaum Halt in der aufgeweichten Erde fanden. In dem Boot bemühten sich zwei Männer um eine junge Frau, die in Decken gehüllt dalag. An den nackten Schultern war das Rettungsgeschirr zu erkennen, das ihr der Mann wohl angelegt hatte, der ebenfalls Gurte und eine Seilsicherung über seinem Neoprenanzug trug. Der Mann, der neben ihr kniete, ihr den Puls fühlte und auf sie einredete, trug eine bis zur Brust reichende Anglerhose.

Hansen legte mit dem Rettungsboot längsseits an und versuchte den Außenborder soweit zu drosseln, dass er die Fließgeschwindigkeit des Flusses ausglich.

»Können wir helfen?«, schrie er gegen den Lärm an, während er in das Gesicht der Frau sah, die in einer Pfütze auf dem Boden lag. Schmutzige Haarsträhnen verklebten ihr die Stirn und reichten über ein Auge bis zu den blauen Lippen. Die Haut war totenblass.

»Mach' das Ding aus!« Der Mann im Taucheranzug gestikulierte heftig.

Hansen ließ das Boot ein kleines Stück mit der Strömung treiben bevor er wieder Gas gab und hinter dem Rettungsboot am Hang anlegte. Niemand der dort stehenden Kollegen regte sich, als es Claudia beim zweiten Versuch gelang, eine Leine an Land zu werfen. Pascal, der neben ihr saß, richtete sich auf und bekam einen Weinbergspfahl zu fassen, zog das Boot näher heran und sprang an Land, wo er mit einem Fuß ins Wasser rutschte, mit dem anderen aber Halt fand. Während sie ausstiegen und das Boot sicherten, schwenkte eine Kamera von weiter vorn zu ihnen hinüber. Nachdem sich Hansen von der sicheren Vertäuung des Rettungsbootes überzeugt hatte, hangelte er sich, die nassen, glitschigen Pfähle im Weinberg als Halt nutzend, oberhalb der Kollegen zum Schlauchboot. Vorhin war ihm schon aufgefallen, dass es keinen Außenborder hatte.

»Wie geht es ihr?«, fragte er den Helfer im Boot, der neben der Frau kniete und anscheinend eine Herzdruckmassage vornahm.

»Siehst du doch«, antwortete stattdessen der Kollege im Taucheranzug. »Ihre Körpertemperatur liegt noch bei knapp dreißig Grad.«

»War noch jemand im Auto?«

Ein Schulterzucken war die Antwort.

»Habt ihr sie gefragt?«

»Sie ist … nicht bei Bewusstsein …«

»Sollen wir euch abschleppen?«, bot Hansen an.

»Das machen wir schon, der Hubschrauber ist sowieso noch nicht da.«

Minuten später blickte Hansen mit seiner Crew den Kollegen hinterher, die, sich mühsam an den Pfählen vorbei hangelnd, das Schlauchboot am Ufer entlang zu den Einsatzfahrzeugen zogen. Plötzlich war ein lautes Knattern zu hören. Der Rettungshubschrauber flog eine Schleife über den Fluss, während er immer mehr an Höhe verlor und schließlich weit zurück auf der Straße hinter den Rettungsfahrzeugen landete.

Ein dicker Ast dümpelte am Ufer entlang auf das Rettungsboot zu. Pascal gab ihm einen Tritt, rutschte dabei mit dem

Standbein ab und kam dem Fluss gefährlich nah. Claudia packte ihn an der Rettungsweste, während sie sich an einen Weinstock klammerte.

»Okay, lass bitte los«, keuchte er, als er sich wieder hochrappelte. Mit der freien Hand griff er sich an den Hals und lockerte die Schwimmweste. »Danke, das hätte noch gefehlt …«

Hansen schaute hinaus zur Flussmitte, wo das Wasser toste. Da mussten sie auf dem Heimweg nochmals durch. Vorhin, als es zum Einsatz ging, war alles leichter gewesen. Seine Mannschaft war sicher enttäuscht, dass sie hier nichts ausrichten konnten.

»Leute, was meint ihr? Wenn sich jemand hier abholen lassen will. Ich kann euch gerne da vorne absetzen und ihr kommt über Land nach Hause.«

Alle vier schüttelten den Kopf. Die Kälte und der fehlende Schlaf trugen sicher ihren Teil dazu bei, aber in der Hauptsache war es eine enorme Rührung, die Hansen einen Schauer über den Rücken laufen ließ.

»Dann lasst uns noch mal zur Sicherheit einen Blick stromabwärts werfen, falls noch jemand im Wagen war«, ließ ihn die Euphorie sagen, als er ins Boot stieg. Er warf einen Kontrollblick in den Tank, während sich drei Begleiter auf ihre Plätze setzten und Pascal erst einstieg, als genug Schub auf dem Außenborder war.

»Jeder hält auf seiner Seite Ausschau!«, forderte Hansen seine Mannschaft auf, als sie auf der überschwemmten Straße mit gedrosseltem Motor kaum schneller als das Fließwasser trieben. Links wirkte der Steilhang wie eine mit Stacheln bewehrte Wand, rechts ragten die teils kahlen, teils mit Kätzchen bedeckten Äste der überschwemmten Weiden aus dem Wasser. Die Weidenkätzchen gehörten zu den ersten Blüten im Jahr. Und mit Blüten kannte er sich als Imker aus.

»Stopp … da war … da war was!« Claudias Stimme ließ Hansen wieder voll konzentriert werden.

»Wo?«

»Da!« Claudia zeigte hinter sich. »Keine Ahnung, vielleicht war es nur Treibgut.«

Was ihm da am Rande seines Sichtfelds auffiel, hielt Hansen zuerst für eine Ausbuchtung am Stamm oder eine größere Plastiktüte, vielleicht auch für eine weitere Jacke, wie sich vorhin schon eine an einem Stamm verfangen hatte. Er ließ das Boot um den Baum kreisen. Dabei wurde die Gestalt erkennbar, ein schmaler Oberkörper, die Arme um den Stamm geschlungen, den Kopf auf eine Schulter gesunken. Durch die bis ans Wasser reichende Baumkrone war es schwierig, einen Zugang zu finden. Die vier mussten mühsam von Hand das Geäst brechen und zur Seite biegen, damit das Boot näher an den Stamm fahren konnte. Es dauerte unendlich lange. Jeden Moment erwartete Hansen, dass das Häuflein Elend in die Fluten gleiten würde. Dann hätte es kaum mehr eine Chance auf Rettung gegeben.

Endlich war der Bug bis zu der Gestalt vorgedrungen. Pascal übernahm das Ruder, während Hansen in geduckter Haltung nach vorne eilte. Als er seine Hand auf die Schulter der Frau legte, wirkte diese weich und kalt, obwohl seine Hände ebenfalls sehr kalt sein mussten.

»Alles wird gut, wir sind da. Ich sage dir, wenn du loslassen kannst.« Er war sich nicht sicher, ob er zu einer Toten sprach, deren Arme sich über das Sterben hinaus am Stamm verkrampft hatten. Er wollte die Frau umarmen, indem er die Hände zwischen Stamm und Körper zu schieben versuchte, aber das Boot trieb zur Seite. Er musste loslassen und hielt sich im letzten Moment, bevor er ins Wasser stürzte, noch an der Reling fest.

»Ich bin sofort wieder da!«, schrie er. »Halt durch! Halt durch!«

Bis sie das Boot in die ursprüngliche Position an den Stamm zurückmanövriert hatten, verging viel mehr Zeit, als es Hansen lieb war. Diesmal hielten die vier das Boot in Position, indem alle die Äste ringsum umklammerten.

Kaum hatte Hansen die Arme um die Frau geschlungen, glitt sie vom Stamm. Er ging unter dem Gewicht in die Hocke und fiel hinterrücks gegen die Kante einer Sitzbank. Der Schmerz im Rücken nahm ihm den Atem. »Ruft über Funk Hilfe.«, keuchte er.

Claudia deckte ihre Jacke über das Opfer, legte ihr eine Hand an die Wange und redete beruhigend auf sie ein. Hansen war auf dem Boden liegen geblieben. Er wagte es nicht, sich zu bewegen. Die anderen versuchten, mit dem Boot und Pascal am Außenborder aus dem Geäst zu kommen.

»Ich bin stolz auf euch, Männer … damit bist auch du gemeint …« Er schaute Claudia an. Statt eines Lächelns gelang ihm nur, die Zähne zusammenzubeißen. Der Schmerz in seinem Rücken war zu heftig.

Hansen bekam nicht mehr mit, wie seine Mannschaft es schaffte, das Boot aus dem Dickicht zu manövrieren und stromaufwärts an der Stelle anzulanden, an der die Einsatzfahrzeuge noch standen. Er musste eine Zeitlang weggetreten sein, hatte sogar geträumt, dass er durch die Luft schwebte und ein Mädchen einzuholen versuchte, das vor ihm immer weiter in die Höhe stieg. Und dann setzte der Hubschrauber auf dem Landeturm des Krankenhauses auf. Er wurde auf einer Liege in den Fahrstuhl geschoben … und es ging abwärts.

»Basti, ich bin's.« Auch wenn Sebastian Engels ihre Stimme nicht erkannt hätte, wäre es ihm sofort klar gewesen, wer da am Apparat war. Es gab nur einen Menschen auf der Welt, der ihn Basti nannte. Für alle anderen war er der Sepp.

»Hallo Katja.« Er war mit dem Telefon in die Küche des Reiterstübchens gegangen, wo sich das schmutzige Geschirr stapelte.

»Kannst du sprechen?«

»Es ist schon Jahre her, dass mich der Sultan abgeworfen und es mir die Sprache verschlagen hat«, flachste er, bevor er sich bestürzt besann, dass er noch in der Stimmung war, die gerade im Reitercafé geherrscht hatte. »Entschuldige, tut mir leid. Ja, ich bin allein.«

»Ich komme gerade aus dem Polizeipräsidium in Trier.«

»Soll ich dich abholen?«

»Nein, Jakob ist mitgekommen. Er wartet im Auto.« Er hörte sie schwer atmen. Heute früh war er kurz bei ihr zuhause gewesen. Gleich nachdem die Polizei und die Presse weg waren, hatte sie ihn angerufen.

Draußen wurde ein Pferd mit einer Decke auf dem Rücken vorbeigeführt. Die nasse Mähne klebte dem Tier am Hals.

»Sie haben deinen Namen erwähnt.« Sie war kaum zu verstehen.

Fast hätte er gefragt, was sie denn wüssten. »Und was nun?«

»Sie werden vielleicht zu dir kommen und dir Fragen stellen.«

»Da bist du ja endlich.« Gabi kam zur Tür herein, umarmte Decker flüchtig, trat einen Schritt zurück, musterte ihn und sagte: »Du siehst gut erholt aus.«

»Du hättest mich erst eine Woche später sehen sollen!«

Sie schaute nachdenklich.

»Sollte ein Späßchen sein.« Er klatschte in die Hände. »Was liegt an?«

»Das kann dir Grabbe verraten«, sagte Gabi. »Ich möchte vorher noch mal mit Sebastian Engels sprechen.«

»Wenn wir zurück sind, sollten wir zusammenfassen, wo wir stehen.« Walde folgte Gabi zur Tür.

Als der Hubschrauber zum zweiten Mal innerhalb einer Stunde über das Dorf hinweggerauscht war, hatte Tränkle den Elektroherd ausgeschaltet und die Pfanne herunter genommen, in die er gerade die Karotten zum Andünsten zu den Zwiebeln und dem Knoblauch gegeben hatte. Nun war das Essen nach dem zweiten Arbeitsgang endlich fertig. Er hatte sich mit dem Teller an den Esstisch gesetzt und sich mit großem Appetit die ersten Gabeln mit dem noch zu heißen Gemüse mit Reis in den Mund geschoben, als das Telefon klingelte.

Falls es seine Frau war, würde er sie gleich zurückrufen und ihr dann berichten, was sich gerade hier zugetragen hatte. Es war das Gericht.

Eine knappe Stunde später saß Richter Tränkle hinter seinem Schreibtisch in der Amtsstube des Justizgebäudes und las die Akte, die ihm Roth hatte zukommen lassen. Tränkle interessierte sich weniger für Lokalnachrichten, aber auf dem Weg hierher hatte er im Autoradio *Tele Mosel* gehört. Zum einen, um zu erfahren, dass, nachdem eine Frau aus einem Auto auf der überschwemmten Moselstraße hinter Kesten geborgen worden war, nun eine zweite Frau nur wenige Meter flussabwärts unter dramatischen Umständen gerettet worden war. Beide Personen würden sich in einem kritischen Gesundheitszustand befinden. Die Nachrichten zu den Ermittlungen im Mordfall Thomas Bröding nahmen weit weniger Raum ein.

Umso umfangreicher war das Material, das ihm der Staatsanwalt vorgelegt hatte. Tränkle konnte schnell lesen und hatte gelernt, das Wesentliche vom Unwesentlichen zu trennen. Als er eine halbe Stunde später Holtzer in Begleitung seines Anwalts Haupenberg und Staatsanwalt Roth empfing, hatte er sich einen Überblick über die Sachlage verschaffen können. Die drei Herren trugen Anzug und Krawatte. Holtzer nahm auf dem mittleren der drei Stühle vor Tränkles Schreibtisch zwischen seinem Rechtsbeistand und dem Staatsanwalt Platz.

»Möchten Sie eine weitere Aussage machen?«, wandte sich Tränkle an den Mann, über dessen Freiheit er in den nächsten Minuten zu entscheiden hatte.

Holtzer schaute ihm mit ruhigem Blick in die Augen und drehte den Kopf nach links zu seinem Anwalt.

»Herr Richter, mein Mandant hat im Moment dem, was er der Polizei gegenüber geäußert hat, nichts hinzuzufügen.«

Der Richter blickte zu Holtzer. »Möchten Sie sich nicht dazu äußern, wo Sie sich zum Tatzeitpunkt befunden haben?«

»Das ist sehr persönlich, dazu möchte ich mich nicht äußern.«

»Eine Untersuchungshaft kann auch etwas sehr Persönliches sein.«

Holtzer schwieg.

Tränkle blickte zu Staatsanwalt Roth.

»Die aus meiner Sicht sehr schlüssige Begründung für einen Antrag auf Erlass eines Haftbefehls gegen Herrn Klaus Holtzer liegt Ihnen vor.«

Tränkle ließ ein paar Augenblicke vergehen, in denen er Roth, Haupenberg und dann Holtzer anschaute. »Dann erlasse ich hiermit einen Haftbefehl gegen Herrn Holtzer und setze diesen unter Auflagen außer Vollzug.« Der Richter hatte erlebt, wie Kollegen bei ihren Verkündungen Kunstpausen einlegten, bevor sie eine Strafe zur Bewährung aussetzten oder einen Haftbefehl, wie in diesem Fall, gegen Auflagen außer Vollzug setzten. Die Motivation zu solch einem Handeln ging ihm komplett ab. Tränkle registrierte mit Wohlwollen, dass Holtzer und Haupenberg ebenfalls kein Aufhebens mit Händeschütteln oder Schulterklopfen machten.

In dem ans Haus angebauten Wintergarten waren die meisten Stühle zu den großen Fensterscheiben gerichtet. Von hier aus konnten die Besucher, von der Verglasung vor Wind und Wetter geschützt, den Parcours draußen im Freien beobachten. Heute lief dort nichts, das Geläuf stand unter Wasser. Gabi und Walde hatten sich für diese Örtlichkeit entschieden.

Sebastian Engels hatte ihnen alternativ das Reitercafé angeboten, wo aber noch, wie er sagte, aufgeräumt werden müsste. Es war offensichtlich, dass er bereits von Katja Bröding informiert worden war, sonst hätte er wissen wollen, warum sie ihn besuchten.

Es war kühl hier, sie behielten die Jacken an. Engels trug einen dünnen Rollkragenpulli über einer Cordhose. Er wirkte sportlich und war fast so groß wie Walde, Gabi schätzte ihn auf Mitte bis Ende vierzig. Der Besitzer des Reiterhofs rückte drei Stühle um einen niedrigen runden Tisch.

»Die Heizung ist gleich soweit, dann wird es warm.« Engels zeigte auf ein vor der Fensterfront im Boden eingelassenes Rost.

Er stellte ein Glas unter einen Wasserspender, ließ es volllaufen und nahm zwei weitere aus einem Regal. Auf einem Tablett am Boden standen ineinander gestapelte gebrauchte Gläser.

»Wasser ist Leben.« Engels hob sein Glas und prostete den Besuchern zu. Er lächelte. »Und kann auch Leben nehmen.«

Draußen ließ eine Windbö Regentropfen an die Scheiben prasseln.

»Sie wissen, weshalb wir hier sind?«, fragte Walde.

»Ich kann es mir denken.«

»Und was denken Sie sich?«

»Dass wir besser nicht um den heißen Brei herumreden.«

»Das ist auch in unserem Sinne.« Gabi lehnte sich mit dem Glas in der Hand in dem unerwartet bequemen Stuhl zurück.

Sebastian Engels holte tief Luft. »Wo soll ich anfangen?«

»Nicht ganz von vorne«, wäre Gabi fast herausgerutscht. So einfach, wie sie es sich für einen Augenblick erhofft hatte, würde das Gespräch scheinbar doch nicht verlaufen. »Wie standen Sie zu Thomas Bröding und wie stehen Sie zu seiner Frau?«

»Katja Bröding hat zwei Pferde bei mir stehen. Ihres und das ihres Sohnes. Mit Thomas hatte ich weniger zu tun. Er kam früher manchmal her, wenn Jakob eine Springreiterprüfung hatte.«

»Springreiterprüfung?«, fragte Gabi.

»Inzwischen ist Jakob der erfolgreichste Springreiter, den wir bisher hervorgebracht haben. Mich selbst eingeschlossen, dem einmal nachgesagt wurde, Alwin Schockemöhle Konkurrenz machen zu können.« Engels lehnte sich zurück und rutschte auf dem Stuhl nach vorn.

»Und haben Sie?«

»Wer weiß, wenn meine Bandscheiben mitgemacht hätten, vielleicht. Ich bin froh, dass ich heute überhaupt noch auf einem Pferd sitzen kann.«

»Bei Jakob ist das anders?«

»Ein bisschen was hab ich ihm beibringen können. Heute braucht er mich eigentlich gar nicht mehr. Und mit Gordon könnte es weiter nach oben gehen.« Engels bemerkte Gabis Stirnrunzeln. »Ein zweijähriger Wallach ..., prima Pferd. Dafür musste sein Vater auch eine Ecke springen lassen.«

»Herr Bröding war großzügig?«

»Das kann ich nicht beurteilen, aber in diesem Fall hat er sich nicht lumpen lassen. Sollte wohl auch ein Dankeschön für den Umzug aufs Land sein.«

»Sie kannten Herrn Bröding näher?«

»Nicht wirklich. Er war mal in einer Partei aktiv, die ich nicht besonders mag, er schien aber ganz in Ordnung zu sein. Er war ein viel beschäftigter und engagierter Mann.«

»Und seine Frau?«, fragte Gabi.

»Was meinen Sie?« Engels richtete sich auf.

»Sie kennen sie wahrscheinlich besser als ihren Mann.« Gabi bemerkte eine leichte Unsicherheit bei ihm.

»Ja klar, sie war dreimal die Woche hier. Sie ist nett und hat Pferdeverstand und so … was soll ich sonst sagen.«

Das Gebläse der Heizung setzte ein. Walde trank sein Glas leer und betrachtete die auf die Scheiben aufgeklebten dunklen Konturen von Vögeln.

Gabi zog eine Notiz aus ihrer Handtasche. »Sie haben neben der Zucht rund fünfzig Pensionspferde auf dem Hof, bieten Reitstunden und therapeutisches Reiten an, betreiben einen Onlineshop für Reitsportartikel und sind Mitglied im Kreistag.«

»Sie haben Ihre Hausaufgaben gemacht.« Engels nickte ihr zu. »Bei dem Onlineshop bin ich nur der Webmaster und die Reitstunden sind auch nicht der Rede wert.«

»Wo waren Sie in der Nacht von Freitag auf Samstag?«

»Ich war abends, nachdem der Stall versorgt war, auf dem Beda-Markt und bin gegen eins nach Hause gekommen.« Er stand auf und drosselte die Lüftung, die den Raum erstaunlich schnell aufgewärmt hatte. »Für die Nacht habe ich keine Zeugen und nach dem Bolzenschussgerät müsste ich auch suchen.«

»Sie hören wohl *Tele Mosel*?« Gabi grinste. »Dann lassen Sie uns gleich mal nachschauen.«

»Das wollen Sie jetzt wirklich?«

Gabi und Walde nickten.

Erst nach einer Weile kam Sebastian Engels zurück. »Das Gerät ist nicht da, wo es normalerweise ist. Ich muss Sergej fragen, wo es sein könnte.«

»Wer ist das?«, fragte Walde.

»Er arbeitet hier, hat aber schon Feierabend und gehört zu den glücklichen Menschen ohne Mobiltelefon.«

»Lassen Sie uns bitte morgen früh wissen, was es mit dem Gerät auf sich hat. Wann wurde es zuletzt benutzt?«

»Das ist lange her. Wenn in den letzten Jahren ein Tier getötet werden musste, was, Gott sei Dank, ganz selten vorkam, ist Dr. Rupprath gekommen, weil die Besitzer das so wollten … und es auch selbst bezahlen mussten beziehungsweise ihre Versicherung dafür aufkam.«

»Sie haben anfangs das Großprojekt BEST von Klaus Holtzer vehement unterstützt. Was hat Sie davon abgebracht und schließlich zu seinem Widersacher gemacht?«

»Haben Sie nicht in der Presse verfolgt, wie sich die Sache entwickelt hat? Dieser Damian Lutton ist der letzte Strohhalm, an den sich Holtzer jetzt noch klammert. Kennen Sie das Sprichwort ‚Wenn du entdeckst, dass du ein totes Pferd reitest, dann steige ab'? Das habe ich bei BEST frühzeitig beherzigt.«

»Guter Spruch, kannte ich zwar schon, aber auf einem Reiterhof wird einem die Bedeutung besser bewusst.« Gabi hatte, nachdem sie den Reiterhof verlassen hatten, mit Benni, ihrem Lebensgefährten telefoniert. Deswegen fehlte Walde erst mal der Zusammenhang. Außerdem konzentrierte er sich auf die abschüssige Straße, auf der es ihm vorkam, als würde ihr Wagen nach unten geschwemmt.

»Das mit dem toten Pferd«, ergänzte sie, während sie die Serpentinen zum Tal hinunterfuhren. »Hast du mitgekriegt, wie nervös er wurde, als die Sprache auf Katja Bröding kam?«

Walde nickte. Er steuerte den Wagen auf die Kaiser-Wilhelm-Brücke und fragte sich, ob die Pfeiler den tosenden Wassermassen standhalten würden.

»Mensch, die scheint noch mal deutlich gestiegen zu sein«, sagte Gabi. Am Damm vor Zurlauben stand das Wasser bereits auf Höhe des zweiten Stocks der ehemaligen Fischerhäuser dahinter, wo sich nun eine Kneipe an die nächste reihte. »Hast du dir schon mal Gedanken darüber gemacht, wie weit das Wasser steigt, wenn hier der Damm überspült wird?«

Genau das Gleiche fragte sich Walde in diesem Moment. Das Schild am Ende der Insel, auf dem beim letzten Mal der Vogel gesessen hatte, war abgetaucht.

»Ich kann mich erinnern, dass mir jemand erzählt hat, die Mosel hätte früher mal am Pferdemarkt gestanden, aber das war vor den Staustufen und der Kanalisierung.«

»Der Pferdemarkt ist doch bei dir ganz in der Nähe.«

Walde nickte, während er nun beim Vorbeifahren sah, wie die unteren Etagen der alten Fischerhäuser verbarrikadiert wurden.

»Und ihr wohnt Parterre?« Gabi hielt sich die Hand vor den Mund. »Ich wollte dich jetzt nicht beunruhigen. Gibt es einen Plan B?«

Grabbe hatte den hoch technisierten Raum ausgewählt, von dem auch mittels Videoverbindung mobile Einsätze koordiniert werden konnten. Jeder Platz an dem Tisch in der Form eines Hufeisens verfügte über einen Monitor. Mehr als fünf hatte er nicht in Betrieb nehmen müssen. Meyer war heute, am Sonntag, zu Hause geblieben. Auf der Leinwand am Tischende erschien eine Reihe mit Namen.

»Zu Klaus Holtzer muss ich wohl nicht mehr viel sagen«, kommentierte Grabbe die Liste. »Von der Faktenlage her ist er zur Zeit der Hauptverdächtige.«

»Was Richter Tränkle leider nicht ganz so sieht«, seufzte Monika.

Der Pointer wanderte zum nächsten Namen. »Damian Lutton, der dubiose Projektleiter von BEST, ist noch am späten Freitagabend von Düsseldorf nach Dublin geflogen. Er hat den Flug angetreten, das habe ich gecheckt. Katja Bröding, die Witwe«, fuhr Grabbe fort, »sei Freitagnacht zu Hause gewesen, sagt sie.«

»Und der Sohn?«

»Jakob, sie waren am Abend zusammen im Stadttheater und danach noch was essen. Jakobs Freundin war ebenfalls dabei. Er hat anschließend bei ihr in Trier übernachtet. Frau Bröding ist alleine nach Hause gefahren.« Grabbe schaute Walde und dann Gabi an. »Sebastian Engels, den … Freund von Frau Bröding, habt ihr gerade besucht.«

»Einen Moment.« Gabi hob den Zeigefinger. »Frau Bröding sagt, sie hätte ihren Sohn heute Morgen zur Schule gefahren.«

»Dann ist er in der Nacht wohl doch noch nach Hause gekommen«, antwortete Grabbe. »Jedenfalls besitzt Sebastian Engels ein Bolzenschussgerät, das verschwunden ist.«

»Und er hat kein Alibi für die Nacht«, sagte Gabi. »Er ist nervös geworden, als die Sprache auf sein Verhältnis zu Katja Bröding kam.«

»Falls sie ein Verhältnis haben, hätte er zwei Fliegen mit einer Klappe geschlagen«, ergänzte Walde. »Er hätte den Ehemann seiner Geliebten aus dem Weg geräumt und Holtzer, sein politischer Widersacher, säße im Gefängnis.«

»Blieben noch Brödings andere politischen Gegner und diverse gehörnte Ehemänner. Er soll ein Schürzenjäger gewesen sein und mit mindestens einer Mandantin aus einem Scheidungsverfahren angebandelt haben.« Grabbe drückte mehrfach auf eine Taste an dem mobilen Schalter, den er in der Hand hielt. Auf dem Monitor tat sich nichts. »Scheidungssachen sind, wie es scheint, nur in Zusammenhang mit größeren Vermögen, Betriebskapital und dergleichen aufgetaucht. Ansonsten ging es um Wirtschaftsrecht. Er hat teils sehr renommierte Unternehmen vertreten. Ich hab' noch was vorbereitet, aber der Rechner hat gerade ein Problem.«

»Können wir das morgen besprechen?«, fragte Gabi. »Ich muss weg.«

Wie Walde auf dem Weg zum Ausgang des Gebäudes über sein Handy erfuhr, hatte Doris zusammen mit den Kindern die Bahn nach Pfalzel zu Jo und Marie genommen. Mist, dachte Walde, und entsann sich beschämt, dass er Annika versprochen hatte, heute diese Tour gemeinsam zu unternehmen. Obwohl die Zugfahrt kaum zehn Minuten dauerte, hatte sie in den letzten Tagen immer wieder erwartungsvoll davon gesprochen. Nun wollte er wenigstens die Rückfahrt mit ihr machen und bot Doris an, sie könne mit dem Auto zurückfahren.

Als er in Pallien die Schläuche aus den Kellerfenstern der direkt an der Straße gelegenen Häuser quellen sah, schaltete Walde das Autoradio ein. Eine der Stationstasten war mit *Tele Mosel* belegt. Die Berichte vom Sport in der Region beschränkten sich auf Ereignisse in der Halle. Die meisten Freiluftpartien waren wegen der Unbespielbarkeit der Plätze abgesagt worden.

Beim Wetterbericht nahm die Stimme des Nachrichtensprechers einen sarkastischen Ton an, während er die triste Vorhersage wiederholte, die er bereits seit Tagen vorlesen musste. Es folgten die Verkehrsmeldungen als lange Aufzählung von Uferstraßen, die inzwischen entlang der Mosel und der größeren Nebenflüsse gesperrt waren.

Die Lichter eines Einkaufszentrums auf der anderen Flussseite spiegelten sich in dem Strom, der nur noch von der etwas höher gelegenen Bahnlinie neben der Straße überragt wurde. Nicht lange, dann war auch hier kein Durchkommen mehr.

Als er von der Überschreitung der Zehnmeter-Marke und dem damit einhergehenden Katastrophenalarm berichtete, nahm die Stimme des Nachrichtensprechers den Ton eines aufgeregten Sportberichterstatters bei der Liveübertragung eines spannenden Hochsprungwettbewerbs an.

Aber auch nüchtern betrachtet war abzusehen, dass der Fluss, sollte sich die Wetterlage nicht umgehend ändern, weiter steigen und das Hochwasser bedrohliche Dimensionen annehmen würde.

Hinter Biewer war die Umgehungsstraße, kurz bevor es abwärts zur Unterführung unter den Bahntrassen des Rangierbahnhofs ging, gesperrt. Ein Polizist in Windregenjacke und Kapuze über der Dienstmütze zeigte ihm mit der Kelle den Weg auf eine hier einmündende Straße. Beim Abbiegen sah Walde das Wasser in der Unterführung stehen. Auch eine weitere Unterführung, die er wenig später nehmen wollte, war wegen Überflutung gesperrt. Erst an der nächsten Abzweigung konnte er nach Pfalzel abbiegen.

Die kleine Mathilda hatte sich von der Aufregung ihrer großen Schwester anstecken lassen und keinen Mittagsschlaf gehalten. Als Walde sie zur Begrüßung auf den Arm nahm, legte sie gleich den Kopf an seine Schulter und kraulte mit einer Hand seine Haare, während der Daumen der anderen Hand in ihren Mund wanderte.

Jo fand er in seinem Arbeitszimmer über eine Karte gebeugt. Sie war über die vielen Stapel mit Büchern und Unterlagen gebreitet, die die gesamte Fläche des großen Tisches einnahmen.

»1784 müsste die Scholasterei gerade so davongekommen sein.«

Walde trat neben seinen Freund und schaute auf den Stadtplan von Trier, auf dem Jo mit schwarzem Textmarker Gebiete eingegrenzt hatte. »Im Gegensatz zur Innenstadt, wo das Wasser auf dem Pferdemarkt gestanden haben soll.« Er zeigte auf die entsprechende Stelle im Plan.

»Und was war mit der Franz-Ludwig-Straße?«

»Die Theobald-Mühle gegenüber hat es erwischt, aber wo ihr wohnt, könntet ihr noch gerade so Glück haben. Zumindest meint das Marie. Sie bekommt bei euch Asyl und hat das Auto schon gepackt.«

»Und du?«

»Ich räume vorsichtshalber noch ein paar Dinge aus dem Parterre nach oben und halte die Stellung.« Jo richtete sich auf, wobei er sich mit den Händen auf eine Stuhllehne stützte. »Hast du das Protokoll?«

Walde gab ihm die Papiere. »Nach dem Lesen kommt alles in den Ofen!«

Jo nickte.

»Versprochen?«, hakte Walde nach.

»Großes Ehrenwort.«

Walde blieb kaum Zeit, an einem heißen Kaffee zu nippen, bevor er Doris und Marie den Umweg zurück in die Innenstadt beschrieb. Marie verfügte über die bessere Ortskenntnis und bot sich an, vorauszufahren.

Wenige Minuten später ging Walde mit Annika an der Hand durch die dunklen Straßen des Stadtteils. Immer wieder musste er den Schirm gegen den aus westlicher Richtung wehenden Wind richten. Nach Doris, die mit der winkenden Mathilda vorbeigefahren war, hatte sich hier draußen keine Menschenseele mehr blicken lassen. Er fragte sich, ob die Bewohner vielleicht evakuiert oder vorsorglich zu Verwandten und Freunden geflüchtet waren, vorausgesetzt, die wohnten an höher gelegenen Orten. Annika trug einen Südwester, dessen Krempe im Rücken über die Kapuze ihrer Regenjacke reichte.

»Müssen wir nicht geradeaus?«, fragte Walde, als Annika ihn nach links in Richtung Spielesplatz zog, den er gut kannte, weil er hier oft mit dem Rad unterwegs war. Da, wo der Moselradweg auf den Ort traf, ließ der Fluss das wuchtige Tor erzittern. Walde spürte, wie die gewaltigen Kräfte der Flut daran rüttelten. Ob er heute Nacht in einem der Häuser hier ruhig schlafen könnte? Wahrscheinlich nicht, allein schon aus Sorge um die Kinder. Hoch oben an der Mauer führten Stege aus Aluminiumrosten an der Landseite entlang. Zwischen den Ritzen einer Spundwand flossen bräunliche Rinnsale herunter. Walde war erleichtert, als sie den deutlich höher gelegenen Bahnhof erreichten. Jetzt erst fiel ihm auf, dass Annika, obwohl sie Stiefel trug, unterwegs in keine einzige Pfütze gesprungen war. Das Überangebot hatte ihnen wohl den Reiz genommen.

Montag

Beim Betreten des Präsidiums kam es Gabi vor, als habe es die lange Babypause niemals gegeben. Gestern herrschte hier noch sonntägliche Ruhe. Heute schien alles wie immer zu sein. Das Nicken der Kollegen an der Pforte, der Geruch im Eingangsbereich. Im Treppenhaus vereinigten sich fernes Türenschlagen, Gespräche und Rufe, ratternde Drucker, rauschende Funkgeräte und läutende Telefone zu einem hohen Summen.

Kaum hatte sie ihr gemeinsames Büro betreten, bestürmte sie der bereits aufgekratzt wirkende Grabbe, indem er sie aufforderte, sich umgehend eine Korrespondenz anzusehen, die er in Brödings Rechner gefunden habe.

Um sie am Lesen zu halten, brachte er ihr sogar unaufgefordert einen Becher Kaffee, schwarz und ohne Zucker und ohne Fragen zu stellen. Früher hatte er sich nie merken können, wie sie ihren Kaffee mochte.

Was sie währenddessen las, waren Liebesbriefe, mal mehr, mal weniger originell, teils mit banalen Alltagsschilderungen durchsetzt, vom Tenor her aber eindeutig und oft auch sehr romantisch. Sie wurden ausgetauscht zwischen Thomas Bröding und einer gewissen Isa.

Kaum hatte sie die Mappe zugeklappt, fragte Grabbe: »Was sagst du dazu?«

»Wenn ich es in drei Worten ausdrücken sollte: Brieffreundschaft mit Hautkontakt.«

»Das … das trifft die Sache auf den Punkt.«

»Und die Frau ist Isabelle Neumann?«

»Ich höre die Tigerin über mir schleichen … gleich komme ich zu dir hoch in deine Höhle«, zitierte Grabbe aus seinen Notizen. »Das klingt für mich eindeutig.«

»Sie hat Samstag in der Früh die Polizei angerufen«, sagte Gabi, »und du warst später bei ihr und hast sie befragt?«

»Sie wirkte ein wenig mitgenommen, aber ich habe natürlich nicht von ihr wissen wollen, ob sie mit dem Mordopfer intim war. Sie hat mir erzählt, dass ihr Ehemann in Berlin arbeite und übers Wochenende auf einem Kongress in Österreich sei, ich glaube, es war Wien, aber das ist noch nicht alles.«

»Hatte Bröding noch eine weitere Geliebte?«, fragte Gabi.

»Nein, jedenfalls gibt es dafür keine Anhaltspunkte, aber da ist noch eine zweite Sache. Er scheint der Presse gezielte Tipps über verschiedene Leute gegeben zu haben, Presse ist vielleicht übertrieben. Fürst von *Tele Mosel* war der alleinige Nutznießer.«

»Und für den war das ein gefundenes Fressen, das er in die Pfanne gehauen hat. Klaus Holtzer und seinen Sohn, den Banker, und diesen Geschäftsführer, diesen Damian …«

»Damian Lutton«, half ihr Grabbe weiter, »und Bernd Hansen.«

»Wer ist Hansen?«, fragte Gabi, als sie weiterlas.

»Bisher weiß ich nur, dass er Mitbegründer einer Bürgerinitiative gegen das Pumpspeicherwerk an der Mosel ist, für das sich Bröding eingesetzt hat …«

Walde kam zur Tür herein.

»… scheinbar mit allen Mitteln«, beendete Grabbe den Satz, um nochmals zu wiederholen, was er seiner Kollegin berichtet hatte. »Bröding hat darüber hinaus eine Sammlung mit brisanten Details aus der hiesigen Gesellschaft, Politik, Wirtschaft, Behörden et cetera angelegt nach der Devise ,Wissen ist Macht'.«

»Nee, das kann doch nicht sein!«, Gabi stellte ihren leeren Kaffeebecher ab. »Dann hätte er ja das Gleiche ... wie Klaus Holtzer?«

Grabbe bewegte den Kopf hin und her. »Etwas subtiler vielleicht, aber im Grunde hatten beide Seiten kompromittierende Dossiers in der Schublade, um sich gegenseitig zu erpressen oder fertig zu machen. Aber wer sich in Gefahr begibt, kommt darin um ...«

»Du meinst, er hat deshalb sterben müssen?«, fragte Gabi.

»Nein, der wusste genau, was Fürst für ein Typ ist. Bröding hätte damit rechnen müssen, am Schluss selbst in den Dreck gezogen zu werden.«

»Am besten fragen wir den Fürsten der Gerüchtehölle *Tele Mosel* doch mal selbst«, schlug Gabi vor.

»Fürst des Sumpfes passt besser zu dem Kerl und zu seinem Umfeld ... und zum Wetter.«

»Dann schlage ich vor, den besuchen wir als Ersten«, sagte Walde, der aufmerksam zugehört hatte. »Und anschließend ...«

»Das sollte besser jemand anderes tun«, Grabbe sprach so leise, dass man ihn kaum verstehen konnte. »Hast du heute noch kein Radio gehört?«

»Kein *Tele Mosel*, wenn du das meinst«, antwortete Walde.

»Dann solltest du das mal tun oder auf deren Homepage gehen.«

Was er gleich darauf in seinem Büro auf der Seite von *Tele Mosel* las, ließ Walde kurz überlegen, ob er wach war oder träumte. Gleich nach den ersten Zeilen lehnte er sich in seinem Stuhl zurück, atmete tief ein und aus und scrollte weiter. Der fetten Überschrift ‚Trierer Polizei-Affäre weitet sich aus' folgte die Anschuldigung, ein Kommissar der Mordkommission, sein Name wurde nicht genannt, habe in einem früheren Fall ein Verhältnis mit einer Verdächtigen gehabt. Diese Dame solle sogar zeitweise bei ihm gewohnt haben – mit Duldung seiner damaligen Lebenspartnerin.

Keine zwei Tage nach der Enthüllung einer illegal durchgeführten Hausdurchsuchung in einer Trierer Anwaltskanzlei sieht sich dieser Polizist nun weiteren brisanten Vorwürfen ausgesetzt. Er soll sich im internen Polizeinetz Unterlagen zum Fall einer Ermittlung wegen illegaler Raubgräberei beschafft haben und diese an den Beschuldigten, einen engen Freund, weitergegeben haben. Dieser Mann soll in einen spektakulären Diebstahl historischer Kulturgüter verwickelt gewesen sein, es handelte sich um einen Millionenfund wertvoller römischer Goldmünzen …

Walde nahm den Telefonhörer, tippte Jos Nummer ein, legte aber gleich wieder auf. Wo hatte Fürst diese Info her? War sein Telefon im Präsidium angezapft? Und wenn er zu Jos Dienststelle fuhr, lauerte dort womöglich ein Paparazzo vor der Tür. Waldes Telefon klingelte.

»Der Eilantrag auf die Unterlassungserklärung gegen *Tele Mosel* läuft«, sagte Monika. »Und was wir sonst noch rechtlich tun können, wird ebenfalls in die Wege geleitet.«

»Wenigstens wurden keine Namen genannt.«

»Hast du die Kommentare nicht gelesen?«, fragte Monika zögerlich.

»Nein.«

»Ich soll dir vom Chef ausrichten, dass du dich bitte dringend bei ihm melden sollst.«

Walde scrollte weiter und las ‚Da wurde der Bock zum Gärtner …' Er fragte sich, warum es nicht gleich hieß ‚Da wurde Waldemar Bock zum Gärtner gemacht'?

In dem schlampig geführten Onlinearchiv von *Tele Mosel* waren nicht mehr Beiträge zu finden als die bereits von Grabbe ausgedruckten. Was er da nachlesen konnte, schien sich fast eins zu eins mit den Aufzeichnungen aus Brödings Rechner zu decken.

Übers Radio erfuhr Gabi, dass Fürst gerade live von der Evakuierung des Industriegebietes auf der Eurener Flur berichtete. Die Zuspitzung der Hochwasserlage mit den größeren und kleineren Auswirkungen schien inzwischen die gesamte Berichterstattung von *Tele Mosel* einzunehmen.

Die Zufahrt von der Luxemburger Straße in die Diedenhofener Straße war mit einer mobilen Schranke und rotweißen Warnbaken abgesperrt, vor der zwei Männer in Feuerwehruniform standen. Auf der Gegenfahrbahn kam Gabi eine Kolonne von Lastwagen entgegen, die im Stop and Go vorwärts drängten. Erst als sie das Blaulicht auf das Autodach gesetzt hatte, bequemten sich die Feuerwehrleute sie durchzulassen, indem sie die Schranke ein Stück zur Seite schoben.

Die Straße führte geradewegs Richtung Mosel an Lkws, Kleintransportern und Sattelschleppern vorbei. In der Sackgasse zur Staustufe, an der die Straße nach rechts zu der großen Tabakfabrik abzweigte, stand bereits das Wasser. Es war wohl nur noch eine Frage von wenigen Stunden, bis der Fluss das Industriegebiet überschwemmen würde.

Etwas weiter erblickte Gabi Fürst in einem verglasten Wartehäuschen an einer Bushaltestelle. Er trug einen gelben Friesennerz und interviewte eine der dort wartenden Frauen.

Als Gabi ihren Wagen neben dem Smart von *Tele Mosel* auf dem durchgeweichten Grünstreifen parkte, fragte sie sich kurz, ob sie das Auto nachher hier wieder raus bekäme.

Der Regen perlte vom Dach über die Seitenscheiben des Wartehäuschen. Beim Lärm der nebenan immer wieder anfahrenden und bremsenden Schwerlaster war kaum zu verstehen, was die Dame in breitem Trierer Dialekt in das aus einem weiten Ärmel von Fürsts Regenjacke ragenden Mikrofon zum Besten gab. Gabi musterte derweil die gelben Gummistiefel und den Regenhut mit der breiten Krempe über der Stirn des Chefs von *Tele Mosel*.

Von der Straßenseite gegenüber rief ein Trucker etwas herüber, was weniger hilfsbereit als frech klang. Gabi begnügte sich mit dem Gedanken, ihm den Mittelfinger oder das Futteral ihrer Waffe zu zeigen.

Nachdem Fürst das Interview beendet hatte, schaltete er das Mikrofon ab und steckte es in seine Tasche. Er hatte Gabi herankommen sehen und versuchte erst gar nicht, ihr eine Frage zu den Ermittlungen im Fall Bröding zu stellen.

»Was kann ich für Sie tun?« Das Lächeln wollte ihm nicht so recht gelingen.

»Wir wissen, dass Bröding Sie mit Material versorgt hat.«

»Aha.«

»Was sagen Sie dazu?« Gabi wiederholte ihre Frage, weil ein Laster nebenan mit viel Gas anfuhr.

»Quit pro quo.«

»Wie bitte?«

»Das heißt so viel wie …«

Gabi mühte sich nicht ihre Gereiztheit zu unterdrücken. »Ich habe auch das Schweigen der Lämmer gesehen.«

»Wie bitte?«

Gabi dämmerte da was. Sie hätte sich wohin beißen können, dass sie nicht vorher darauf gekommen war. Bröding hatte die Infos womöglich anonym an *Tele Mosel* geschickt.

»Dann wollen Sie uns nicht preisgeben, von wem die Informationen stammen, mit denen Sie die Öffentlichkeit versorgen?«

»Ich dachte, Sie hätten gerade Bröding als Absender …«

»Können Sie das definitiv bestätigen«, unterbrach sie ihn. »Auch unter Eid, haben Sie …«

»Nun aber mal halblang bitte. Bei *Tele Mosel* wird selbstredend alles auf den Wahrheitsgehalt geprüft, bevor es gesendet wird. Und der Schutz von Informanten ist uns heilig … wenn es sein muss auch über den Tod hinaus.«

»Also doch Bröding?« Wenn er so dumm war, wie sie annahm, fiel er darauf herein und hielt ihre Befragung für einen Bluff.

»Das habe ich damit nicht gesagt.« Fürst schob den Ärmel seines Anoraks hoch und schaute auf seine protzige Uhr. »Ich muss weiter.«

Walde nahm die hintere Treppe zum Hof. Als er zu Grabbe in den Wagen stieg, blickte er nicht mehr zum Gebäude zurück. Grabbe hätte es vorgezogen, Isabelle Neumann ins

Präsidium zu bestellen, aber Walde schien Polizeipräsident Stiermann aus dem Wege gehen zu wollen. So fuhren sie zu Isabelle Neumanns Wohnung.

In der Einfahrt zur Kanzlei überkam Grabbe ein Anflug von Übelkeit, den er, als er vor Walde die Stufen zur Haustür erklomm, als Symptom abzutun versuchte. Er war erleichtert, als auf das Klingeln schnell reagiert wurde. Im Vorbeigehen registrierte er auch das unbeschädigte Siegel an der Tür von Brödings Rechtsanwaltskanzlei.

Isabelle Neumann erwartete sie oben in der Wohnungstür mit einem Lächeln und schien deutlich entspannter zu sein als vor zwei Tagen. Sie war mit einem Strickkleid mit Streifenmuster bekleidet, oder war es ein langer Pullover, den sie über einer dunklen Strumpfhose trug? Grabbe schnupperte ein wohlriechendes Parfum, als er hinter ihr durch die Diele ging, wo diesmal alle Türen geschlossen waren. Gefolgt von Walde betrat er die Küche. Dort wurde ihnen am Tisch ein frisch aufgebrühter Tee angeboten. Kanne, Tassen, Löffel und Zucker standen schon parat.

»Wie ich Ihnen am Telefon bereits sagte«, übernahm Grabbe die Initiative, »haben sich aus unseren Ermittlungen noch ein paar Fragen ergeben. Danke, dass Sie sich Zeit für uns nehmen konnten.« Er versuchte sich zu erinnern, ob Isabelle Neumann am Samstag auch schon so aufrecht gesessen hatte wie heute. Diesmal war sie leicht geschminkt. Zumindest betonte sie mit Rouge ihre hohen Wangenknochen.

»Keine Ursache.« Sie legte eine Hand um ihre Tasse.

»Ihr Mann hat am Wochenende einen Kongress in Wien besucht. Können Sie uns dazu Genaueres sagen?«

»Thema ist die Solidarität in der Ökonomie oder so ähnlich. Der Kongress endet heute und findet an der Universität für Bodenkultur in Wien statt. Dort hat mein Mann ein Jahr lang studiert.«

»Und wann ging die Veranstaltung los?«

»Am Samstag, glaube ich.«

»Können Sie mir die Mobilnummer Ihres Mannes geben?«

Sie stand auf, nahm einen leeren Zettel und einen Stift aus einem Kästchen an einer kleinen Wandtafel, an der Notizen von runden Magneten gehalten wurden. Sie schrieb die Nummer auf, gab ihm den Zettel und setzte sich wieder. Wie es Grabbe schien, tat sie es sehr behutsam, in Gedanken versunken. Es fiel ihm schwer, die zusammengehefteten Seiten aus seiner schmalen Tasche zu ziehen. Und noch schwerer, sie der Frau zu zeigen, die, das wurde ihm jetzt klar, am Samstag zwar unter Schock gestanden, aber auch großes Leid empfunden hatte und anscheinend weiterhin trauerte.

»Diese Korrespondenz war auf dem Rechner von Herrn Bröding.« Walde übernahm die Initiative, indem er Grabbe den Packen aus der Hand nahm und vor Isabelle Neumann auf den Tisch legte.

»Wie kommen Sie … wo haben …« Sie schien augenblicklich zu erfassen, um was es sich handelte.

Walde schaute sie schweigend an.

»Sagen Sie ihm bitte nichts davon«, bei diesen Worten fasste sie sich mit den Fingerspitzen der rechten Hand an die Augenbrauen, als wolle sie ihre Augen vor dem Anblick der Papiere verschonen. »Wenn … dann soll mein Mann es von mir erfahren.«

Walde nahm seine Tasse. »Er wusste nichts von Ihrer Beziehung zu Thomas Bröding?«

»Davon wusste niemand etwas.«

»Und wie lange waren Sie schon … hatten Sie eine Beziehung?«

»Schon länger.«

»Seit ihr Mann in Berlin arbeitet? Wie lange ist das der Fall?«

»Er ist seit über einem Jahr dort … das mit Thomas und mir hatte schon vorher …«

Waldes Telefon klingelte. »Einen Moment bitte«, entschuldigte er sich, als er es aus der Tasche seiner Jacke nahm, die er neben sich auf den freien Stuhl gelegt hatte. Gabi meldete sich.

»Ich rufe dich zurück«, sagte er und steckte das Telefon wieder ein.

Grabbe führte die Befragung fort. »War das der Grund, warum er dort die Stelle angenommen hat?«

»Nein.« Sie nahm die Hand herunter und setzte sich wieder gerade auf. »Jedenfalls glaube ich das nicht.«

Im Wagen rief Walde seine Kollegin im Präsidium zurück. Sie ließ ihn kaum zu Wort kommen, als sie aufgeregt berichtete: »Roth schießt quer. Er verweigert uns den Durchsuchungsbeschluss für *Tele Mosel* und Stiermann ist auf hundertachtzig. Es wäre gut, wenn du so bald wie möglich hier antanzen würdest.«

»Erst müssen wir zu Hansen.«

»Das kannst du nicht machen …«

»Einen Moment!«, unterbrach sie Walde, weil Grabbe neben ihm wie ein um Aufmerksamkeit heischender Schüler mit den Fingern schnippte und gleichzeitig den Kopf schüttelte. »Ich muss zurück ins Präsidium …«

Walde nahm das Telefon wieder hoch. »Kannst du in ein paar Minuten rüber zum Paulusplatz kommen?«

»Spinnst du nun total? Und dann noch bei dem Wetter!«

»Okay, ich warte dort«, ignorierte Walde ihren Einwand.

Es waren zwar kaum mehr als zweihundert Meter vom Präsidium bis zum Paulusplatz, aber Walde musste fast zehn Minuten unter dem Portal der Kirche ausharren, wo ihn Grabbe abgesetzt hatte, bis Gabi endlich vorfuhr und dabei eine Pfütze über den Bordstein schwappen ließ.

»Was gibt's?«, fragte sie, als er sich auf dem Beifahrersitz niedergelassen hatte.

»Fahr bitte los.« Er hielt die Hände in die warme Luft, die aus den Schlitzen im Armaturenbrett strömte.

Wenige Meter weiter musste sie an einem Fußgängerüberweg anhalten, wo sich eine endlos scheinende Karawane von Schülern in Zeitlupe auf die andere Straßenseite bewegte.

»Legst du es auf eine Abmahnung durch Stiermann an?«

Walde schüttelte den Kopf. »Hallo! Es gibt nur einen, der davon wusste und ausgerechnet der will mich jetzt vom Dienst suspendieren?« Er strich sich die Haare mit den Fingern nach hinten. »Ich kann es nicht fassen. Stiermann selbst muss die Info an *Tele Mosel* weitergegeben haben.«

»Der Präsi soll dich an Fürst verraten haben?« Sie schaute zu ihm herüber, die Stirn in Falten gezogen, und verpasste damit die Chance, eine Lücke zwischen den langsam vorüberziehenden Schülern zu nutzen.

»Er hat die Ausdrucke auf meinem Schreibtisch gefunden.«

»Du hast also tatsächlich ..?«

»Eigentlich eine Lappalie, Jo scheint wirklich vollkommen unschuldig zu sein.«

»Erzähle mir nichts, was du mir nicht erzählen willst«, sie fuhr an und zwang damit zwei erschrocken blickende Mädchen, einen Schritt zurückzutreten. »Aber ...« Sie schaute erneut zu ihm herüber, obwohl die nun folgende Einbahnstraße durch die links und rechts parkenden Autos wenig Platz bot, und hob die Stimme: »Aber lüge mich bitte nicht an!«

»Das tue ich nicht. Würde ich niemals ... also in diesem Fall tue ich es ganz bestimmt nicht.«

»Wie kannst du nur für diesen Gelegenheitsdieb ...«

»Jo ist nie ein Dieb gewesen. Er hat einen großen Münzschatz geborgen, bei dem ihn die Umstände ... Er hat ihn abgegeben und sich nichts zuschulden kommen lassen.«

»Gab es nicht den Vorwurf, er hätte damals ... jedenfalls sollen einhundertfünfzig Goldmünzen verschwunden sein.«

»Gegen Vorwürfe ist niemand gefeit.«

»Siehe den, der jetzt im Raum steht.«

»Der ist völlig aus der Luft gegriffen, Jo fährt überhaupt kein Auto und es ist auch nicht der Kangoo, den seine Frau Marie fährt, um den es geht.«

»Egal, du hättest nicht einfach die internen Akten ...«

»Das weiß ich auch!«

Der Wagen hielt vor einer roten Ampel. Bis auf das eintönige Geräusch der Scheibenwischer war es still geworden.

Auf dem Flur von Station 7B im siebten Stock blickte eine Schwester hinter der Glasscheibe des Büros von ihren Papieren auf, als Walde und Gabi vorbeigingen.

Im Krankenzimmer saß eine dunkelhaarige Frau mittleren Alters am Tisch, auf dem sich Bücherstapel, eine großformatige Mappe aus Karton und ein aufgeklappter Laptop um eine Vase mit Schnittblumen drängten. Weitere Blumengestecke und -sträuße standen auf der Fensterbank. Dahinter ging der Ausblick am Turm des Hubschrauberlandeplatzes vorbei auf die roten Felsen am linken Moselufer. Das Krankenbett mit dem steil aufgestellten Rückenteil war leer.

»Sind wir hier richtig im Zimmer von Bernd Hansen?«, fragte Gabi.

»Mein Mann müsste bald wieder kommen. Sind Sie von der Presse?«

»Nein.« Gabi zeigte ihren Dienstausweis und stellte Walde und sich selbst vor.

»Ist Ihr Mann zur Behandlung?« Gabi deutete zum Bett hin.

»Nein, er wollte in Erfahrung bringen, wie es den beiden Mädchen geht.«

»Kann er denn … ich meine, ist er nicht so schwer verletzt, dass er laufen kann?«

Gabi setzte sich an den Tisch, an dem Walde bereits einen Stuhl soweit abgerückt hatte, dass er sich setzen und seine Beine ausstrecken konnte.

»Er hat sich im Boot drei Rippen gebrochen und jede Menge Prellungen zugezogen, wenn Sie das meinen, aber so was hält meinen Mann nicht im Bett. Bernd ist ein Getriebener, immer in Bewegung, er kann nicht lange ruhig sitzen. Ich bin schon froh, dass er hier bleibt, vorerst jedenfalls.«

»Was macht er beruflich?«

Die Tür ging ohne vorheriges Anklopfen auf. Die Schwester kam herein. »Bitte verlassen Sie das Zimmer. Herr Hansen darf außer seiner Frau keinen Besuch erhalten.«

»Wer sagt das?«, fragte Gabi.

»Das ist eine ärztliche Anordnung von Herrn …«

»Und dies ist eine polizeiliche!« Gabi streckte ihr den Dienstausweis entgegen.

»Auf Ihre Verantwortung. Ich habe es Ihnen gesagt, mehr kann ich nicht machen!«

Die Schwester verließ das Zimmer.

»Er ist Schlosser und Ausbilder«, beantwortete Frau Hansen Gabis Frage. »In einem Fensterbaubetrieb, inzwischen ist es eine Fabrik geworden.«

Gabi rätselte, ob Frau Hansens Lächeln echt oder zynisch war, als sie weitersprach.

»Daneben ist er Feuerwehrmann, Hobbyimker, Vorstandsmitglied in einer Bürgerinitiative, Gemeinderat bei den Freien, und wenn es dann seine Zeit noch zulässt, ein bisschen Familienvater.«

Gabi hatte ein kleines silbriges Gebilde vom Tisch genommen, das sie an das feine Gestänge eines Regenschirms erinnerte.

»Erfinder ist er auch, Sie halten gerade den Prototyp eines Abstandhalters für Akten in der Hand.«

»Wozu ist der gut?«

»Wenn Sie einen Ordner aus dem Regal ziehen, können Sie den in die Lücke setzen. Zum einen fallen die übrigen nicht um, zum anderen wissen Sie, wo Sie den Ordner später wieder einsortieren müssen.«

»Aha.« Zur Tür herein kam ein hager wirkender Mann im Trainingsanzug, von dem der linke Ärmel leer herunterbaumelte. Der Arm steckte in einem hellen Dreieckstuch, das um den Hals gebunden und durch den nur halb geschlossenen Reißverschluss der Jacke zu sehen war. Der Mann schob einen Infusionsständer auf Rollen herein, bevor er umständlich die Tür hinter sich schloss.

»Bernd, du hast Besuch«, kommentierte seine Frau das Offensichtliche.

Der Mann blickte die beiden Besucher erwartungsvoll an. Bisher waren nur Blumen geschickt worden, niemand war persönlich erschienen. Und die Krankenhausleitung hatte Anweisung gegeben, keine Presse zu ihm vorzulassen. Die beiden schienen es doch geschafft zu haben. Wer weiß, was sie schon von seiner Frau erfahren hatten.

»Guten Tag.« Hansen lächelte erst Gabi, dann Walde an, als er ihnen mit verhaltenem Druck die Hand schüttelte. Die beiden strahlten eine Autorität aus, die es ihnen ermöglicht hatte, sich über die Anweisungen der Klinik hinwegzusetzen. Ihm konnte es recht sein.

»Von der Kriminalpolizei«, beendete seine Frau die Vorstellung.

Nun war er doch verdutzt, und das sah man ihm bestimmt auch an, als er auf den Ausweis des Mannes schaute, der ihn um zwei Köpfe überragte.

Hansen hatte sich mit dem Ausflug zur Intensivstation doch etwas zu viel zugemutet und wollte sich eigentlich gleich wieder hinlegen. Nun war er unschlüssig, ob er versuchen sollte, sich an den Tisch zu setzen.

»Bernd, soll ich dir helfen?« Seine Frau war aufgestanden und kam auf ihn zu.

»Lass, geht schon!« Er hob den rechten Arm, als sie eine Hand unter seinen Ellenbogen legte. »Danke, ich setze mich zu euch.«

Es gelang ihm, sich auf dem Stuhl niederzulassen. Zu dem Schmerz im Brustkorb kam ein weiterer in der Lendengegend, der für einen Moment so intensiv war, dass ihm die Luft wegblieb und er erst weiteratmete, als er die besorgte Stimme seiner Frau vernahm.

»Bernd, soll ich jemanden holen?«

Als er wieder die Augen öffnete, war ihr Gesicht ganz nah vor seinem.

»Nein, es geht schon wieder, die Schmerzmittel lassen nach, das ist alles.« Die Nacht war schlimm gewesen. Die Verbände waren ihm viel zu eng vorgekommen. Zum einen drückten sie auf die höllisch schmerzenden Rippen, zum anderen ließen sie ihn nicht durchatmen. Er fühlte, wie der Schmerz aus der Lende nach unten über das Gesäß in die Oberschenkel ausstrahlte und dabei an Intensität verlor.

»Willst du nicht lieber ins Bett?«

»Gleich.« Er versuchte, flach und gleichmäßig zu atmen.

»Wie geht es den Mädchen?« Seine Frau hatte sich wieder auf ihren Stuhl gesetzt.

»Genaues weiß ich …« Hansen hätte um ein Haar versucht, die Schultern zu heben. »Ich habe nur mit den Eltern sprechen können. Bei der aus dem Auto scheint es schon ganz gut auszusehen.«

»Und deine … die aus dem Baum?«

»Sie scheint ebenfalls über'n Berg zu sein.« Er schaute auf die in seinem Handrücken steckende Kanüle, in die der Schlauch aus der Flasche führte.

Die beiden Kriminalbeamten hatten bis auf die Begrüßung noch nichts gesagt. Die Frau hatte seinen Aktenhalter in die Hand genommen.

»Das ist …«

»Ich hab' schon erzählt, dass du auch ein Erfinder bist«, unterbrach ihn seine Frau. »Ich habe aber noch nicht erwähnt, dass du auch einen Wassermelder erfunden hast.«

»So als Pendant zum Rauchmelder?« Die Kripofrau spannte den Aktenhalter auf.

Von weitem sah das Gestänge komplizierter aus, als es war. »Vielleicht sollte er sich mit einer Hülle befassen?«, dachte Gabi. Das Material durfte natürlich nicht schwer sein, nein, das war Quatsch, dann könnte man ja auch einen leeren Aktenordner als Platzhalter nehmen.

»Wir haben schon einen im Keller und wenn die Mosel … wer weiß … der könnte heute zum ersten Mal anschlagen.« Seine Frau seufzte. »Da haben wir noch gar nichts ausgeräumt. Wissen Sie«, sie wendete sich den beiden Besuchern zu, »mein Mann ist wirklich sehr aktiv, wenn es um das Gemeinwohl geht. Dabei vergisst er manchmal, dass seine Hilfe auch zu Hause gebraucht wird.«

Das war eine dieser Seiten, die Hansen an ihr nicht ausstehen konnte. Wenn sie ihm in Gegenwart von anderen, in diesem Fall wildfremden Leuten, Dinge vorhielt, die sie sich nicht traute, ihm unter vier Augen zu sagen.

»Die paar Marmeladengläser wirst du mit den Kindern schon noch in Sicherheit bringen können. Außerdem hatten wir noch nie Wasser im Keller.«

»Möchtest du was trinken?« Sie schien sich zu besinnen.

Tee oder Wasser gab es auf der Station. »Ein Apfelsaft wäre gut.« Damit wäre er sie eine Weile los.

»Tut mir leid, dass wir Sie in dieser Situation aufsuchen müssen«, sagte Walde, nachdem Frau Hansen das Zimmer verlassen hatte. Er und Gabi hatten ihre Stühle ans Bett geschoben, nachdem sich Hansen dort mit viel Mühe wieder niedergelassen und das Rückenteil auf eine ihm halbwegs bequeme Position gefahren hatte.

»Sie tun nur Ihren Job, so wie ich meinen erledigt habe.«

»Wir sind nicht wegen der Rettungsaktion hier, zu der ich Ihnen gratulieren möchte.«

»Ich habe mich auch schon gewundert, was die Polizei in dem Zusammenhang zu ermitteln hätte.«

»Es geht im weitesten Sinn um Ihr politisches Engagement. Wir versuchen, uns im Zuge der Ermittlungen im Fall Thomas Bröding ein Bild von seinem Lebensumfeld zu machen.« Walde sah, wie sich Hansens Gesichtszüge anspannten.

»Ich hatte mit dem Mann persönlich so gut wie nichts zu tun.«

»Das stellt sich für uns ein wenig anders dar«, Gabi beugte sich vor. »Sie sind einer der Mitbegründer der Bürgerinitiative gegen das Pumpspeicherwerk, für das sich Thomas Bröding eingesetzt hat.«

»Das ist richtig, aber es ging mir immer noch um die Sache und nicht um die Person Thomas Bröding. Das ist im Gemeinderat genauso. Ich bin eigentlich ein Grüner, aber bei uns im Ort habe ich für die Freien kandidiert, die auch den Ortsbürgermeister stellen. Kommunalpolitik hat wenig mit großen Ideologien zu tun, da geht es um Sachzwänge vor Ort, da spielt es letztlich keine Rolle, ob man rot, grün, schwarz oder gelb ist.«

»Im Großen und Ganzen erscheint mir ein Pumpspeicherkraftwerk, in dem die von Windkrafträdern und Solaranlagen erzeugte Energie gespeichert wird … ökologisch vertretbar bei den Alternativen, die sich bieten.« Walde bemerkte, wie ihn Gabi verwundert anschaute.

»Ich bin vielleicht ein bisschen naiv«, sagte Hansen. »Da oben, wo der Stausee gebaut werden soll, stehen meine Bienenstöcke von Frühjahr bis Herbst, das ist wirklich ein schönes Fleckchen Erde. Und da hab‘ ich vielleicht auch ein wenig nach dem Sankt-Florians-Prinzip gehandelt ‚Gott, verschone unsere Landschaft, lass dieses Pumpspeicherwerk woanders errichtet werden'.«

»Aber so ganz auf Gott haben Sie sich dann doch nicht verlassen?«, klinkte sich Gabi in das Gespräch ein. »Und Geld von Klaus Holtzer angenommen?«

»Ein bisschen klar war mir schon, was Holtzer da mit der Spende im Schilde führte. Am Anfang hat so eine Bürgerinitiative ja nix in der Kasse. Ohne Plakate, Flyer, Porto, Telefon und und und wird man nicht bekannt, bekommt man keine Mitglieder und kann auch keine Beiträge sammeln.«

»Und Spenden.« Gabi schaute auf ihre Uhr.

»Das Geld von Holtzer war für mich praktisch eine Anschubfinanzierung. Wenn wir sie zurückgezahlt hätten, als Geld reinkam, wäre es gut gewesen, aber wir konnten natürlich jeden Euro gebrauchen. Für Werbung kannst du unendlich viel Geld ausgeben. Und die Riesenschilder da oben auf dem Gelände haben viel Aufmerksamkeit gebracht, auch das, was man nur von oben sehen konnte. Die Presse ist darauf eingestiegen. Luftaufnahmen wurden gemacht. So wurde der Bevölkerung auch erst klar, wo die Anlage überhaupt gebaut werden soll.«

»Als rauskam, dass Sie Geld von Holtzer genommen haben, also praktisch von einem Konkurrenten, der ebenfalls ein Pumpspeicherwerk plant, war es mit Ihrer politischen Karriere vorbei.«

»Was heißt schon politische Karriere? Als Mitglied im Gemeinderat eines kleinen Dorfes und als kleiner Akteur in einer Bürgerinitiative?«

»Zumindest mit Ihrer Reputation und Glaubwürdigkeit.«

»Ich wurde ja auch wegen des Rettungsbootes angefeindet, das ich angeblich zu meinem privaten Vergnügen angeschafft hatte.«

»Und für das Sie das fehlende Geld aus der Kasse der Bürgerinitiative genommen haben.«

»Zweckentfremdet ... ja, das war auch nicht geschickt von mir. Im Nachhinein ...«, er zuckte zusammen und schaute dann hoch zu der Flasche, in der die Infusionsflüssigkeit zur Neige ging. »Jetzt weiß ich das auch besser ... da unten vor der Intensivstation sitzen Eltern, die mir sofort das ganze Boot bezahlen würden, wenn ich sie danach fragen würde.« Er langte mit dem freien Arm zu einem Kabel hinüber und drückte auf den Knopf für das Pflegepersonal.

»Wo waren Sie in der Nacht von Freitag auf Samstag?«, fragte Gabi.

Aus dem Lautsprecher über der Tür kam eine Durchsage: IM ZUGE DER EVAKUIERUNG DES UNTEREN PARKDECKS WEGEN DES HOCHWASSERS WERDEN ALLE FAHRZEUGHALTER GEBETEN, IHRE WAGEN

VON DORT ZU ENTFERNEN … ICH WIEDERHOLE …

Während Walde und Gabi sich fragend anschauten, antwortete Hansen: »Da habe ich im Feuerwehrhaus die Ausrüstung klar gemacht.«

»Gibt es dafür Zeugen?

»Bis Mitternacht waren die Kollegen da.«

»Und anschließend?«

»Habe ich noch ein paar Stunden alleine weiter gemacht.«

»Glaubst du, es reicht für einen Durchsuchungsbeschluss?«, fragte Walde, als sie vor der Fahrstuhltür warteten.

»Mal sehen, was Roth sagt.«

»Es ist nicht viel weniger als das, was wir gegen Holtzer hatten, und wenn wir bei ihm zum Zuge kamen, warum dann nicht bei Hansen?«

»Du meinst, weil er kein Mitglied des Landtags, nicht vermögend ist, kein Netzwerk und auch sonst keinen Einfluss besitzt, keine wichtigen Leute kennt, die ihm einen Gefallen schulden?«

»Soll ich mir jetzt schäbig vorkommen?«

Die Tür öffnete sich. Er folgte Gabi in den chromglänzenden Kasten, in dem es nach Essen roch. Gabi drückte auf den Knopf zum Parterre.

Kaum hatte sich der Fahrstuhl in Bewegung gesetzt, bremste er schon wieder. Eine Etage tiefer stiegen ein Mann mittleren Alters und eine ältere Frau ein, wahrscheinlich Mutter und Sohn. Alle schreckten auf, als die Durchsage aus dem Lautsprecher kam: AN ALLE BESUCHER, BITTE

VERLASSEN SIE IN DEN NÄCHSTEN MINUTEN DAS HAUS. BEWAHREN SIE DABEI RUHE. ES BESTEHT KEINE AKUTE GEFAHR.

Als sich die Fahrstuhltüren im Parterre öffneten, herrschte dort ein heilloses Gewusel. Noch während sie die Kabine verließen, drängten Leute herein, Geräte schiebend. Ein Rechner auf einem Bürostuhl war dabei, auf dem eine Topfpflanze von einer hektisch wirkenden Angestellten am Umstürzen gehindert wurde. Während die einen versuchten, dem Ausgang zuzustreben, kamen ringsum aus den Sprechzimmern und Büros die Angestellten und eilten zu den Fahrstühlen und Treppenhäusern. Dabei führten manche Rollcontainer mit sich oder schoben zu zweit meterlange Hängeregister.

Gabi und Walde mussten einer Karawane von Gerätschaften schiebenden Krankenhausangestellten den Vortritt lassen.

Durch das Foyer schallte eine neue Durchsage: DIE BESUCHER WERDEN GEBETEN, DIE TREPPEN ZU BENUTZEN. BITTE DIE FAHRSTÜHLE FÜR PATIENTEN UND PERSONAL FREIHALTEN!

Aus den Treppenhäusern strömten immer mehr Leute, die sich zum Teil in dem Getümmel erst einmal orientieren mussten, um den Weg zum Ausgang zu finden.

Die Türen zu einem Bettenaufzug öffneten sich mit einem hellen Klingelton.

»Besetzt!«, rief eine bassige Stimme.

Walde drehte sich um. Er hatte richtig vermutet. Der Gerichtsmediziner Dr. Hoffmann stand inmitten einer Ansammlung von Transportbehältern und Gerätschaften, die er zusammen mit seinem Assistenten aus dem Keller in Sicherheit brachte.

»Was gibt es denn bei Ihnen noch zu retten?«, flachste eine der vor der Tür wartenden Frauen.

»Was da drin ist, wollen Sie gar nicht wissen«, antwortete Hoffmann, bevor sich die Türen wieder schlossen.

Endlich konnten Gabi und Walde weiter.

Der etwa zwanzig Mann starke Trupp in schwarz-orangefarbener Einsatzkleidung, der im Laufschritt zur Pforte hereinstürmte, stiftete noch mehr Verwirrung. Zuerst hielt Walde die Männer für Feuerwehrleute, doch dann erkannte er die Abzeichen des Malteser Hilfsdienstes. Als er im Vorbeigehen in die Pforte schaute, sah er durch die Glasscheibe, wie dort die Telefonanlage und die Rechner abgebaut wurden. Eine weitere Durchsage war bis zum Vorplatz des Krankenhauses zu hören:

LIEBE PATIENTEN, DIE EVAKUIERUNG IST EINE VORSICHTSMASSNAHME. SIE BETRIFFT NUR RÄUMLICHKEITEN IM ERD- UND KELLERGESCHOSS. DAS HAUS KANN FÜR IHRE SICHERHEIT GARANTIEREN.

Vor der Tür hatte Gabi es eilig, zum Wagen zu kommen. Dort überließ sie Walde das Steuer. In der Theobaldstraße kam ihnen ein Tross beladener Abschleppwagen entgegen.

Als sie in die Allee einbogen, bat sie: »Lässt du mich bitte an der Konstantinstraße raus?«

»Und was ist mit der Staatsanwaltschaft?«

»Heute nicht mehr, ich muss zum Arzt.«

»Gleich am ersten Arbeitstag? … Konntest du nicht … ich meine.«

»Noah hat die nächste Vorsorgeuntersuchung.«

»Und da musst du mit?«

»Da will ich dabei sein. Fang jetzt nicht so an! Ich habe schon zwei Tage von meinem Mutterschutz geopfert und werde mich nicht gleich wieder mit Haut und Haaren vereinnahmen lassen.«

»Ich dachte nur … also wegen der Staatsanwaltschaft.« Walde spürte, er sollte jetzt nichts Falsches sagen. Außerdem fragte er sich, was es für Doris und die Kinder zu bedeuten hatte, wenn das wenige hundert Meter entfernt liegende Krankenhaus Maßnahmen gegen das Hochwasser ergreifen musste.

Unterwegs zeigten alle Ampeln Grün. Es herrschte kaum Verkehr, die Straße schien nicht ganz so nass zu sein wie in den letzten Tagen.

»Entschuldige. Lass uns an deinem ersten Tag«, er rahmte die Worte, indem er die angewinkelten Mittel- und Zeigefinger der rechten Hand auf und nieder bewegte, in Anführungsstriche, »nicht gleich streiten.«

Walde steuerte den Wagen in die Konstantinstraße und hielt vor dem Haus des Kinderarztes, der auch Mathilda und Annika behandelte.

Noch bevor er wieder den Alleenring erreichte, heulten die Sirenen los. Sie blieben auf Dauerton. Walde schaltete das Autoradio an und drehte den Ton lauter. Im Lokalsender des SWR gab es, nachdem die Sirenen, wie es ihm vorkam, erst nach mehr als einer Minute wieder verstummt waren, eine längere Information zum Katastrophenalarm an der Mosel. Für die Stadt Trier wurde auf Evakuierungsrouten hingewiesen, auf Sammelstellen, von denen Busse zu höher gelegenen

Stadtteilen abgingen, wo in öffentlichen Gebäuden Notlager eingerichtet worden waren. Schulen, Kindergärten, Universität und Fachhochschule sowie viele sonstige Einrichtungen waren im Laufe des Morgens bereits geschlossen worden. Wie weiter berichtet wurde, fuhr die Bahn im Moseltal nicht mehr, weil Dämme unterspült und Brücken gesperrt waren. Alle verfügbaren Busse des ÖPNV seien im Einsatz und auch Privatleute beteiligten sich an der Evakuierung. Eine Telefonbörse sei eingerichtet worden, über die Privatleute Wohnraum zur Verfügung stellen können.

Nach dem Einbiegen in die Kaiserstraße empfand Walde die leicht abschüssige Straße steiler als gewohnt. Mit ihm waren nur wenige Fahrzeuge in Richtung der Innenstadt und des Flusses unterwegs, während gegenüber auf der Südallee der dichte Verkehr nur langsam vorankam. Mittendrin ein Feuerwehrwagen, aus dem über Lautsprecher eine Warndurchsage ertönte. Bevor Walde in die Hindenburgstraße einbog, sah er geradeaus an der Mosel in Höhe der Uferstraße gelbe und blaue Lichter blinken.

Vor dem Tor zum Hof des Präsidiums stand ein uniformierter Kollege und winkte in Richtung des nahe gelegenen Parkhauses. Dort waren die Zufahrten zu den Untergeschossen gesperrt. Auf einem Handzettel, der ihm vor der Schranke überreicht wurde, stand der Hinweis, dass zur Ausfahrt nur noch die Südseite des Parkhauses passierbar sei. Ab den Abendstunden könne es aufgrund des Hochwassers auch hier zur Sperrung kommen.

Im Präsidium suchte Walde als Erstes das Büro des Polizeipräsidenten auf. Im Vorzimmer wurde ihm mitgeteilt, Stiermann sei im Rathaus. Dort solle er zusammen mit dem

Oberbürgermeister, dem Landrat, der Leitung von Feuerwehr und Katastrophenschutz in einer Task Force die Maßnahmen zur Bekämpfung des Hochwassers treffen.

Zuerst war Walde erleichtert, doch oben in seinem Büro schaute er besorgt aus dem Fenster, wo ihm die Pauluskirche und die Gebäude der Berufsschule den Blick in Richtung Mosel verstellten. Ein Hubschrauber knatterte im Tiefflug über das Gebäude hinweg.

Walde blieb am Fenster stehen, während er Roth anwählte. Der Staatsanwalt hörte sich kurzatmig an. Walde wollte ihn über den Besuch bei Hansen informieren, doch schon beim zweiten Satz wurde er unterbrochen.

»Wissen Sie, was hier los ist?« Roth wartete keine Antwort ab und erhöhte sein bereits schnelles Sprechtempo. »Das Gebäude wird evakuiert … die Keller sind schon abgesoffen, zum Glück waren die meisten Akten bereits weg, und wenn ich nicht bald mein Auto in Sicherheit bringe, dann … wie sieht es denn bei Ihnen aus?«

»Alles soweit in Ordnung«, Walde wurde unsicher, »glaube ich.«

»Na, dann warten Sie mal nicht zu lange.« Roth legte auf.

Walde musste das Telefon länger klingeln lassen, bis bei ihm zu Hause jemand abhob.

»Hallo«, meldete sich eine Kinderstimme, die das O in die Länge zog.

»Hallo Annika, du bleibst heute zu Hause?«

»Papa, wir haben doch Hochwasser«, entgegnete sie in entrüstetem Ton, als habe er von dem Ganzen noch nichts mitgekriegt.

»Wo?«, rutschte ihm heraus, weil er für einen Augenblick Wasser in der Wohnung befürchtete.

»Ach Papa, das ist doch in der Mosel.« Wieder dehnte sie das O. Er stellte sich dabei die kleinen Zähne in ihrem weit offenen Mund vor. »Und im Kindergarten.« Die letzten Worte hörten sich etwas nachdenklicher an.

»Wo ist Mama?«

»Oben.«

»Wo oben?«, fragte Walde, ihre Wohnung verfügte nur über eine Etage.

»Vielleicht schlafen wir da …«

Walde sprang auf. »Sag' der Mama, ich komme.« Er warf das Telefon auf den Tisch und schnappte sich seine Jacke.

Über den Flur schoben Grabbe und Burkhard Decker einen Rollwagen, voll beladen mit Rechnern, Monitoren, Druckern und einem Wust an Kabeln. Walde drängte sich an ihnen vorbei, besann sich und blieb stehen.

»Ich habe gar nicht gewusst, dass du hier bist.« Grabbe richtete sich aus der gebückten Haltung auf, während Decker den Wagen nun alleine an Walde vorbeischob.

»Ich bin auch gerade erst gekommen und wollte … habe Roth angerufen.«

Die beiden folgten Decker.

»Ja weißt du es denn noch nicht?« Grabbe schaute ihn fragend an. »Wir ziehen wieder ins alte Präsidium.«

»Ist das denn noch frei?« Walde erinnerte sich, wie die Kollegen dort reihenweise über Unwohlsein geklagt hatten. Das Gebäude war für Millionen aufwendig renoviert worden und musste dann doch aufgegeben werden, weil sich der Krankenstand infolge offensichtlich immer noch vorhandener Gebäudegifte nur unwesentlich veränderte.

»Da wollte keiner mehr rein, kannst du dir doch vorstellen. Am Schluss hat selbst Stiermann dort Nasenbluten gekriegt.«

»Und jetzt soll es wieder dahin zurückgehen? Du hattest dich doch sogar krankschreiben lassen?«, fragte Walde.

»Da ist noch alles genau so, wie wir es verlassen haben, nur beim Internetanschluss musste improvisiert werden. Allemal besser als hier abzusaufen. Wird ja wohl nicht für lange sein.« Grabbe schlüpfte in den Fahrstuhl, in dem neben dem Wagen und Burkhard Decker lediglich noch Platz für eine Person war.

Im Treppenhaus kam Walde ein Mann entgegen.

»Herr Kommissar?« Es war Sebastian Engels, der etwas außer Atem war. »Ich wollte es Ihnen lieber persönlich sagen.« Der Mann wirkte, als habe er in der Nacht nicht genügend Schlaf bekommen. »Das verdammte Ding ist nicht zu finden.«

»Kommen Sie in mein Büro.« Das gab Walde Zeit darüber nachzudenken, um welchen verschwundenen Gegenstand es sich handelte. Die Reithosen seines Besuchers ließen ihm die Erinnerung an den Besuch auf dem Reiterhof lebendig werden.

Kaum hatte Engels im Büro Platz genommen, fragte Walde, der keine Zeit zu verlieren hatte: »Worum geht es?«

»Sergej konnte mir heute auch nicht weiterhelfen. Ich kann noch nicht einmal sagen, wie lange das Bolzenschussgerät schon verschwunden ist.« Engels' Seufzer klang halb resigniert, halb ärgerlich. »Und noch was, Sie werden es sowieso rauskriegen, und bevor Sie falsche Schlüsse ziehen, sage ich es Ihnen besser selbst.« Er holte tief Luft. »Katja und ich hatten eine Beziehung.«

»Ist sie vorbei?«

»Nein … also ich weiß nicht.« Er schüttelte den Kopf. »Zwischenmenschliche Beziehungen folgen keinen festen Regeln. Da gibt es weder eine Logik wie in der Mathematik noch den Schmus à la Rosamunde Pilcher.«

Als Walde nichts sagte, fuhr Engels fort: »Vielleicht war es für Katja genau richtig so, wie es bisher war.«

»Wie meinen Sie das?«

»Mit zwei Männern. Ich weiß nicht, ob ich ihr alleine genüge. Ein Bauer aus der Eifel mit ein bisschen Pferdeverstand ist doch was anderes als ein erfolgreicher Anwalt und angesehener Politiker.«

Nachdem Sebastian Engels das Protokoll mit seiner Aussage unterschrieben hatte, machte sich Walde gleich wieder auf den Weg. An der Ecke des Präsidiums zur Böhmerstraße schaute er zurück zum kaum hundert Meter entfernten Irminenfreihof. Dahinter floss das Wasser über die Uferstraße zwischen den auf gelbes Dauerblinklicht geschalteten Ampeln hindurch. Wie eine lautlose Armee, die nach langer Belagerung endlich die Stadt erobert, drang das Wasser gierig vor, nahm Besitz von Asphalt und Rabatten, schwärmte nach links und rechts aus, als es den Irminenfreihof mit dem Parkplatz vor der Staatsanwaltschaft erreichte. Dort sammelte es sich, um mit dem unablässig fließenden Nachschub weitere Stoßkraft zu gewinnen.

Wo er jetzt stand, schätzte Walde das Gelände mindestens einen Meter höher. Er glaubte sich zu erinnern, dass der Anstieg des Pegels derzeit mit neun Zentimetern pro Stunde angegeben wurde. Er wandte sich in die andere Richtung und ging zum Parkhaus. Vielleicht hätte er seinen Rechner noch in den Wagen von Grabbe und Burkhard packen sollen? Es regnete nicht, dafür war es so dunkel geworden, dass es Walde an die letzten Minuten vor der Sonnenfinsternis erinnerte, die er vor Jahren einmal miterlebt hatte.

Das Geheul der Martinshörner, hin und wieder übertroffen vom Knattern tief fliegender Hubschrauber, war aus allen Himmelsrichtungen zu hören und ließ nicht mehr nach.

Walde musste einem auf dem Bürgersteig bis nah an die Hauswand geparkten Lkw auf die Straße ausweichen. Metallgerüste wurden klirrend davon abgeladen. Noch während er überlegte, warum in dieser Situation noch ein Haus eingerüstet wurde, erkannte er, dass ein hoch gelegener Steg für Fußgänger errichtet wurde.

Eine Schranke versperrte die Einfahrt, durch die er vorhin noch ins Parkhaus gefahren war. An den Säulen hingen Plakate. Auf rotem Grund wurde dort das mitgeteilt, was vorhin bereits von dem Lautsprecherwagen bekannt gegeben worden war.

Auf dem Gebührenautomaten prangten zwei Worte: AUSFAHRT FREI.

Ein paar Meter weiter ließ sich ein junges Paar von einem englisch radebrechenden Parkhausangestellten den noch freigegebenen Weg aus der Stadt erklären. Aus einer Ausfahrt der Tiefgarage war aufheulendes Motorengeräusch zu hören. Ein Caddy mit sehr breiten Reifen und einen an der

Vorderachse angehobenen Pkw an einem Minikran hinter sich herziehend kam zum Vorschein. Nach dem Erreichen des Parkdecks im Parterre bog er gleich in die Serpentinen der Auffahrt in die höheren Stockwerke ein, eine nasse Spur hinterlassend. War da unten schon Wasser eingedrungen?

»Parken Sie in den Untergeschossen?«, wandte sich der Parkhausangestellte von den beiden Touristen ab.

»Nein oben«, sagte Walde.

»Schade.«

»Warum?«

»Dann hätten wir wieder ein Problem weniger, da unten läuft so langsam der Keller voll.«

»Sind da noch viele Autos?«

Der Wagen von eben kam laut klappernd in flottem Tempo wieder die Abfahrt hinunter gesaust. Seine Fracht hatte er in einer der oberen Etagen gelassen.

»Mehr als der noch schaffen wird«, antwortete der Mann und schaute dem Abschleppwagen nach.

Auf dem Weg zur Treppe überlegte Walde, ob er den Wagen nicht besser hier lassen sollte, doch dann verwarf er den Gedanken. Er brauchte das Auto möglicherweise, um Doris und die Kinder in Sicherheit zu bringen.

In der Nacht hatte Vera Helmes lange wach gelegen. Manchmal gab es in ihrem Leben Phasen, in denen sie schlecht schlief, mitten in der Nacht die kleinsten Sorgen immer größer wurden und sie nicht mehr einschlafen ließen. Im Moment wurden die Probleme auch bei Tageslicht nicht kleiner. Nach Brödings Tod hatte sie allen Grund, sich um ihre berufliche Zukunft zu sorgen.

Gegen Morgen war sie vor Erschöpfung eingeschlafen. Leo, ihr Mann, war leise aufgestanden, aber gleich darauf war sie vom Krach auf der Straße geweckt worden. Noch bevor das Altenheim nebenan evakuiert wurde, hatte man schon mit dem Errichten der Notstege begonnen, Sandsäcke herangekarrt und dann war auch der Lautsprecherwagen gekommen.

Leo wollte in dieser Situation erst zu Hause bleiben. Sie hatten etwas länger als sonst an einem Wochentag gefrühstückt, und dabei konnte sie ihn davon überzeugen, zur Arbeit auf den Petrisberg zu fahren. Im Zweifelsfall würde er in einer Viertelstunde wieder zurück sein. Ihr Sohn weilte zum Schüleraustausch in England.

Mit dem Gedanken, ob es noch lange genug Strom geben würde, räumte Vera das Frühstücksgeschirr in die Spülmaschine. Kerzen hatte sie nicht extra kaufen müssen, davon gab es immer genügend in der Wohnung. Gegen neun Uhr wurde ihr bewusst, dass sie von unten aus dem Parterre, wo eine der vielen sozialen Beratungsstellen in dieser Straße arbeitete, noch nichts gehört hatte. Neben dem Ploppen der automatisch schließenden Haustür war es das Mahlen der Kaffeemaschine, das an Wochentagen bis hier oben zu vernehmen war. Gestern Abend war fast das komplette Mobiliar in einen Lastwagen verladen worden. Leo und sie hatten derweil die Dinge aus ihrem Kellerraum geborgen, die ihnen rettenswert erschienen waren.

Das Aufheulen einer Bohrmaschine ließ sie zusammenzucken. Das Geräusch klang so nah, dass sie für einen Moment glaubte, jemand sei im gleichen Raum. Dann sah sie vor dem Fenster zwei Männer mit gelben Sicherheitshelmen und schweren Werkzeuggürteln, die letzte Hand an die Notstege legten. Sie ging hinaus ins Treppenhaus, wo sie den großen Vicus über den dunklen Holzfußboden zur Seite rückte, bevor sie die Fenstertür öffnete. Als sie einen Fuß auf die mit Betonresten behafteten Bohlen setzte, hielt sie sich mit der linken Hand am Rahmen fest. Mit der rechten griff sie draußen nach dem Aluminiumgeländer. Links von ihr schauten zwei Männer auf, die Dübel in die Wand verschraubten. Da sie keine Einwände zu haben schienen, trat sie an das Geländer heran. Sie atmete tief ein. Die Luft schien etwas wärmer und trockener geworden zu sein. Aus dem überdachten Bereich streckte sie die Hand nach vorne – sie blieb trocken. Zaghaftes Gezwitscher war zu hören. In dem noch kahlen Baum schräg gegenüber war kein Vogel zu sehen. Immer neue Varianten des Liedes wurden von dem kleinen versteckten Sänger angestimmt. Konnte der Grund dafür, dass ihr die Straße plötzlich so anders erschien, nur darin liegen, auf einer Art Balkon vor dem Haus zu stehen?

Als sie von unten den Motor hörte, wurde ihr bewusst, was so anders war. Die Geräuschkulisse der nahen Uferstraße, die sie so verinnerlicht hatte, dass sie sie überhaupt nicht mehr wahrnahm, fehlte. So konnte sie selbst den Ruf eines kleinen Vogels oder ein einzelnes Motorengeräusch wahrnehmen. Sie schaute hinunter auf die Straße, wo ein Kleinbus langsam rückwärts durch die sehr schmal gewordene Straße manövriert wurde. Weiter unterhalb stand eine Gruppe älterer Leute, teils auf Rollatoren gestützt, vor dem Altenheim.

»Er ist ab jetzt freigegeben«, rief ihr einer der Gerüstbauer zu.

»Wer?«, fragte sie, während sie gleichzeitig verstand, was er meinte.

»Das Ding hier. Der Notsteg.« Er stampfte mit einem seiner Schuhe auf. Die Erschütterung setzte sich über die Metallstreben fort, das Geländer erzitterte in ihrer Hand und ließ sie ihr Gewicht nach hinten verlagern, um notfalls schnell zurück an die sichere Fenstertür zu gelangen.

Von links näherte sich ein älterer Mann, bekleidet mit einer Fleeceweste über einer Jogginghose. Er musste aus einem der Häuser nebenan gekommen sein, bewusst gesehen hatte sie ihn hier bisher noch nicht. Sie trat näher an das Geländer heran, um ihn vorbei zu lassen.

»Geht schon, danke«, sagte der Mann, als er Richtung Feldstraße an ihr vorbei ging. »Man muss ja mal gucken, ob das auch funktioniert, hoffentlich ist das hier nachher auch hoch genug. Es kommt ja schon.«

Hatte sie das Wasser vorhin übersehen, weil sie von der Seniorengruppe abgelenkt worden war, die sich langsam auf den Wagen mit dem noch laufenden Motor zubewegte, dessen Fahrer es nicht bis zu ihnen geschafft hatte und nun die Heckklappe öffnete und erste Taschen entgegen nahm? Vielleicht hatte er auch bewusst an dieser etwas höher gelegenen Stelle gehalten, denn das Wasser kam stetig näher, absolut lautlos, was es noch bedrohlicher wirken ließ. Wie der stumme Fremde im Albtraum, der dem vor ihm flüchtenden Opfer immer näher kommt, ohne seine Schritte zu beschleunigen. Ob das Wasser über die Uferstraße lief oder sich durch den Damm darunter drückte, konnte Vera nicht sehen, aber es hatte seinen Weg gefunden und drängte unaufhaltsam weiter. Als die Rollatoren eingeladen waren und die

Fahrgäste Platz genommen hatten, leckte das Wasser bereits an den Hinterrädern.

Bald würde es ihr Haus erreichen.

Walde hatte die Meldungen im Radio über das Hochwasser satt, die Pegelstände, die Prognosen über die weitere Entwicklung, die sich überschlagenden Stimmen der aus besonders bedrohten oder bereits überschwemmten Zonen berichtenden Reporter, die Interviews mit Geschädigten, das ganze betroffene Getue kam ihm auf einmal nur noch geheuchelt vor. Das taten sich nur sensationsgeile Leute an, die rundum im Trockenen saßen. Er schaltete zum CD-Player. Den rockigen Titel hatte er noch nie gehört. Mehrstimmiger Gesang, begleitet von opulenten Akkorden auf dem Klavier im Wechsel zu einer steel guitar und einem nur auf Becken geschlagenen Rhythmus. Es war die CD aus Brödings Wagen. Er drehte die Lautstärke höher.

Der Gesang ging über in ein getragenes Gitarrensolo, begleitet von zwei satt klingenden Gitarren, zu denen er automatisch mit dem Kopf nickte. Walde drehte die Lautstärke weiter auf. Der harte Beat setzte abrupt ein, schien auf einmal seine Gefühlswelt mitzureißen und verlieh ihm ein Gefühl von Herausgehobensein aus dem Alltag und von unsichtbaren Kräften getragen zu werden. Die hämmernden Gitarren im Gleichklang mit dem irrsinnigen Wirbel des Schlagzeugs rissen ihn auf einer Klangwelle mit.

Erst an dem Kopfschütteln der beiden Männer, die einen voll beladenen Leiterwagen am Straßenrand entlang schoben, bemerkte Walde, dass er zu heftig aufs Gaspedal getreten hatte. In dem Maße, in dem er die Lautstärke drosselte, nahm die Geschwindigkeit des Wagens ab. Er hatte den Weg über die Ostallee gewählt.

Inzwischen waren mehr Einsatzfahrzeuge als zivile unterwegs. Die meisten Straßen in Richtung Moselufer waren gesperrt. Unterhalb des Pferdemarktes waren Sandberge abgekippt worden, die von zahlreichen Helfern in Sandsäcke gefüllt und auf Transporter verladen wurden.

Am unteren Ende der Bruchhausenstraße staute sich der Verkehr. Walde entschied sich, nach rechts in die Straße einzubiegen. Gleich hinter dem Durchfahrtsverbotsschild, das er langsam passierte, sah er das rote Plakat am Haus.

Die normalerweise lückenlos zugeparkten Straßenränder waren verwaist. Vor den schmalen Öffnungen der Kellerfenster lagen Sandsäcke. Weiter oben parkte ein Bus nah an den Hecken zur Allee.

Walde entsann sich, dass er hier beim Radfahren kräftiger in die Pedale treten musste, weil dieser Teil der Straße etwas höher lag. SONDERFAHRT stand auf der Anzeigetafel des etwas herunter gekommen wirkenden Busses. Ein Mann stand rauchend davor. Ihm schien es einerlei zu sein, dass Walde in entgegengesetzter Richtung zur Einbahnstraße unterwegs war. Auf einem an die Frontscheibe gelehnten Schild stand SAMMELSTELLE PETRISBERG. Beim Vorbeifahren sah Walde stoisch wartende Menschen hinter den Scheiben. Er verlangsamte weiter das Tempo und schaute, ob Doris, Marie und die Kinder im Bus saßen. Dabei entging ihm das ältere Ehepaar, das, zwei Koffer hinter sich herziehend, die Schirme ihm entgegengerichtet, die Straße überquerte. Als Walde mit Wucht auf die Bremse trat, kullerte etwas vom Rücksitz, die Reifen blockierten, der Wagen kam ins Rutschen, wobei die Hinterräder leicht in Richtung des rechten Bordsteins ausbrachen. Die beiden Fußgänger hoben ihre Schirme und wichen erschrocken vor dem Geisterfahrer zurück, der sie um ein Haar noch vor dem Hochwasser erwischt hätte.

Das Foyer des alten Präsidiums war erfüllt von Stimmengewirr, dem Quietschen von schlecht geölten Rollen, dem Piepsen und Rauschen, das die Meldungen aus den Funkgeräten überlagerte. Vor den beiden Aufzügen hatte sich ein Stau gebildet, der bis fast zum Eingang zurück reichte, wo immer mehr Leute in das Gebäude drängten.

Grabbe und Burkhard Decker schoben ihren Rollwagen an das vermeintlich kürzere Ende.

»Hier war ich mehr als zehn Jahre, bevor wir ins neue Präsidium umgezogen sind.«

Grabbe atmete tief ein. Es roch noch genau so wie damals. Während er sich fragte, ob es noch an den gleichen Putzmitteln liegen könnte oder ob die Baumaterialien den Geruch erzeugten, sah er einem Trupp Feuerwehrleute hinterher, die zur Tür hereingekommen waren und, nasse Abdrücke ihrer Stiefel hinterlassend, mit schnellen Schritten im Treppenhaus verschwanden.

»Und warum seid ihr umgezogen?«

»Das ist eine längere Geschichte, da gab es Probleme mit irgendwelchen Baugiften in den Fußböden oder so.«

»Und warum wurde nicht renoviert?«, fragte Burkhard.

»Das wurde gemacht, Sattler hat bei der Gelegenheit auch gleich ein hypermodernes neues Labor bekommen. Eigentlich sogar zwei, eins für Täter, eins für Opfer, du verstehst?« Sie rückten wieder einen Meter näher an den Aufzug. »Damals ist mit allem Drum und Dran renoviert worden, separate Lüftungen, Klimaanlagen, das ganze Pipapo.«

»Und dann seid ihr trotzdem woanders hin?«

»Hmh.« Grabbe bückte sich nach einem Kabel, das vom Wagen gerutscht war. »Auch nach der Renovierung hatten wir im Kollegium die gleichen Schwierigkeiten: Unwohlsein mit Kreislaufproblemen, Müdigkeit, Nasenbluten et cetera.«

»Das geht mir jetzt nicht in den Kopf. Und dann zieht ihr aus einem Hochhaus, das obendrein hochwassersicher liegt, da herunter an die Mosel?«

»Die Kantine im siebten und das Labor im fünften Stock sind geblieben.« Grabbe hatte eigentlich nicht vor, den Umzug zu rechtfertigen. »Sollen wir es etwa besser machen als die Feuerwehr? Die steht jetzt schon unter Wasser. Und von den vier Krankenhäusern bleibt wahrscheinlich auch keins ungeschoren.« Er zuckte zusammen, als ihm jemand einen Klaps auf den Rücken gab. Verdutzt schaute er dem, den restlichen Rauch ausblasenden Kollegen nach, der ohne zurückzublicken die Hand in die Höhe hielt, mit der er wahrscheinlich gerade die Kippe vor der Tür in den Ascher geworfen hatte.

Burkhard Decker blickte ihm ebenfalls nach. »War das der …?«

»Meier, der Vesuv vom Revier.«

In diesem schlabbrigen Trainingsanzug wäre Bernd Hansen zu Hause nicht durchs Dorf gelaufen. Aber hätte er sich korrekt angekleidet, wäre es auf der Station aufgefallen. So nahm man an, er sei im Krankenhaus unterwegs, wie er das auch schon gestern gewesen war, als es ihm noch einen Ticken schlechter ging als heute. Vor der Tür zog er die Mütze aus der Tasche und stülpte sie sich über den Kopf, bis sie an die Ohren und tief in die Stirn reichte. An der Einmündung der Straße in die Allee wandte er sich in Richtung Bahnhof. Mit routiniertem Blick musterte er das Wasser in dem tiefer gelegenen Grünstreifen. Es würde wohl mindestens noch zwei bis drei Stunden dauern, bis es die Straße erreichte.

Bald musste er langsamer gehen. Er war froh, länger an der roten Fußgängerampel an der Paulinstraße warten zu müssen. Der enge Verband ließ ihm kaum Spielraum zum Luftholen. Wenn das Gellen der Martinshörner mal ein wenig nachließ, gewann das Rauschen in seinem Kopf die Oberhand. Der Weg durch die Theodor-Heuss-Allee schien ihm endlos. Vor dem Schaufenster eines Büroausstatters verschnaufte er. Nur wenige Häuser weiter war die nächste Pause fällig. Endlich erreichte er das Telefon- und Internetcafé in der Bahnhofstraße. Er nickte dem Mann hinter der Theke zu und ließ sich vorsichtig auf einen der abgewetzten Drehstühle vor der langen Holzplatte mit Tastaturen und Monitoren niedersinken. Die Türen zu den Telefonkabinen waren offen.

Das Getränkeangebot lehnte er stumm ab, während er mit der linken Hand die Adresse eines Wetterdienstes in die Tastatur eingab. Auf dem Monitor erschien die Wetterprognose für die nächsten Tage. Sie fiel überraschend gut aus. Es war nicht ratsam, heute von hier eine Mail abzuschicken.

Wenn sie in diesen Laden zurückverfolgt wurde, dann würde er als einziger Gast um diese Zeit mit Sicherheit vom Betreiber identifiziert werden. Er kramte eine Schmerztablette aus der Hosentasche und schluckte sie trocken hinunter.

Gerne hätte er sich etwas zu trinken bestellt, aber dafür hätte er sprechen müssen und damit seine Nationalität verraten. Hier verkehrten sicherlich viele Ausländer und als solcher konnte er mit seinem braunen Teint und den Klamotten durchaus gehalten werden. Auch wenn es mit einer Hand sehr umständlich war, hatte er die Adresse von Vera Helmes schnell gefunden. Danach suchte Hansen im Stadtplan, wo die Straße lag.

Die auch im weiteren Verlauf leere Straße bot einen gespenstischen Anblick. Fast an jedem zweiten Haus hing ein rotes Plakat. Ohne die Fahrbahn länger aus den Augen zu lassen, registrierte Walde die Eingangsstufen zu den Türen der tiefer gelegenen Häuser. Sie hatten allesamt nur eine, während er an dem Haus, gegenüber dem er nun anhielt, zwei Stufen zählte. Auch hier waren die Öffnungen der Kellerfenster bereits mit Sandsäcken verbarrikadiert.

Das Haus, in dem er wohnte, war das letzte in der Reihe und lag etwas höher als das davor. Überhaupt hatte die Straße von hier aus ein leichtes Gefälle. Das konnte er auch an dem Rinnsal feststellen, das in seine Richtung am Bordstein entlang die Straße hinunterfloss. Bevor er die Straße überquerte, wartete er einen Wagen der Feuerwehr ab, der langsam herannahte. Auf das einsetzende Rauschen des Lautsprechers folgte eine blechern klingende Stimme: ES

IST DAMIT ZU RECHNEN, DASS DIE MOSEL IM LAUFE DES TAGES DIESE STRASSE ÜBERFLUTET. BITTE KELLER UND ERDGESCHOSSE RÄUMEN.

Diesmal hörte Walde genau zu. Auch an der Wand des Nachbarhauses hing eines der roten Plakate.

Hinter der Haustür wischte er sich die Schuhe auf dem Lappen trocken, der über die Fußmatte gespannt war. Sein Blick streifte rechts die Tür, die in den Keller führte, und fiel auf die drei Stufen, über die er sich im Hausflur des Öfteren mit Kinderwagen, Fahrrad oder Bobby-Cars quälen musste. Jetzt wirkten sie wie ein kleines Bollwerk gegen die Unbilden der Natur.

In der Wohnung war es ruhig. Er schaute nacheinander in alle Zimmer. Auch Minka war nirgends zu sehen. Schließlich entdeckte er die Katze auf einem Stuhl der überdachten Gartenterrasse. Sie konnte sich im Notfall über den Baum, der ihr manchmal als Leiter auf die Mauer diente, davonmachen. Daran dachte er, als er drei rote Schnecken beobachtete, die, wenige Zentimeter voneinander entfernt, an der Gartenmauer hochkrochen. Die winzige Schleimspur hinter ihnen verband sich schnell mit der Feuchtigkeit der Mauer. Verfügten diese Tiere über feine Sensoren, die sie vor Hochwasser warnten, so wie Ratten angeblich Schiffsunglücke vorausahnten? Oder schreckte sie das immer noch zunehmende Getöse der Hubschrauber und Einsatzwagen auf? Von Quintus keine Spur. Sein Futternapf stand leer gefressen neben dem der Katze.

Auf Waldes Mobiltelefon befand sich keine Nachricht. In einer kurzen akustischen Pause zwischen Martinshörnern vermeinte er die Wohnungsklingel zu hören. Als Walde zur

Terrassentür kam, war das Klingeln in Sturmgeläut übergegangen.

Jo stand vor der Tür. Er trug Gummistiefel und einen grünen Parka, der ihm ein paar Nummern zu klein war. Links und rechts standen zwei riesige Rollkoffer, mit Gürteln umwickelt.

»Ich dachte schon, es geht mir wie meinem Namensvetter«, sagte er, während er den einen Koffer am Griff packte und über die Eingangsstufen in den Flur trug.

»Was ist deinem Namensvetter passiert?«

»Eine alte Geschichte«, Jo tat sie mit einer Handbewegung ab. »Ist schon länger her. Etwa zweitausend Jahre.«

»Du meinst Maria und Josef? Aber du heißt doch Joachim?«

»Immerhin nennt man mich Jo, was auch eine Abkürzung für Josef sein könnte, und meine Frau, die Marie, die habt ihr ja schon aufgenommen.«

»Sind da Goldbarren drin?«, fragte Walde, als er den zweiten Koffer anzuheben versuchte und ihn ächzend mit beiden Händen die zwei Stufen hinaufbugsierte.

»Nur das Nötigste.«

»Und das wäre?«

»Die wertvollsten Bücher wie Lederstrumpf und Die Schatzinsel, ein paar Weinraritäten, Fotoalben, die wichtigsten Funde aus meiner Steinesammlung.«

»Sonst nichts?«

»Doch, Maries Schmuck habe ich natürlich nicht vergessen und das Parfüm, das ich ihr vor … ein paar Jahren zum Hochzeitstag geschenkt habe.« Er zwinkerte Walde zu.

»Was treibt dich her?«

»Treiben wäre um ein Haar der richtige Ausdruck gewesen.« Jo zog einen Koffer über die Fliesen des Flurs, wobei das Rollgeräusch so tief und hart klang, als würde eine Dampfwalze durchs Haus fahren. »Ich habe die ganze Nacht alles nach oben gebracht, was nicht niet- und nagelfest war. Und nun läuft die Mosel über den Hochwasserschutz. Ich bin noch gerade so zu Fuß über die Eisenbahnbrücke entkommen.«

Er schnallte sich den großen Trekkingrucksack vom Rücken. Es rumpelte darin und ein Bogen Regentropfen sprühte auf die Fliesen, als er ihn auf dem Boden neben der Wohnungstür abstellte. »Eigentlich lebt ihr ja auch in der Gefahrenzone, aber wenn es denn sein soll, dann möchte ich mit euch und Marie zusammen untergehen.«

Walde hob prüfend einen Gurt des Rucksacks an. Er konnte es sich nicht vorstellen, wie Jo diese Last die lange Strecke von zu Hause bis hierher hatte schleppen können.

»Das waren nicht mal fünf Kilometer bis hierher«, Jo schien seine Gedanken erraten zu haben. »Da ist haltbares Essen drin, zum Teil Konserven, Eingemachtes, Zwieback, Kerzen, Gesellschaftsspiele, ein batteriebetriebenes Radio, Taschenlampen und sonstiger Kleinkram.«

»Und du musstest keine Umwege machen?«

»Nee«, Jo schüttelte den Kopf, wobei die Tropfen aus seinen Haaren stoben wie aus dem Fell eines nassen Hundes. »Außer hier in der Allee.« Er deutete mit dem Daumen hinter sich. »Da musste ich um die große Pfütze herumgehen.«

»Welche Pfütze?«

Vera Helmes schaute auf das winzige Zifferblatt ihrer Armbanduhr. Statt einer gefühlten halben Stunde waren nur kaum fünf Minuten vergangen, seit sie wieder zurück in die Wohnung gekommen war. Zum zweiten Mal schon stand sie im Schlafzimmer vor den Koffern, die sie gestern Abend aus dem Keller geholt hatte. Sollte sie vorsorglich das Nötigste packen, falls …? Ein dumpfes Pochen ließ sie aufhorchen. Sie ging aus dem Zimmer, in der Diele wurde das Geräusch lauter. Es schien aus dem Treppenhaus zu kommen. Vielleicht wäre Leo doch besser zu Hause geblieben. Sie lauschte mit dem Ohr an der Wohnungstür. Es kam von unten. So leise wie möglich schlüpfte sie ins Treppenhaus und hielt einen Augenblick mit angehaltenem Atem inne.

Das Pochen setzte sich unten in regelmäßigen Abständen fort. Sie öffnete das hohe Fenster einen Spalt. Unten erkannte sie einen der Arbeiter von vorhin, der einen Sandsack trug und damit, wie ihr das dumpfe Aufschlagen verriet, die Haustür verbarrikadierte. Gäbe es jetzt nicht diesen Ausweg, würde sie in Panik geraten. Wieder versuchte sie sich an das historische Foto mit der überschwemmten Straße zu erinnern. Hatte der Kahn nicht sogar am zweiten Stock angelegt? Sie ließ die Fenstertür einen Spalt offen, als sie in die Wohnung zurückkehrte. Wo war der Karton mit den Familienfotos, die sie immer schon in ein Album kleben wollte? Stand dieser noch im Keller zwischen den Kartons mit dem alten Küchenkram, den sie schon längst hätte wegwerfen sollen?

Sollte sie Leo anrufen und die Koffer packen? Sie steckte das Telefon in die Tasche ihrer Weste. Ihre Fingerspitzen stießen an etwas in der Größe eines Kassenbons oder Parkscheins, das von der Papierstärke aber zu fest dafür war. Als sie es herauszog, kam die Visitenkarte zum Vorschein, die sie vor dem Zurückhängen in den Schrank aus der Jacke ihres Hosenanzugs genommen und noch nicht in den Müll geworfen hatte. Sie überlegte, während sie die kleine Taschenlampe aus ihrer Handtasche nahm, ob sie sonst noch jemanden mit dem Vornamen Waldemar, wie dieser Polizist hieß, kannte. Im Kreis der Bekannten und Freunde gab es keinen. Auch bei den Mandanten war dieser Name ihres Wissens nicht dabei. Vera zog den Kellerschlüssel vom Brett hinter der Tür. Auf dem Weg über die Treppe nach unten hatte sie wieder die alte Schwarz-Weiß-Aufnahme der Menschen vor Augen, die stumm aus den Fenstern dem Boot entgegenblickten. An der Haustür fiel kein Licht mehr durch das kleine Milchglas in Kopfhöhe. Auch unten war der Kellergang stockdunkel. Die schmalen Fenster in den Kellerschächten waren anscheinend ebenfalls durch Sandsäcke gesichert worden.

Hinter der Stahltür schlug ihr der modrige Geruch entgegen, nach dem die Kisten rochen, die sie gestern Abend zusammen mit Leo nach oben in Sicherheit gebracht hatte. Die Neonlampe an der Decke blieb dunkel. In dem dürftigen Licht, das hinter ihr durch die Tür vom Treppenhaus fiel, tastete sie sich durch den schmalen Gang an den vier Türen entlang, von denen die ersten beiden in den Heizungsraum und die Waschküche führten. Dahinter wurde es noch enger durch die Kisten und kleinen Aktenschränke, die gestern stehen geblieben waren. Die Leute von der Beratungsstelle hatten sie wohl nicht mehr in den Kombi bekommen, mit dem sie ihr Inventar in Sicherheit gebracht hatten. Nun musste sie sich an dem Kram vorbeizwängen.

Auch die nach außen schwingende Tür zu ihrem Keller ließ sich nur einen Spalt breit öffnen, weil sie gegen einen hüfthohen Aktenschrank stieß, auf dem sich Kartons stapelten.

Vom Café bis zum Bahnhof waren es nur wenige Schritte. Doch der Taxistand war verwaist. Hansen fand auch bald den Grund dafür: ZUGVERKEHR VORÜBERGEHEND EINGESTELLT war auf den Türen zur Bahnhofshalle zu lesen.

Nebenan am Busbahnhof herrschte dagegen reger Verkehr. Hansen wusste nicht, ob von hier aus ein Bus dahin fuhr, wohin er wollte, und wenn, welche Linie er nehmen musste.

Während er beobachtete, wie sich zwei voll besetzte Busse mit der Aufschrift SONDERFAHRT hinter denen an den Haltestellenbuchten einfädelten, musste das schwarze Taxi angekommen sein, das nun inmitten der Taxispur stand. Als er endlich dorthin kam und sich unter großer Mühe zum Fenster hinunterbeugte, stellte er fest, dass niemand im Fahrzeug saß.

Eine blonde Frau mittleren Alters kam mit schnellen Schritten aus dem Bahnhof, eine Zeitung unter dem Arm und einen Becher in der Hand.

»Sind Sie frei?«, fragte Hansen, als die Frau an ihm vorbei zum Wagen ging.

»Kommt darauf an?«, lächelte sie, und als er sie fragend ansah, ergänzte sie: »Wollen Sie mich heiraten oder das Taxi mieten?«

»Erst mal das zweite«, antwortete Hansen und wunderte sich über sich selbst, als er sich so reden hörte, während er neben der Frau im Wagen Platz nahm. »Vor der Hochzeit sollten wir uns vielleicht erst noch ein wenig besser kennen lernen.«

Auch das Fahrtziel Schwesterklinik war ihm spontan eingefallen und erfüllte ihn mit Genugtuung.

»Darf ich fragen, welche Beschwerden du hast?« Für einen Besucher hielt sie ihn also nicht.

»Eine Männersache«, antwortete er knapp.

Am Straßenrand setzte ein Mann einen großen Koffer ab, mit dem er sich abmühte. Die Taxifahrerin ignorierte sein Winken ebenso wie die Funksprüche, die sich recht hektisch anhörten. »Wie habe ich das zu verstehen?« Sie blickte zu ihm herüber.

»Es ist für mich noch zu früh, um darüber zu reden.«

»Aha!« Nachdem sie sich mit gerunzelter Stirn wieder der Straße zuwandte, musste er lachen. Es tat weh, noch mehr als husten, aber er konnte nicht anders. Er lachte, bis ihm die Tränen kamen. Sollten die gebrochenen Rippen inzwischen etwas zusammengewachsen sein, so waren sie nun bestimmt wieder lädiert.

»Deinen Humor haben sie dir also nicht rausoperiert?«

»Ich habe noch … es ist noch alles drin.« Er tippte sich vorsichtig an die Brust.

»Und da oben?« Ihr rechter Zeigefinger tippte an ihre Schläfe. Dann knuffte sie ihn an den Oberarm, worauf er aufstöhnte. »Aber so ganz fit scheinst du nicht zu sein.«

»Sonst müsstest du mich wohl nicht ins Krankenhaus bringen.«

Die Fahrt ging durch einige schmale Seitenstraßen und endete vor einer Straßensperre.

»Näher komme ich heute leider nicht heran, mein Schatz.« Sie wies mit der Hand die Straße entlang. »Noch zweihundert Meter geradeaus, dann bist du da. Gute Besserung.«

Mit seinem Zehn-Euro-Schein rundete er den Fahrpreis leicht auf. »Falls ich dich wieder sehen will …«

»Frag nach der schwarzen Rosi.« Sie gab ihm eine Visitenkarte mit der Nummer der Taxizentrale. Kaum hatte er die Tür geschlossen, legte sie den Rückwärtsgang ein, wendete und sauste davon. Er fragte sich, warum sie so hieß, obwohl sie blonde Haare hatte. Oder hing es mit der Farbe des Taxis zusammen?

Auf der gegenüberliegenden Straßenseite verstand Walde, was sein Freund Jo mit Pfütze gemeint hatte. Der tiefer gelegene Grünstreifen der Allee vor der dreispurigen Straße hatte sich in einen Teich verwandelt, auf dem Eis-, Kaugummi- und zerknüllte Zigarettenpackungen neben Blättern, Baumrinde und allerhand undefinierbarem Treibgut dümpelten. Zwischen den Stämmen der Bäume ragte das oberste Brett der Rückenlehne einer Bank nur wenige Zentimeter aus dem Wasser. Noch ein halber Meter und das Wasser hatte das Niveau der Straße erreicht.

Gegenüber hob ein Hubschrauber mit Getöse von der Rettungsplattform des Krankenhauses ab. Walde bemerkte nicht gleich, dass sein Telefon klingelte.

»Warum haben Sie sich nicht bei mir gemeldet?« Stiermann schien es nicht für nötig zu halten, seinen Namen zu nennen.

»Man sagte mir in Ihrem Vorzimmer …«

»Wenn Sie nicht einmal mich finden, wie wollen Sie dann Ihrer Aufgabe gerecht werden?«

Walde stand vor Überraschung der Mund offen. Als er Luft holte, hörte er den Polizeipräsidenten sagen: »Wenn das so weiter geht, kann ich Sie nicht länger halten.«

»Was heißt das konkret? Meinen Sie die Hetze von *Tele Mosel*?«

»Sie wissen schon«, sagte Stiermann in unwirschem Ton.

»Hallo … Herr Stiermann?«

Die Leitung war stumm. Hatte sein Chef aufgelegt oder war die Leitung unterbrochen worden? Walde betätigte die Rückruftaste. Es folgte das Freizeichen, dann schien der Anruf weggedrückt zu werden.

»Arsch …«

Vor ihm spritzte Wasser auf. Als er zu den konzentrischen Kreisen schaute, platschte der nächste Stein ins Wasser.

»Arsch sagt man nicht!« Annika kletterte auf das Mäuerchen, das den Park von der Straße abgrenzte. Jo reichte ihr weitere Steine, die sie linkisch in den braunen Tümpel schleuderte. Jeder begleitet von einem langgezogenen »Arsch«.

»Papa, die haben ein tolles Puppenhaus und Mathilda hat schon einen Tisch kaputt gemacht.«

»Wer?« Walde ging zu ihr hin und versuchte abzuschätzen, wie hoch das Wasser unterhalb der Mauer schon stand.

»Die Schäfers ...«, als er nicht gleich zu verstehen schien, fügte sie an: »Unsere Schäfers von oben, die Silke und der Uwe. Da schlafen wir heute Nacht.«

»Ach so, das ist ja prima.« Walde legte einen Arm um die Taille seiner Tochter, die auf der unebenen Mauer aus dem Gleichgewicht zu geraten schien.

Zu den Schäfers, dem Rentnerehepaar aus der oberen Etage des Hauses, hatte es in den letzten Jahren außer höflichem Grüßen im Treppenhaus kaum Kontakt gegeben. Als Walde gleich am ersten Tag nach dem Einzug sonntags eine Reihe Nägel einschlug, hatte Herr Schäfer irgendwann ziemlich ungehalten vor der Tür gestanden und, ohne sich groß vorzustellen oder sie Willkommen zu heißen, auf der Einhaltung der Sonntagsruhe bestanden. Seither war das Verhältnis abgekühlt geblieben.

»Es scheint doch was an der Behauptung dran zu sein, Notlagen ließen die Menschen zusammenrücken«, merkte Jo an und legte Walde demonstrativ einen Arm um die Schulter.

»Wir wollen ja nicht gleich rührselig werden.« Walde streifte den Arm seines grinsenden Freundes ab, hob Annika von der Mauer und klemmte sie sich unter den Arm. Auf dem Weg über die Straße zurück zum Haus führte sie mit den Armen Schwimmbewegungen aus. Ein kleiner Kombi kam angefahren und parkte vor dem Haus. Es war Marie, die geschäftig ausstieg und ihnen zuwinkte. Als sie die Heckklappe öffnete, kam Quintus schwerfällig herausgesprungen und lief auf die andere Straßenseite zu der Treppe, die zwischen der Mauer in den Park führte. Dort stutzte er einen Moment, bevor er nach unten verschwand.

»Quintus!« Walde setzte seine Tochter ab und lief dem Malamute über die Straße hinterher. Der Hund verharrte auf der letzten aus dem Wasser ragenden Stufe und schlabberte mit der Zunge im Wasser. Walde atmete auf, als der große Hund sich gegen ein Bad entschied und wieder hochkam.

Jo half Marie unterdessen, den Einkauf aus dem Auto zu laden.

»Bringst du bitte Quintus in den Garten?«, bat Walde seine Tochter. Gleich darauf reichte ihm Jo einen besonders schweren Karton an.

»Ihr könnt euch gar nicht vorstellen, was da in dem Markt los war«, berichtete Marie, als sie hintereinander die Treppe hochstiegen. »Die Leute haben in ihre Wagen gepackt, was das Zeug hielt. Richtige Endzeitstimmung!«

Walde erkannte unter dem Gemüse Mehl, Zucker, Reis, Nudeln und Konserven. »Und du hast dich zurückgehalten?«

»Ich habe immerhin für acht Menschen und zwei Tiere einkaufen müssen.« Sie schob die angelehnte Wohnungstür der Schäfers, hinter der es nach Suppe duftete, mit der Schulter auf und senkte in der Wohnung die Stimme. »Und ich war heilfroh, dass ich Quintus dabei hatte. Ein paar Leute haben meinen Einkauf angestarrt, als wollten sie mich gleich ausplündern.«

Hansen erreichte nach kaum hundert Metern die Krahnenstraße, die deutlich länger war, als er erwartet hatte. Es ging kontinuierlich abwärts an zum Teil sehr schönen alten Hausfassaden vorbei, die im letzten Drittel eingerüstet waren.

Auf der gegenüberliegenden Seite gab es eine lange Mauer, hinter der Baumkronen hervorlugten.

Ohne dass er einer Menschenseele begegnete, blieb er unten auf der Straße, an der die Notstege bald in über zwei Metern Höhe verliefen. Die massive Betonmauer am Ende der Straße hatte das Wasser abgehalten. Aber nun überspülte die Mosel die Uferstraße und würde so lange nachfließen, bis das Wasser dahinter das gleiche Niveau wie der Fluss auf der anderen Uferseite erreicht hatte.

Hansen hatte zwar immer noch keinen konkreten Plan, wie er vorgehen sollte, die Situation hier war ihm zumindest vertraut. Und damit hatte er vielleicht einen Vorsprung vor seiner Kontrahentin. Die Haustür war bis in Hüfthöhe mit Sandsäcken verbarrikadiert, daneben lagerten weitere Säcke, um die Tür im Bedarfsfall komplett bis nach oben abzudichten.

Das Wasser stand bis zur Fußmatte vor der Haustür, als Hansen sich auf die nachgebenden Plastiknoppen stellte und die Klingelleiste neben der Sprechanlage betrachtete. Sie bestand nur aus zwei Schildern, unten das der Beratungsstelle einer caritativen Einrichtung und oben das mit Helmes und zwei Vornamen. Während er den oberen Klingelknopf drückte, versicherte er sich mit einem Blick die Straße hinauf, ob er beobachtet wurde. Falls jemand sich auf dem Steg bewegte, hätte er die Schritte gehört.

Nun würde er das, was er in die Mail an Vera Helmes gepackt hätte, an der Sprechanlage loswerden. Verbal konnte er noch einen Tacken zulegen gegenüber dem, was er diesem Miststück vorhin im Internetcafé hatte schreiben wollen.

Fest und lang drückte er dreimal hintereinander die oberste Klingel. Sollte diese freche Schlampe gleich mal einen erhöhten Puls kriegen, bevor es überhaupt richtig losging! Jetzt war der Zeitpunkt gekommen, ihr klarzumachen, dass sie sich sehr in Acht nehmen sollte, besonders davor, Leute mit Brödings Material unter Druck zu setzen.

Bei Helmes schien niemand zu Hause zu sein.

Nun versuchte es Hansen mit der untersten Klingel. Um ins Haus zu gelangen, konnte er dort vorgeben, ein Mitarbeiter der Stadtwerke zu sein. Um die Schalter im Stromkasten umzulegen oder eine Sicherung herauszudrehen, benötigte er kein Werkzeug. Falls man ihn nach seinem Dienstausweis fragen sollte, so steckte dieser angeblich in seinem nassen Overall. Er drückte ein zweites Mal den Klingelknopf und murmelte dabei, sich in seine Rolle als Mitarbeiter der Stadtwerke versetzend, vor sich hin: »Ich bin heute schon nass geworden.« Das würde seinen Jogginganzug erklären. »Hab mir obendrein böse den Rücken gestoßen.« Das wäre ein Grund für seine steifen Bewegungen. Niemand konnte ihm ansehen, wo es tatsächlich weh tat. Er drückte den Klingelknopf zum dritten Mal und schaute zu den mit Sandsäcken verbarrikadierten Kellerschächten, die das still steigende Wasser umspülte.

»Stadtwerke Trier!«, sagte er zu sich selbst. »Ich muss das Rückschlagventil des Abflusses zum Kanal im Revisionsschacht im Keller kontrollieren.« Das hörte sich, wie er glaubte, plausibel an. Aber auch diesmal gab es keine Reaktion.

Über ihm waren Schritte auf den Brettern zu hören. Weil es wohl nicht mehr genug Roste gab, blieb er hier unten ungesehen. Vorsorglich griff Hansen nach einem der Sandsäcke, der sich auf der linken Seite nicht ganz an den Türrahmen anschloss. Den Versuch, dessen Lage zu korrigieren, musste er wegen der Schmerzen abbrechen, noch bevor sich die Schritte entfernten. Er hätte sich mehr Pillen mitnehmen sollen. Die Wirkung des Schmerzmittels von vorhin ließ schon wieder nach. Was sollte er jetzt machen? Er konnte Vera Helmes schlecht einen Zettel schreiben und in den Briefkasten stecken, der sowieso bald überflutet wäre, abgesehen von seiner Handschrift. Aber irgendeine Botschaft sollte dieses Miststück bekommen.

In ihrem Kellerraum gab es immerhin Licht. Leo hatte die defekte Birne ausgewechselt. Durch die Lattenkonstruktion, die oberhalb der bis zum Türsturz gemauerten Wand bis zur Decke reichte, schien etwa Wind hereinzuwehen. Es quatschte unter ihren Füßen. Vera Helmes schreckte reflexartig zurück, weil sie glaubte, in etwas getreten zu sein, das ausgelaufen war, womöglich Farbe, dann konnte sie ihre bequemen Hausschuhe in den Müll werfen. Es gab keine trockene Stelle, auf die sie ausweichen konnte. Beim Herausziehen der Taschenlampe fiel die Visitenkarte des Kripomannes aus ihrer Westentasche. Sie bückte sich danach und fischte sie aus der braunen, undurchdringlichen Brühe, auf die sie nun den Strahl der Lampe richtete. Das Wasser suchte sich unter dem hohen Spalt unter der Tür hindurch seinen Weg.

Vera Helmes leuchtete an dem Metallregal entlang, in dem noch Eimer mit Farbresten der letzten Renovierung, defekte und ausrangierte Elektrogeräte und Umzugskisten standen. Dabei traf das Licht einen dunkel glänzenden Streifen an der hellen Wand. Sie richtete den Strahl nach oben zu dem Rost im Kellerschacht, wo das Wasser inzwischen durch die Sandsäcke leckte. Ein schabendes Geräusch und das Zuschlagen der Tür ließen sie zusammenzucken und den Atem anhalten.

Die Fußmatte, auf der Hansen stand, war in der kurzen Zeit überspült worden. Er schaute nochmals am Haus hinauf und sah das angelehnte Fenster. Er ging die ansteigende Straße soweit hinauf, bis er in die Höhe des Notstegs gelangte, bei dem er sich erst versicherte, ob er stabil war. Während der ersten Schritte über die Bohlen legte er die linke Hand auf die Querstreben aus Aluminium, unter denen dicke Wassertropfen hingen. Am ersten Haus brannte hinter den Fenstern Licht. In den Gebäuden dahinter schien sich niemand mehr aufzuhalten. Beim fünften Haus konnte er bis zur Uferstraße sehen, die der Fluss inzwischen auf ganzer Breite überflutet hatte. Vor ihm schimmerte das Wasser in der Krahnenstraße in den Farben des Regenbogens. Hansen wusste, was das bedeutete. An Absaugen oder eine Ölsperre war in dieser Situation nicht zu denken. Wo diese Brühe ins Haus floss, würde kaum mehr etwas zu retten sein.

Er atmete so tief ein, wie es sein Verband zuließ, als er mit der nassen Hand das angelehnte Fenster aufschob und ohne sich umzuschauen einen Schritt hinunter auf den Fußboden machte.

»Hallo?« Seine Stimme war kaum lauter als das Quietschen seiner Schritte auf den alten Holzdielen. An der Wohnungstür gab es zwar kein Schild, aber es musste die von Vera Helmes sein. Was tat er hier? Noch während er auf den

Ständer mit Walkingstöcken und Regenschirmen starrte, hörte er von unten ein Rumoren.

Da er sich aufgrund seines Handicaps nicht mit der rechten Hand am Geländer abstützen konnte, schlich Hansen, vorsichtig seine Schritte aufsetzend, um das Knarren der Stufen zu verhindern, außen an der Mauer entlang die Treppe hinunter.

Draußen wurde ein Dieselmotor angelassen. Nach ersten Umdrehungen unter Vollgas tuckerte er im Gleichtakt weiter. In dieser Situation war es vernünftig, nicht vom Strom abhängig zu sein. Die Metalltür schleifte leicht über die Fliesen und drückte das Wasser zurück, das ihm nun entgegenlief und sich mit dem vereinte, das hinter ihm die Treppe herunterfloss. Hansen hielt inne. In den schmalen, dunklen Flur fiel weiter hinten schwaches Licht. Es drang von oben durch einen Holzverschlag, der oberhalb der Türen bis zur Decke reichte. Außer dem Dröhnen des Motors war nichts zu hören. Jetzt erkannte Hansen die Umrisse der Kartons, die den Kellertüren gegenüber aufgestapelt waren. Unten waren sie vom Wasser, das anscheinend durch die Sandsäcke vor den Kellerluken sickerte, bereits dunkel gefärbt. Er pirschte sich auf Fußspitzen durch den Flur an zwei Türen vorbei bis zu dem Raum, aus dem das Licht fiel. Draußen setzte der Motor aus. Hansen wagte kaum mehr zu atmen.

Durch das Gitter hörte er, wie jemand hinter der Tür werkelte, wahrscheinlich Gegenstände danach sortierte, was aufgegeben und was gerettet werden sollte. Er vernahm Seufzen und Wortfetzen. Drinnen schien eine Frau Selbstgespräche zu führen. Ein beruhigendes Lächeln würde ihm wohl kaum gelingen, wenn Vera Helmes jetzt die Tür öffnete. Das Tuckern setzte wieder ein.

Der erste der Kartons, den er anzuheben versuchte, erschien ihm zu schwer, den zweiten konnte er mit der linken Hand unterfassen. Vermutlich passte er in den schmalen Durchgang zwischen der Kartonreihe auf der gegenüberliegenden Seite und der Tür des Kellerraums. Kurz vor dem Abstellen rutschte er ihm aus der Hand und klatschte ins Wasser.

Vera Helmes beruhigte sich mit dem Gedanken, der automatische Türschließer habe es geschafft, die Kellertür über den unebenen Boden zurückzuziehen und gegen den Rahmen prallen zu lassen. Sie atmete tief durch, hob dabei einen Fuß. Weil ihre Socken durchnässt waren, verstaute sie die Taschenlampe in der Westentasche und packte beherzt den ersten Karton. Sie musste ihn in Schräglage fixieren, um den Deckel aufklappen zu können. Mit einer Hand hielt sie ihn fest und griff sich mit der anderen die noch eingeschaltete Lampe. Es war der ausrangierte Küchenkram, den sie bereits gestern Abend inspiziert hatte. Sie stellte die Kiste zurück und versuchte nachzudenken. Noch bestand keine Gefahr. Wo konnte die Schachtel mit den Fotos sein? Mit ausgestrecktem Arm räumte sie den Kleinkram auf Leos Werkbank zur Seite und stellte dort den nächsten Karton ab. Er enthielt ein in Zeitungen verpacktes Kaffeeservice mit einem Muster, das wohl nie wieder in Mode kommen würde. Der nächste Karton war so schwer, dass sie ihn kaum auf den Tisch gewuchtet bekam. Darin waren die Bücher, Hefte und

Ordner aus ihrer Studienzeit. Sie ließ ihn auf der Werkbank stehen. Den sollte sie ebenfalls in Sicherheit bringen, wer weiß, ob sie nicht doch das Jurastudium fortführen würde. Draußen im Flur rumpelte es.

»Leo, bist du es?« Wenn man ihn brauchte, war er zur Stelle.

Es wurde langsam Zeit, hier weg zu kommen. Schade um die Fotos, aber nun war es ihr wichtiger, sich selber in Sicherheit zu bringen.

Die lauten Rufe ließen Hansen zusammenschrecken. Er hatte einen zweiten Karton auf den untersten gewuchtet, als die Tür dagegen stieß. Durch den Spalt fiel Licht in den Flur. Er drehte sich um und eilte den Gang entlang zurück. Eiskaltes Wasser lief ihm in die Schuhe. An der Stahltür zum Treppenhaus schaute er sich um. Sein erster Impuls war, sie abzuschließen, doch dann wischte er den Türgriff mit dem Ärmel seiner über die linke Hand gezogenen Jacke ab. Auf der Treppe nach oben spürte er, wie die bis zu den Knien nasse Hose an seinen Waden klebte.

Wieder sah er sich nicht um, als er auf die leicht wackelnden Holzbohlen hinaustrat und dabei den Rahmen des Fensters mit dem Bund des Ärmels abwischte. Niemand kam ihm entgegen, und als er sich am Ende des Stegs auf der Straße erneut auf den Weg zu Vera Helmes' Haus machte, sah er, dass ihm auch niemand gefolgt war. Am dritten Kellerschacht unterhalb der Haustür stand er bereits bis zu den Knien im Wasser. Die nassen Säcke ließ er in das bräunliche

Wasser gleiten und beobachtete einen Moment, wie es sich in den Schacht zum Keller ergoss.

Als Vera Helmes die Taschenlampe wieder einsteckte, um sich dem letzten Karton zuzuwenden, wurde ihr das Licht bewusst. Es fiel aus dem Kellerschacht, der eben noch von einem Sandsack verdunkelt worden war. Mit dem Licht strömte im breiten Schwall Wasser herein, floss in Kaskaden über die Regalböden, wobei es kleinere Kartons zu Boden schwemmte.

Die Tür stieß gegen etwas, das sich nicht bewegen ließ, auch nicht, als sie sich dagegenstemmte.

»Leo!«, rief sie, diesmal so laut sie konnte. Im Flur regte sich nichts mehr.

Wahrscheinlich hatte das Wasser etwas aufgetrieben und zum Umfallen gebracht. Sie warf sich mit der Schulter an die Tür, aber sie war von außen blockiert. Sie wollte nach dem Gegenstand tasten, der dahinter klemmte, doch der Spalt war so schmal, dass sie nicht einmal die Finger durchstecken konnte. Die Werkzeugkiste hatte Leo bereits nach oben gebracht.

Nur eine uralte schwarze Zange steckte in einer Leiste an der Wand. Sie ließ sich kaum auseinander biegen, als Vera Helmes einen der angerosteten Griffe in den Spalt in der Tür klemmte. Als sie damit nichts ausrichten konnte, versuchte sie es mit beiden Griffen, ohne damit eine größere Hebelwirkung erzielen zu können, als sie den Kopf der Zange umklammerte und sich mit dem Knie gegen den Türrahmen stemmte. Mehr als eine kleine Kerbe in der Tür brachte sie nicht zustande. Sie pfefferte die Zange auf die Werkbank und rieb sich die schmerzenden Hände an der Jogginghose, deren Stoff schwer an ihr herunterhing. Das Wasser hatte sich darin bis über die Knie gesogen. Es platschte weiterhin über die Regale herein. Durch den Spalt in der Tür lief weit weniger ab, als durch den Schacht hereinströmte. Der Raum würde sich langsam wie eine Badewanne füllen. Vera stellte sich auf die Zehenspitzen und rief aus Leibeskräften in Richtung des Schachtes um Hilfe. Sie wählte den Notruf an ihrem Mobiltelefon und gelangte in eine Warteschleife. Nach der zigsten Wiederholung der Ansage legte sie auf, weil sie fürchtete, der Akku könne nicht mehr lange halten.

Sie wusste nicht, ob es die Kälte oder die Angst war, die sie am ganzen Körper zittern ließ, ihr an der Wirbelsäule Schauer entlang jagte, ihr den Atem nahm. Sie hatte es aufgegeben, um Hilfe zu rufen, denn das Wasser schien draußen schon höher als der Kellerschacht gestiegen zu sein und verschluckte ihre verzweifelten Schreie.

Immer wieder blickte sie auf ihr Mobiltelefon, während sie die Position im Raum wechselte, aber es blieb dabei, es bekam hier unten keine Verbindung zum Netz. Um auf die Werkbank zu gelangen, wuchtete Vera Helmes einen Karton aus dem Regal. Die braune Brühe spritzte ihr bis auf die Weste. Beim Zurückweichen verlor sie einen Schuh. Mit beiden Händen versuchte sie den auf dem Wasser dümpelnden Karton nach unten zu drücken. Die Pappe verfärbte sich bald dunkel, schwamm aber noch eine Weile. Als sie in Schräglage geriet und mit einer Kante auf dem Kellerboden auftraf, setzte Vera einen Fuß darauf. Kaum hatte sie den anderen Fuß gehoben, brach sie durch die aufgeweichte Pappe und sackte in klirrend zerbrechendem Porzellan ein.

»Scheiße! Scheiße! Scheiße!«, fluchte sie. Den Fuß ließ sie im Karton, zum Glück war es der mit dem Schuh, während sie den Oberkörper auf die Werkbank legte und sich mit Händen und Ellenbogen weiter vorwärts zog, bis sie endlich ein Bein über die Kante wuchten und ihren Schwerpunkt nach oben verlagern konnte. Sie putzte sich Sägespäne und Staub von den Händen an der Weste ab. Die tiefe Decke ließ nur zu, dass sie gebückt stehen konnte.

Sie stieß einen kleinen Freudenschrei aus, als ihr Mobiltelefon die Verbindung zum Netz anzeigte.

Leos Nummer war besetzt, vielleicht versuchte er in diesem Moment, sie zu erreichen. Bei der Festnetznummer, auf der sonst ein Band lief, wenn alle Nummern besetzt waren, ertönte diesmal nur Dauertuten. Der Akku in ihrem Handy war weniger als viertelvoll. Nach dem zweiten Versuch bei Leo wählte sie die Feuerwehr an. Auch diese Nummer war besetzt, ebenso die der Polizei.

Das Wasser reichte bereits bis zur Werkbank. Vera stellte fest, dass sie verschiedenfarbige Socken trug, einen beigen und einen roten, gefärbt von ihrem Blut. Sie hatte sich oberhalb des Schuhs den Fuß an den Porzellanscherben verletzt. Schmerzen fühlte sie nicht.

Auf der Treppe nach oben hatte Walde keine Hand frei, um in seine Jacke zu greifen. Bis er die schwere Kiste mit den Lebensmitteln in der Küche abgestellt hatte, war sein Telefon schon wieder verstummt. Dort begrüßte er Frau Schäfer, die am Herd stand, wo der Duft von Gemüsesuppe einem dampfenden Topf entströmte.

»Wir hoffen ja, dass es nicht zum Schlimmsten kommt«, sagte sie und drückte ihm und Jo die Hand. »Jedenfalls sind Sie bei uns herzlich willkommen. Seitdem unsere Kinder aus dem Haus sind, verfügen wir über drei praktisch immer leer stehende Gästezimmer.«

Sie zeigte nach oben. »Da ist auch genügend Platz, um was abzustellen, das Sie vorsichtshalber in Sicherheit bringen wollen.«

Im Zimmer nebenan, in das sie Frau Schäfer führte, saß ein älterer Mann mit Mathilda auf dem Teppich. Memorykarten waren fein säuberlich in Reihen ausgelegt.

»Gießkanne!« Seine jüngste Tochter hielt stolz zwei Karten in die Höhe, auf denen die gleichen grünen Gartengeräte zu sehen waren.

Walde und Jo bückten sich nacheinander herunter, um Herrn Schäfer die Hand zu reichen.

»Sie müssen entschuldigen, wenn ich hier unten auf dem Teppich bleibe, aber bis ich mich aufgerappelt habe, das dauert ein Weilchen.«

Hinter ihnen kam Annika zur Tür herein und setzte sich neben ihre kleine Schwester auf den Teppich.

»Darf ich?« Jo war zu dem ovalen Tisch gegangen und beugte sich interessiert über die Pläne, die dort ausgelegt waren.

»Ich hab' mich in den letzten Jahren ein bisschen mit den Höchstständen der Mosel beschäftigt. Das war, wie sich jetzt herausstellt, leider viel zu selten Thema gewesen im Hochbauamt, als ich noch im Dienst war.« Der Mann streckte die Beine aus und drehte sich, beide Hände auf den Teppich gestützt, mit angestrengter Miene auf die Knie. Er zog sich mehr oder weniger an einem Fußschemel hoch und richtete sich leise stöhnend auf.

»Mathilda, nur zwei!«, mahnte Annika und nahm ihrer Schwester eine aufgedeckte Karte aus der Hand und legte sie in die Reihe zurück. Diese grapschte gleich wieder danach. Ein kleines Gezänk entstand. Walde setzte sich zu den beiden und versuchte zu schlichten, indem er interessiert eine Karte ein wenig anhob und seinen Kopf ganz tief hinunter beugte, um unter die Karte zu linsen. Das erweckte die Neugier seiner Töchter.

»Ein Piratenschiff?«, vermutete er.

»Gibt es dabei nicht!«, stellte Annika fest.

»Dann ein U-Boot«, versuchte er es.

»Gibt es auch nicht. Zeig mal!«

Er deckte die Karte auf. Es war ein Segelschiff.

»Noch eins!« Mathilda legte mit beiden Händen Karten um. Das passende Motiv war nicht dabei.

»Die kapiert das noch nicht.« Annika schüttelte den Kopf.

Währenddessen hatten sich Uwe Schäfer und Jo über die Karten auf dem Tisch gebeugt.

»Die Franzosen hatten damals die besseren Kartografen.« Der Hausherr schaltete eine Schreibtischlampe ein.

»Kein Wunder, Napoleon hat sie ganz schön auf Trab gehalten«, sagte Jo und hielt inne. »Ah, die ist von 1801.« Er beugte sich über eine große historische Karte der Stadt, die den ganzen Tisch bedeckte, und fuhr mit dem Zeigefinger an einer schwarzen gewellten Linie vorbei. »Ist bis dahin das Hochwasser von 1784 gekommen?«

»Das nehme ich nach der Auswertung von Augenzeugenberichten an«, antwortete Schäfer.

»Haben Sie eine Prognose?«, fragte Walde.

»Wenn ich die Pläne des Wasserwirtschaftsamts sehe, wird mir zwar schlecht, was alles passieren könnte, und es ist bereits schlimm, was schon alles überschwemmt wurde. Aber die schlimmsten Szenarien beginnen erst ab dreizehn Meter aufwärts. Von denen sind wir noch etwas entfernt.«

»Wie weit?«, fragte Walde. Er hatte sein Telefon aus der Tasche genommen. Eine Mobilnummer erschien, die er nicht kannte, und die Nummer von Grabbe.

»Etwa einhundertzwanzig Zentimeter.«

»Und um wie viele steigt die Mosel stündlich?«

»Um sechs Zentimeter«, sagte Jo. »Aber es hat aufgehört zu regnen und soll auch weitgehend trocken bleiben.«

»Erst mal muss das ganze Wasser ablaufen. Alle Nebenflüsse haben Hochwasser, jeder Bach, jedes Rinnsal ist angeschwollen. Das kann dauern.«

»Dann wären wir morgen bei über dreizehn Metern?«

»Wenn sich die Lage nicht bis dahin entspannt«, Jo nickte mit ernster Miene, »kommen wir von der Divels Mühle in des Deuwels Küche.«

Im Treppenhaus rief Walde die unbekannte Mobilnummer zurück. Nachdem er seinen Namen genannt hatte, war erst einmal nicht zu verstehen, was die aufgeregt klingende weibliche Stimme ihm mitzuteilen versuchte.

»Können Sie bitte langsam sprechen«, forderte er die Frau auf, dabei versuchte er sich zu erinnern, ob er die Stimme kannte.

Wieder erntete er nur Kauderwelsch.

Doris kam ihm mit einem Stapel Bettwäsche auf dem Arm entgegen.

»Warte bitte einen Moment«, bat Walde Doris, bevor er ins Telefon rief: »Frau Helmes? Sind Sie es?«

Die Antwort war als Zustimmung zu deuten.

»Sind Sie zu Hause?«

Das Gespräch brach ab.

»Mist, ich muss weg.« Walde versuchte, Doris, die eine Stufe höher stehen geblieben war, über den Wäschestapel hinweg zu küssen. »Kommst du ohne mich klar?«

Sie blieb gerade stehen, sodass er ihren Mund nicht erreichte und ihren Hals küsste.

Als sie nicht antwortete, umfasste er ihre Hüfte. »Soll ich dir helfen?«

Sie beugte sich herunter und küsste ihn auf die Stirn.

»Geh' ruhig die Welt retten, wir kommen klar.«

Vera Helmes streifte die bis zum Bund nass und bleischwer gewordene Jogginghose herunter. Den Strumpf über dem verletzten Fuß behielt sie an. Die braune Brühe reichte ihr bereits bis zur Hüfte und der Druck des Wassers, das aus dem Lichtschacht quoll, schien noch stärker geworden zu sein. Als es über der Tür angelangt war, schwappte es zwischen dem Holzverschlag hindurch in den Kellerflur.

Wenigstens brauchte sie sich durch ihren verletzten Fuß keine Sorge um eine Blutvergiftung zu machen. Sie lachte heiser auf. Vorher würde sie ertrunken sein. In ihren Ohren rauschte es, das musste von der gebückten Haltung unter der Decke kommen. In der einen Hand hielt sie das Handy, mit der anderen hatte sie einen der dicken Latten umfasst, die oberhalb der Tür bis zur Decke reichten. Dazwischen hindurch sah sie auf den Kellerflur, wo das Wasser bald die gleiche Höhe wie hier im Raum haben würde. Ihr Telefon läutete. Es klang in ihren Ohren wie der Gesang der Schutzengel.

»Ja!«, rief sie und lauschte erwartungsvoll. Es folgte das Besetztzeichen.

Direkt vor Waldes Haustür hielt ein Lkw mit laufendem Motor. Sandsäcke wurden vor die Kellerfenster gewuchtet.

»Super, vielen Dank!«, rief Walde den Männern zu, als er an ihnen vorbei zum Wagen lief. Dabei hielt er sich das Telefon ans Ohr, nachdem er die Rückruffunktion an seinem Mobiltelefon aktiviert hatte.

»Wollen Sie auch welche für die Haustür?«, rief ihm einer der Männer mit einer nassglänzenden Warnweste über einer dunklen Regenjacke zu.

»Dann kommen wir ja weder rein noch raus«, antwortete Walde über die Schulter.

»Wir stellen die Säcke daneben, dann können Sie diese … im Falle der Fälle davorsetzen.«

Walde setzte das Blaulicht aufs Dach. Nachdem die Verbindung zu Vera Helmes nicht funktioniert hatte, wählte er Grabbe an und fuhr los.

»Wo bist du?«, fragte Grabbe.

»Unterwegs zu Vera Helmes. Mit ihr scheint was nicht in Ordnung zu sein.« Walde musste hinter der Kurve zum

Simeonstiftplatz einem Bus ausweichen. »Bitte suche mir ihre Adresse raus.«

»Wie kannst du zu ihr unterwegs sein, ohne die Adresse zu kennen?«

»Erkläre ich dir später ... wenn du so freundlich wärst ...« Walde hatte die Richtung zur Kanzlei eingeschlagen. Wenn er sich richtig erinnerte, wohnte sie nicht weit von ihrem Arbeitsplatz entfernt.

»Du hast Glück, dass wir die Rechner schon laufen haben.« Walde hörte, wie Grabbe auf die Tasten hackte. »Krahnenstraße ...« Das Martinshorn eines entgegen kommenden Feuerwehrwagens verschluckte die Hausnummer. Er ließ sie sich wiederholen und gab Gas. »Ich glaube, ich brauche Verstärkung!«

»Der Notruf und der Funkverkehr sind total überlastet, und bei den Mobilfunknetzen gibt es auch Schwierigkeiten.«

»Dann kommt ihr beiden ... bitte, beeilt euch.« Walde bog in die Johannisstraße ein, wo er anhielt, um die Straßensperre etwas zur Seite zu schieben, damit sein Wagen zwischen Hauswand und dem Durchfahrtsverbotsschild hindurchpasste. Kaum hundert Meter weiter blieb der Wagen endgültig stecken. Dort stand ein Lkw, von dessen Ladefläche Sandsäcke abgeladen wurden. Walde eilte zu Fuß weiter. Er kreuzte die Feldstraße, wo sich Wagen des Katastrophenschutzes, mehrerer Hilfsorganisationen und der Feuerwehr schon weit vor der Einfahrt zur Schwesterklinik stauten. Gleich nach den ersten Häusern wurde die Krahnenstraße abschüssig und seine Laufschritte länger. Etliche Haustüren und Laibungen der Fenster im Parterre waren mit Sandsäcken verrammelt. Die Notstege waren in der

Straße weit vor dem Wasser errichtet worden, das die gleiche bräunliche Farbe hatte wie das in der Allee vor seinem Haus. Es staute sich bis zur Hälfte der Betonmauer an der Uferstraße, die vom Wasser überspült war. Dahinter brachen sich die Wogen des vorbeirauschenden Flusses an dem alten Moselkran knapp unter dem Dach mit den beiden Ladebalken.

Über der hochstehenden Kante eines Brettes im Steg geriet Walde ins Stolpern. Beim Festhalten an dem kalten Aluminiumgestänge schmerzte seine Hand. Er verlangsamte seine Schritte. Aus einem kleinen Schnitt in der Innenhand quoll Blut. Während er mit der unverletzten Hand in der Jackentasche nach einem Papiertaschentuch tastete, hörte Walde den Regen auf die Blätter eines Baumes auf der anderen Straßenseite prasseln. Darunter ragte ein rotes Autodach aus dem Wasser. Walde blieb stehen und drückte das Taschentuch auf die Wunde. Auf ihn fiel kein Regen, obwohl die Häuser keine überstehenden Dächer hatten. Es waren Regentropfen, die von den Blättern gegenüber geweht wurden. Unter ihm hatte das Wasser den Sturz einer Haustür erreicht. Beim Blick nach der Nummer fielen Walde die kryptischen Darstellungen über der Haustür auf, die Fische an Angelschnüren zeigten. Die Hausnummer lag bereits unter dem Wasserspiegel. Er eilte zurück und entdeckte beim zweiten Haus knapp über der Wasserkante die Nummer 7. Auf dem Rückweg zählte er die Häuser ab. Wie sollte er hineinkommen? Erneut wählte er die Nummer von Vera Helmes an, dabei bemerkte er das angelehnte Fenster zwischen den offenen Fensterläden.

»Sie können es wohl nicht lassen?«

Fast hätte Hansen es unbemerkt über den leeren, nach Krankenhausessen riechenden Stationsflur zu seinem Zimmer geschafft.

»Das gibt es doch nicht alle Tage!«, antwortete er der Schwester, die ihm mit dem Rollwagen, auf dem sich die Mittagstabletts stapelten, entgegen kam.

»Ihr Essen dürfte längst kalt sein.«

Hansen war völlig erschöpft, als er Schuhe, Strümpfe und den Jogginganzug ausgezogen hatte. Die beiden Schmerztabletten schluckte er wieder trocken hinunter. Sein Kopf hatte kaum das Kissen berührt, als er schon eingeschlafen war.

Walde drückte behutsam gegen das Fenster. Beim Aufstoßen waren keine Pflanzen oder Gardinen im Weg. Der Flügel reichte bis hinunter zu einem dunklen Holzfußboden. Als er in das Treppenhaus stieg, tastete seine rechte Hand reflexartig nach dem Holster der Waffe, aber da war nichts, wie meistens. Er lauschte. Nur Vogelgezwitscher und Verkehrslärm waren durch das Fenster zu hören. Ein sehr lauter Motor wurde knatternd angeworfen. Wahrscheinlich der Kompressor einer Wasserpumpe.

»Hallo, ist da jemand?« Er versuchte es noch einmal, so laut er konnte. Keine Reaktion.

Als er mit der linken Hand an den Messinggriff der Wohnungstür fasste, gab diese nach. Das Blut, das er dort hinterließ, beachtete er nicht weiter.

»Hallo?«

In der Diele stand ein runder Garderobenständer neben einem Holzschrank, daneben hing ein Schlüsselbrett über einem schmalen Schränkchen. Darauf lagen Prospekte. Eine Werbekarte war an Vera Helmes adressiert.

Schritte näherten sich. Walde hielt die Karte in der Hand, während er die Wohnungstür öffnete. Im Treppenhaus regte sich nichts. Es musste jemand draußen auf dem Notsteg vorbeigegangen sein.

Der Lärm des Kompressors brach ab. Walde glaubte dumpf klingende Hilferufe zu hören. Sie schienen von unten zu kommen. Der Motor wurde wieder angeworfen. Ein paar Takte klang er so, als würde er es nicht schaffen, bis aus dem Röcheln dann doch ein hochtönendes Stakkato wurde.

Seine Schuhe quietschten auf der Treppe. Die blutverschmierte Karte legte er unterwegs auf einer Treppenstufe ab. Unter der Haustür rann Wasser über die Fliesen und folgte dort den ausgetretenen Spuren zur Korridortür, auf der ein Poster mit Zeichnungen von Kinderhand prangte. Die Klingel daneben funktionierte nicht. Walde pochte gegen die Tür. Drinnen regte sich nichts.

Wasser rann über die alten, in der Mitte ausgetretenen Steinstufen hinab zum Keller. Dort hatte es sich kniehoch vor einer Stahltür gesammelt. Walde verwarf den Gedanken, die Schuhe auszuziehen und die Hosenbeine hochzukrempeln.

Er hatte den Griff noch nicht ganz heruntergedrückt, als ihm die Tür mit gewaltiger Wucht entgegenschleuderte, ihn mit dem Rücken auf den Treppenstufen aufschlagen ließ, bevor ihn eine mannshohe Wasserflut überspülte.

»Jetzt könnte ich mein Rad gebrauchen!«, dachte Burkhard Decker.

Allein, um vom verstopften Parkplatz am Präsidium auf die Straße zu kommen, hatte sein Kollege Grabbe viel Zeit benötigt, sehr viel Zeit sogar. Und jetzt, wo sie mit Blaulicht über die recht wenig befahrenen Straßen unterwegs waren, hielt sich Grabbe bei der Geschwindigkeit zurück.

»Heute haben wohl alle Blaulicht«, bemerkte Grabbe, als könne er Gedanken lesen.

Decker hatte das Gefühl, sein Kollege würde jedem Rettungsfahrzeug den Vorrang einräumen. Egal, ob es sich um Feuerwehr, Katastrophenschutz, Malteser Hilfsdienst, Rotes Kreuz oder die Heilsarmee handelte und wer sonst noch mobilisiert worden war – Grabbe bremste ab. Es bedurfte hin und wieder sogar Handzeichen, bis sein zögerlicher Kollege endlich weiterfuhr.

Zu Beginn der Feldstraße herrschte vor einer Straßensperre ein heilloses Chaos. Einfahrende Wagen versuchten zurücksetzenden auszuweichen. Dazwischen versuchte ein wild gestikulierender Mann, den Verkehr zu regeln. Vergeblich! Kaum fünfzig Meter weiter gab es an der Zufahrt zu einem Parkdeck weder ein Vor noch ein Zurück.

»Wo liegt die Krahnenstraße?«, fragte Burkhard.

»Die erste hinter dem Krankenhaus links.«

»Bis gleich«, rief Burkhard, bevor er die Autotür mit Schwung zuwarf.

Mit dem Rad schaffte er locker hundert Kilometer am Stück, und wenn es nicht zu hügelig war, in unter fünf Stunden. Aber schon die läppischen paar Meter im Laufschritt an der Schwesterklinik vorbei ließen ihn schmerzhaft sein rechtes Knie spüren. Laufen und Rad fahren beanspruchten einfach verschiedene Muskelgruppen. Vor dem Haupteingang des Krankenhauses wurde schweres Gerät von Lastwagen des Katastrophenschutzes abgeladen. Endlich erreichte Burkhard die Abzweigung und kam in der leicht abschüssigen Straße wieder schneller voran, bis er zu dem Hochwassersteg gelangte. Ab hier ging er im Schritttempo weiter. Von der letzten erkennbaren Hausnummer zog er bei jedem Haus zwei Zahlen ab. Ein paar Häuser weiter war er sich nicht mehr sicher, ob er ein breiteres Haus womöglich doppelt gezählt hatte. Weiter vorn, oberhalb eines Walls aus Sandsäcken, spuckte ein Schlauch im Rhythmus einer von einem lauten Generator angetriebenen Pumpe Wasser in die überschwemmte Straße zurück. Noch während Decker überlegte zurückzugehen, entdeckte er die Blutspuren am Fensterrahmen. Es war eher eine Fenstertür, die nur angelehnt war. Drinnen stand er nur wenige Meter von einer Wohnungstür entfernt, links führte eine Treppe hinunter.

Das Holster der Pistole hatte er geöffnet, als er sich zu dem glänzenden Punkt auf den dunklen Dielen bückte und mit der Spitze des Mittelfingers hineintippte. Es schien frisches Blut zu sein. Auch der Griff der Wohnungstür war blutverschmiert. Erst klopfte er an das Holz, dann an das kleine Glasfenster in Kopfhöhe. Der Kompressor dröhnte so laut, dass er eine Antwort wahrscheinlich nicht hören würde.

»Polizei!« Mit der entsicherten Waffe in der Hand betrat er die Wohnung.

Das Wasser spritzte rundum aus seinen Haaren, als Walde nach dem Auftauchen den Kopf ruckartig nach links und rechts wendete. Er hustete, spuckte aus und schnäuzte die Nase. Seine Beine waren noch im Wasser, während er auf der Kellertreppe saß und sich aus der nassen Jacke schälte. Zu dem Geschmack nach abgestandenem Spülwasser in seinem Mund kam noch Sand, der zwischen seinen Zähnen knirschte. Während er den Kopf schräg hielt, um Wasser aus einem Ohr laufen zu lassen, sah er im Dämmerlicht, wie das sich beruhigende Wasser einen knappen Spalt unter dem oberen Rahmen der offenen Metalltür freiließ. Über das Knattern des Kompressors, dem Gluckern in seinen Ohren und dem Rauschen des weiter eindringenden Wassers hörte er nun deutlich eine heisere Frauenstimme um Hilfe rufen.

»Ich komme …« Seine Antwort ging in einem Hustenanfall unter. Er streifte die Schuhe ab. Barfuß tastete er sich die Treppe hinunter. Es kostete keine Überwindung, in das kalte Wasser einzutauchen. Ihm war bereits am ganzen Körper kalt. Vor der Tür atmete er tief ein, musste aber gleich wieder husten. Beim zweiten Versuch behielt er etwas Atem in den Lungen und tauchte unter dem Türrahmen hindurch.

Auf der anderen Seite war es dunkel. Der gerade Flur war so schmal, dass er sich links und rechts an den Wänden abstützen konnte. Beim Wassertreten stieß sein Fuß gegen einen Widerstand. Als er sich darauf stellen wollte, gab dieser nach. Ein Stück weiter war es ein festerer Gegenstand, auf dem sein Fuß Halt fand.

»Frau Helmes?«

»Ja, hier bin ich.« Die schwache Stimme schien von links aus einem der Verschläge zu kommen. »Die Tür … sie geht nicht mehr auf.«

Erst sah er die um das Lattengerüst unterhalb der Decke geklammerten Hände, dann das aschfahle Gesicht mit den blauen Lippen und die strähnigen Haare. Wie ein gequältes, vergessenes Tier hockte die Frau in ihrem Verschlag.

Walde stieß mit den Füßen an ein Hindernis, das die Tür blockierte. Es ließ sich nicht mit den Beinen bewegen. Der Versuch, tief einzuatmen, löste wieder einen Hustenanfall aus. Walde fragte sich, wie lange die Frau sich noch festhalten konnte.

Diesmal nahm er einen kleineren Atemzug und tauchte ab. Unter Wasser die Augen zu öffnen war zwecklos, es war zu dunkel und das Wasser zu trüb. Das Hindernis gab nach, ließ sich aber nicht von der Tür entfernen. Er musste wieder hoch. Dabei stieß er etwas höher mit dem Knie gegen das Hindernis und bemerkte, dass es sich parallel zur Wand bewegen ließ. Mit beiden Händen an den Verschlag geklammert, drückte er. Es war ein Karton, den er Stück für Stück zur Seite schob. Darunter befand sich ein weiterer. Er war dermaßen aufgeweicht, dass er unter seinen Füßen nachgab. Walde musste noch einmal runter.

Beim Einatmen sah er, wie sich eine Hand der Frau vom Holz löste. Sie hatte die Augen geschlossen.

»Frau Helmes, ich hole Sie gleich raus.« Walde fasste von außen an die Hand der Frau. Sie fühlte sich so kalt an wie das Wasser. Er griff mit der verletzten Hand durch den Verschlag und packte das andere Handgelenk. Ihr Kopf war seitlich auf die Schulter gesunken. Wenn er sie losließ, würde sie im Wasser versinken. Aber wie sollte er nun die Tür frei bekommen? Lange würde er es hier auch nicht mehr aushalten.

Als er zurück zur Tür am Ende des Kellergangs schaute, war dort der winzige Schlitz unter der oberen Kante bereits überspült.

Nachdem Burkhard Decker in allen Räumen der Wohnung nachgesehen hatte, bemerkte er in der Diele die blutverschmierten Prospekte auf der Kommode. Walde war wahrscheinlich ebenfalls hier gewesen und hatte nach der Post gesehen, weil es an der Wohnungstür kein Namensschild gab.

Am Geländer im Treppenhaus fand er weitere Blutspuren und weiter unten auf einer Stufe die blutbefleckte Postkarte. Unter der Haustür drückte sich Wasser hindurch, das die Sandsäcke nicht zurückhalten konnten. Als Burkhard Decker den Lichtschalter drückte, tat sich nichts. Das Wasser floss über die Fliesen, schwappte an die Wände und die Eingangstür einer Beratungsstelle für Kinder, wie ihm das große Plakat daran sagte, und fand seinen Weg die Kellertreppe hinunter.

Burkhard hielt sich auf den ersten glitschigen Stufen am Geländer fest und fühlte Stoff unter den Händen. Es war Waldes Jacke, die am Geländer hing. Inzwischen stand er mit den Schuhen im Wasser und überlegte, ob der Sicherungskasten überspült und unter Spannung stehen könnte, aber dann wäre es jetzt bereits zu spät.

In dem spärlichen Licht, das von den Fenstern oben im Treppenhaus noch bis hierher drang, waren die aus dem Wasser ragende Kante der offen stehenden Kellertür und ein schmaler Streifen des Türrahmens zu erkennen. Einzig das

Knattern des Kompressors war zu hören. Burkhard verknotete seine Jacke mit den Ärmeln oberhalb der seines Kollegen am Treppengeländer. Darauf legte er seinen Pulli und die Hose. Die bereits durchweichten Schuhe landeten auf einer der Stufen, über die das Wasser in Kaskaden hinablief.

Nur in Unterwäsche watete er hinunter ins Wasser. Als es ihm bis zu den Oberschenkeln reichte, beugte er sich reflexartig hinunter, tauchte die Arme hinein und spritzte sich das wenig einladende Nass auf die Brust und unter die Arme. Laut prustend tauchte er ein. In einem Zug erreichte er die Tür, hielt sich mit einer Hand daran fest, während die andere unter der Wasseroberfläche die Breite der Öffnung abtastete.

Seit seiner Kindheit hatte er sich nicht mehr beim Tauchen die Nase zugehalten. Nun tat er es wieder, um so wenig wie möglich von der Brühe eindringen zu lassen.

Auf der anderen Seite war es dunkel, was bei ihm den starken Drang auslöste, gleich wieder umzukehren, bevor er womöglich die Orientierung verlor. Doch dann hörte er die Stimme eines Mannes.

»Burkhard!« Grabbe war in der Fenstertür stehen geblieben. »Burkhard, bist du hier?«

Er war sich nicht sicher, ob es sich um das richtige Haus handelte. Nun rief er Waldes Namen ins Treppenhaus. Gegen diesen verdammten Motor von nebenan hatte er kaum eine Chance, gehört zu werden. Was hatte das Blut am Fensterrahmen zu bedeuten? Hatte sich jemand beim Eindringen ins Haus verletzt? Möglicherweise waren schon

Plünderer unterwegs. Während er ins Haus einstieg, hielt er die Luft an und griff nach seiner Waffe. Grabbe ließ sie gesichert, während er mit der Fußspitze die angelehnte Wohnungstür aufstieß.

»Poliz …!« Beim Blick auf die blutigen Postsendungen blieb ihm das Wort im Hals stecken. Waren die Plünderer noch hier? Oder hatte gar, was näher lag, der Mörder bei Vera Helmes zugeschlagen? Womöglich hatte Burkhard ebenfalls schon dran glauben müssen und lag hinter einer der Türen, die alle nur angelehnt schienen, als lauere jemand dahinter.

Ausgerechnet jetzt setzte draußen der Motor aus. Das Klicken beim Entsichern der Waffe kam Grabbe so laut vor, dass es bis in den letzten Winkel der Wohnung gedrungen sein musste. Er legte die linke Hand unter den nur leicht vorgereckten rechten Unterarm mit der Waffe, trat die erste Tür auf, dass sie krachend an ein Möbelstück stieß, und rannte beherzt in den Raum.

»Burkhard?«

»Ja?« Burkhard meinte, ein paar Meter weiter ein schwaches Licht zu sehen, das wie ein Muster wirkte.

»Wir sind …. wir sind hier«, versuchte Walde zu rufen. Seine Lippen waren steif. »Pass auf … da liegt alles Mögliche unter Wasser.«

Burkhard glitt durch das Wasser. Das vermeintliche Muster stammte von den Holzlatten, mit denen die Kellerräume vom Flur getrennt waren. Das wenige Licht drang gleichzeitig mit dem Wasser herein. Es kam ihm der Gedanke, dass er in jungen Jahren einmal damit geliebäugelt hatte, Rettungsschwimmer bei der DLRG zu werden.

»Da unten klemmt …« Walde spürte, wie sich ein Krampf in der Wade ankündigte, und stemmte, so gut es ging, den Fuß auf. »Da klemmt was vor der Tür.«

Burkhard brauchte zwei Tauchgänge, um den Kram aus dem aufgeweichten Karton vor der Tür wegzuschaffen. Als weit schwieriger erwies sich die Bergung der Frau. Sie war kaum mehr bei Bewusstsein, als er endlich zu ihr in den Keller gelangte und sie in den Rettungsgriff nahm.

Viel länger hätte Walde die Frau auch nicht mehr halten können. Während er versuchte, sich das nasse Haar mit der frei gewordenen Hand nach hinten zu streifen, spürte er eine Bewegung neben sich. Es war eine Ratte, die so nah an ihm vorbei am Holz entlang flitzte, dass sie fast seine Hand berührte.

In dem kleinen Luftspalt im Kellerraum versuchte Burkhard Decker der völlig lethargisch und kraftlos wirkenden Frau zu erklären, sie müsse für ein paar Sekunden die Luft anhalten, wenn er gleich mit ihr unter der Tür hindurch in den Flur tauchte. Vera Helmes schaffte es kaum, die Augen hin und wieder einen Spalt zu öffnen.

»Tief einatmen!« Er wartete ein paar Sekunden. »Und ausatmen.« Als er nach ein paar Wiederholungen das Gefühl hatte, die Frau folge seinen Anweisungen, tauchte er unter dem Türrahmen hindurch. Ganz tief aus der Lunge schien das Geräusch zu kommen, als Vera Helmes die Luft einsaugte.

»Ganz ruhig, einatmen … ausatmen«, redete Burkhard auf die Frau ein, während er in Rückenlage durch den Flur in Richtung des dunklen Teils glitt. Walde hielt sich dahinter und fragte sich, ob er überhaupt noch etwas tun konnte, falls sein Kollege Hilfe brauchte.

Beim zweiten Tauchgang am Ende des Flurs, hinaus durch die Kellertür, schaffte es die Frau nicht mehr, den Atem anzuhalten. Hustend tauchte sie im Treppenhaus auf. Von der ersten aus dem Wasser ragenden Treppenstufe aus half Grabbe, die vollkommen entkräftete Frau aus dem Wasser zu heben.

»Bringst du bitte die Sachen mit«, sagte Walde mit kurzatmiger Stimme, während er sich mit Burkhard anschickte, Vera Helmes nach oben zu tragen.

Grabbe angelte die Kleidung vom Treppengeländer, wobei ihm Burkhards Hose aus den Händen rutschte und auf den nassen Stufen landete.

Als Grabbe oben in den Wohnungsflur kam, sah er durch die offene Schlafzimmertür, wie seine Kollegen die Frau vorsichtig auf ein breites Bett legten.

»Ruf den Notarzt«, bat ihn Walde, der sich vor Kälte die Arme vor die Brust schlang. Er hatte weiterhin Schwierigkeiten, deutlich zu sprechen. »Und zieh' bitte Frau Helmes die nassen Sachen aus.«

»Was?« Grabbe schaute ihn verblüfft an. »Ich … also.«

»Ich brauche dringend eine warme Dusche und frische Klamotten«, Walde knöpfte sich das Hemd auf. »Fühl ihr auch den Puls.«

»Was hast du denn damit gemacht?« Burkhard hielt mit spitzen Fingern seine tropfende Hose in die Höhe.

»Tut mir leid, die Hose ist auch nass geworden«, entschuldigte sich Grabbe, während er drei Zahlen in sein

Mobiltelefon tippte. »Vielleicht findet ihr da was.« Er deutete auf die Schrankwand.

»Das sollte nur ein Scherz sein«, fügte er hinzu, als Burkhard die Türen des Kleiderschranks öffnete.

»Herr Helmes wird nichts dagegen haben.« Der neue Kollege wirkte bis auf einen kleinen Bauchansatz muskulös und durchtrainiert.

»Grabbe, nun mach mal!«, drängte Walde, der nun ebenfalls an den Kleiderschrank getreten war. Gerade hatte er einen weiteren Krampf in seinem Fuß überstanden.

»Ich krieg keine Verbindung.« Grabbe hielt sein Mobiltelefon in die Höhe. Beim nächsten Versuch hatte er mehr Glück und konnte einen Notarzt bestellen.

»Bitte zieh' der Frau die nassen Sachen aus!«, forderte ihn Walde auf, der, weiter von Wadenkrämpfen geplagt, Hose und Hemd ausgezogen hatte. Weil seine Hand immer noch blutete, waren die nassen Kleidungsstücke blutverschmiert.

»Kann das nicht jemand anders machen?«

»Du bist trocken, sollen wir uns den Tod holen? Hast du noch nie eine Frau ausgezogen? Du bist doch verheiratet!« Damit verließ Walde das Zimmer.

Während gleich darauf nebenan im Bad das Wasser rauschte, mühte sich Grabbe mit der schweren Weste von Vera Helmes ab. Die Frau hatte die Augen ein wenig geöffnet, war aber zu schwach, um ihm zu helfen. Sie trug keinen BH unter dem T-Shirt. Ihre Haut war sehr weiß. Grabbe wollte es ihr möglichst schnell über den Kopf ziehen und versuchte, ihr beide Arme hinter den Kopf zu legen.

»Was ist denn hier los?«, brüllte ein fremder Mann, der plötzlich in der Tür des Schlafzimmers stand. »Lass' sofort meine Frau los!«

»Das ist nicht so, wie es aussieht!« Grabbes Stimme überschlug sich, als er den Knüppel mit dem eckigen, metallglänzenden Knauf in der erhobenen Hand des Mannes sah.

»Ihr Schweine!« Der Mann stürzte ins Zimmer. Er nahm Kurs auf Grabbe, stoppte kurz ab, als der zweite Mann, der nur Unterwäsche trug, einen Berg Kleider samt Bügel aus dem Schrank riss. Er entschied sich dann aber doch für den Kerl, der seine Frau belästigt hatte. Wie ein Torero das rote Tuch schwang Burkhard die Kleider in Richtung des wilden Angreifers, der sich darin verhedderte, über die Bettkante stolperte und neben Grabbe landete. Der hatte sich, zu Tode erschreckt, nach hinten fallen lassen und hielt beide Arme abwehrend vor den Kopf. Sein Kollege stürzte sich auf den im Kleidergewirr gefangenen, für einen Moment reglosen Mann.

»Herr Helmes, wir sind von der Polizei!«

Der Mann verhielt sich ruhig. Kein Wunder, Burkhard saß auf ihm und hatte seine Arme fixiert. Er stieß den Atem aus, bevor er seinen Kollegen aufforderte: »Grabbe, zeige ihm den Dienstausweis.«

»Der kann doch gar nichts sehen«, Grabbe tastete seine Jacke ab.

Für einen Moment schaute Burkhard zu seinem Kollegen. Zu spät bemerkte er, wie etwas aus dem Bündel nach oben schoss und ihn hart an Wange und Nasenflügel traf. Sein Nasenflügel schien abgerissen, das Jochbein zertrümmert zu sein.

Burkhard hatte eine gute Reaktion, doch wunderte er sich, wie er es nach diesem Schlag schaffte, den Arm des Mannes unter sich zu ergreifen. Noch überraschter war er, dass sich das, was er für einen Steakklopfer gehalten und das wohl sein Gesicht zerstört hatte, als waffenlose blanke Faust herausstellte.

Auch wenn er beide Arme des Mannes, nachdem er ihn in Bauchlage gebracht hatte, etwas fester als nötig auf dessen Rücken nach oben drückte, so versuchte er, sich zusammenzureißen und keinen Return bei dem sich immer noch aufbäumenden Mann zu landen. Dies schien auch Grabbe zu bemerken, der dem Angreifer erstaunlich flink Handschellen anlegte.

Vor ihnen verhallte das Rollgeräusch der Bahre, auf der Vera Helmes lag. Sämtliche Krankenwagen waren im Dauereinsatz. Und so mussten zwei Krankenpfleger und ein Arzt zu Fuß aus der nahen Schwesterklinik herbeieilen. Die unterkühlte Frau hatte wieder das Bewusstsein erlangt, war aber noch in kritischem Zustand. Nun schoben sie, unterstützt von Leo Helmes, die Verletzte im Laufschritt in Richtung Krankenhaus.

»Jemand muss die Kartons vor die Kellertür gestellt haben. Die sind nie und nimmer von selbst umgefallen.« Burkhard Decker war am Geländer des Notstegs stehen geblieben und wrang ein paar Tropfen aus seiner Hose. Waldes nasse Klamotten steckten in einer Plastiktüte. Die schlecht sitzende Kleidung, die er nun trug, hatte er von dem um einen Kopf kleineren Ehemann von Vera Helmes ausgeliehen. Nachdem dieser erfahren hatte, was vorgefallen war, hatte er sich endlich beruhigt und hilfsbereit gezeigt.

Die größten Probleme hatte Walde die Wahl der Schuhe bereitet. Schließlich konnte er, nachdem er die Schlaufen so weit wie möglich gelockert hatte, in Sandalen schlüpfen.

»Die Spurensicherung in den Keller zu schicken, ist zwecklos«, meinte Grabbe. »Ich höre mich mal in der Nachbarschaft um.« Er war sich noch nicht ganz schlüssig, wo er mit der Suche nach Zeugen beginnen sollte.

»Sind Sie von der Polizei?« Die Männerstimme hörte sich nicht mehr allzu jung an. Zu sehen war niemand. Grabbe gelangte als Erster an das in Höhe des Stegs offen stehende Fenster am Haus nebenan. Ein älterer Mann saß dort im Rollstuhl.

»Können wir was für Sie tun?« Grabbe sah in zwei neugierig blickende blaue Augen.

»Ich hab' gesehen, dass Frau Helmes gerade hier vorbeigebracht wurde. Ist sie im Keller gewesen?«

»Wie kommen Sie darauf?« Walde war, zusammen mit Burkhard, mit vorsichtigen Schritten ans Fenster getreten.

»Ohne FI-Schalter kann das Wasser im Keller unter Spannung stehen, dann wird es lebensgefährlich.« Der Mann hatte die linke Schulter hochgezogen. Der Schnurrbart über der linken Oberlippe wies ebenfalls leicht nach oben.

»Wie kommen Sie darauf, dass Frau Helmes im Keller war, Herr ..?«

»Reuther mit TH. Dazu brauche ich kein Sherlock Holmes zu sein. Sie trugen vorhin Kleidung, die Ihnen gepasst hat. Und unterkühlt scheinen Sie ebenfalls zu sein. Möchten Sie einen Kaffee?«

»Wenn Sie einen fertig haben?«

Der Mann zog die leicht heruntergerutschte Decke über seinen Beinen hoch, setzte mit dem summenden Elektromotor des Rollstuhls ein Stück rückwärts, ließ das Gerät auf der Stelle eine halbe Drehung ausführen und fuhr aus dem Zimmer.

Kurze Zeit später kam er mit einem Tablett zurück, auf dem statt Kaffeetassen vier Cognacschwenker und eine Flasche standen.

»Der Strom ist ja ausgefallen, entschuldigen Sie, aber Cognac wärmt noch besser als Kaffee.« Er stellte die Gläser in einer Reihe nebeneinander auf die Fensterbank und schenkte großzügig ein.

»Haben Sie außer uns sonst noch jemanden beobachtet?«, fragte Grabbe.

»Kommt darauf an, was passiert ist.«

»Wie meinen Sie das?«

»Ist der Frau Gewalt angetan worden?«

Walde zögerte mit der Antwort. Grabbe kam ihm zuvor: »Nicht direkt ... aber vermutlich indirekt.«

»Da kommen die ersten.« Reuther zeigte nach unten zur überschwemmten Straße. Auf den ersten Blick hielt Walde das, was auf dem Wasser schwamm, für Felle. Doch sie bewegten sich wie von Fäden gezogen und ließen dabei eine schmale Strömung hinter sich zurück. Mit lautem Plumpsen, als würden große Steine ins Wasser geworfen, tauchten die Ratten nacheinander ab. Walde schüttelte sich angewidert.

»Sie sitzen schon länger hier am Fenster?«, wollte Grabbe wissen.

»Dafür kommt nur der Bullige infrage«, folgerte Herr Reuther.

»Können Sie den Mann etwas näher beschreiben?«

»Mitte fünfzig, Stiernacken, in Amerika würde man Redneck dazu sagen, halslos, dicke Augenbrauen, untersetzt, stechender Blick.«

»Sie haben eine gute Beobachtungsgabe. Ist Ihnen der Mann vorher schon mal begegnet?«

»Nicht nur einmal, ich habe sein Foto schon öfter in der Zeitung gesehen, aber was über ihn geschrieben wird, lese ich nicht, der ist mir unsympathisch.« Der Mann füllte die Gläser nach. »Zur Wahl gehe ich schon lange nicht mehr.«

Burkhard saß am Steuer. Der Notarzt hatte vorhin seine Verletzung betastet und war zu dem Schluss gekommen, dass nichts gebrochen war. Burkhard hatte am Cognac genippt, Walde sein ganzes Glas geleert. Der Alkohol vertrieb, verstärkt durch die Heizung des Wagens, die Kälte aus seinem Körper.

Auf Waldes Frage, woher er diese Schleichwege kenne, hatte ihm sein neuer Kollege von seinen Radtouren erzählt, die sich längst nicht nur auf die flachen Strecken in den Tälern beschränkten. Über Straßen, die Walde vorher noch nie zu Gesicht bekommen hatte, gelangten sie in das abgelegene Dörfchen.

Im Hof standen etliche Pkws und Traktoren. Holtzers Schwiegertochter führte Walde und Burkhard vom Wohnhaus, wo sie geklingelt hatten, zum Stall. Unterwegs berichtete sie ihnen, dass seit gestern Abend der Strom ausgefallen sei. Ihr Mann, der Schwiegervater, Freunde aus dem Nachbarort und sogar die betagte Oma seien seit sechs Uhr in der

Früh die Kühe am Melken. »Die Kälber trinken gleich bei den Mutterkühen«, sagte sie, während sie zwischen den Autos hindurchging. »Wer das Melken nicht gewohnt ist, macht spätestens nach der fünften Kuh schlapp … ich kann das gar nicht. Der Papa und die Oma haben die meisten gemolken, die haben das Gefühl dafür noch voll in den Händen.«

Walde kostete es Überwindung, zwischen zwei nahe beieinander stehenden Kühen hindurchzugehen. Obendrein befürchtete er, in Exkremente zu treten. Die Gitterroste auf dem Boden verhinderten zwar große Kuhfladen, aber auch kleine Reste würden sich auf seinen aus den Sandalen ragenden Socken nicht gut machen. Die Tiere blieben ruhig. Zwischen ihnen entstand eine angenehme Wärme, die den Geruch noch verstärkte.

Im hoch technisierten erhöhten Melkstand, wo normalerweise die Kühe maschinell gemolken wurden, fanden sie Klaus Holtzer, der einer Kuh, die gerade weggeführt wurde, einen Klaps auf den Schenkel versetzte. Anschließend wischte er den Euter der nächsten Kuh mit einem Tuch ab. Neben ihm stand eine alte Frau in dunkelblauer Kittelschürze und einem Kopftuch mit ähnlichem Stoffmuster. Vier weitere Männer im vorgerückten Alter waren ebenfalls am Melken. Andere, darunter Holtzers Sohn Sven, schienen sich darum zu kümmern, die gemolkenen Kühe in den Stall zurückzubringen und noch zu melkende Kühe zu holen.

Der dünne Strahl der aus den Zitzen spritzenden Milch erzeugte im Rhythmus der Handbewegungen des Melkers einen hellen Klang an der Eimerwand.

»Herr Holtzer, dürfen wir Sie einen Moment sprechen?« Walde wusste, dass nicht nur Holtzers Mutter, sondern auch der Mann nebenan ihn verstehen konnten.

»Das hier ist sowieso meine letzte.« Der dunkle Bass von Holtzers Stimme schien die Kuh zu beunruhigen. Sie wendete den Oberkörper ein wenig. Er sprach beruhigend auf sie ein, während er beide Arme nach unten baumeln ließ und sie kräftig ausschüttelte.

»Energiebauer ohne Saft, das wäre die passende Schlagzeile. Da hat man die Dächer voller Kollektoren, die übrigens weiter fleißig ins Netz einspeisen, und sitzt selbst auf dem Trockenen.« Er fuhr sich mit dem Unterarm über die schweißglänzende Stirn. »Da wähnt man sich vom Netz unabhängig, und wenn es darauf ankommt, klappt es nicht. Immerhin kriegen wir ein Notstromaggregat.« Er hob den Zeigefinger. »Heute noch!« Holtzer wandte sich wieder dem Tier zu. Wie es Walde schien, wechselte er nun die Zitzen. »Gelernt ist gelernt, gell Mama!«

»Jao, Klaos.« Die alte Frau drehte ihm kurz ihr von Altersflecken übersätes Gesicht zu.

»Ich warte draußen auf Sie«, teilte ihm Walde mit.

»In Ordnung.« Unter Holtzers flinken Händen spritzte weiter Milch in den Eimer.

Noch bevor Klaus Holtzer herauskam, hatte Burkhard Walde berichtet, dass ihm ein paar Leute unabhängig voneinander bestätigt hatten, Holtzer sei seit heute Früh ununterbrochen auf dem Hof gewesen.

Holtzer, der vor Publikum im Stall aufgeschlossen gewirkt hatte, verwies nun die beiden in knappem Ton darauf, sich an seinen Anwalt zu wenden, und trottete gleich wieder zurück, ohne sich umzublicken.

»Was meinst du?«, wandte sich Burkhard an Walde, als sie wieder auf der Landstraße unterwegs waren. »Idesheim liegt fast auf der Strecke.«

»Daran habe ich auch schon gedacht.« Walde befühlte die Lüftungsschlitze im Armaturenbrett. »Es würde mich interessieren, was die Bröding …«

»Ich hab' an Sebastian Engels gedacht«, unterbrach ihn sein Kollege.

»Warum?«

»Intuition. Ich kann mir einfach nicht vorstellen, dass eine Frau ein Bolzenschussgerät als Mordwaffe verwendet.«

»Und eine Tür mit einer Kiste blockiert?«, fragte Walde.

»Das schon, aber mir scheint, derjenige, der bei Vera Helmes im Keller war, ist auch der Mörder von Bröding.«

Am Reiterhof sprachen sie einen Mann an, der mit einer Schubkarre voller Mist aus dem Stall kam. Er wies ihnen in wenigen Worten mit osteuropäischem Akzent – es schien sich um Sergej zu handeln – den Weg zur Reithalle. Dort saß ein junger Reiter auf einem edel wirkenden Pferd, das in leichtem Galopp auf einem Rundkurs unterwegs war. Seine schwarze Mähne war in gleichmäßige Zöpfe geflochten. Die Bänke der kleinen Tribüne waren leer.

Bevor sie auf der Geraden an eine der auf dem Boden liegenden rot-weißen Stangen gelangten, gab der Reiter dem Pferd ein halblautes Kommando. So drehte er zwei Runden, ließ das Pferd in Trab fallen und tätschelte ihm den Hals, während sie sich durch das tiefe Geläuf der Tribüne näherten.

»Sebastian müsste im Büro sein.« Jakob Bröding hatte den Helm abgenommen und saß mit Schwung vom Pferd ab. »Es ist gleich neben dem Reiterstübchen.«

»Und du bist am Trainieren?«, fragte Burkhard, obwohl es offensichtlicher kaum sein konnte.

»Ein bisschen Dressur und ein paar Rhythmusübungen, mehr nicht.« Der junge Mann nahm etwas, das Burkhard nicht erkennen konnte, aus der Jackentasche und ließ das Pferd aus seiner Hand fressen.

»Wie lange bist du schon hier?«

»Seit neun, die Schule hat ja geschlossen.«

»Und deine Mutter?«

»Die ist zur Arbeit.«

»Trotz …«, rutschte es Burkhard heraus. »Unter diesen Umständen?«

»Ihre Schüler denken und fühlen nicht so … wie wir es tun.«

Er fuhr dem Pferd über den nassen Hals und wischte sich anschließend die Hand an seiner Reithose trocken. »Entschuldigung, Gordon muss abgerieben werden.«

Walde schaute Jakob Bröding nach, wie er das Pferd aus der Halle führte.

»Wundert es dich auch, wie unbekümmert er mit unserem Besuch hier auf dem Reiterhof umgeht? Er müsste sich doch fragen, warum wir hier sind?«, sagte Burkhard, als der junge Mann außer Hörweite war.

»Das tut er wahrscheinlich auch, zeigt es Ihnen aber nicht.« Sebastian Engels trat von der anderen Seite der Tribüne auf sie zu.

»Dann können wir ohne Umschweife zum Thema kommen.« Burkhard fragte sich nicht, wie lange Engels womöglich schon gelauscht hatte, senkte aber seine Stimme. »Sagen Sie uns, wo Sie heute am späten Vormittag waren?«

»Hier auf dem Hof. Das können Sergej und Jakob bestätigen und die Leute, mit denen ich vom Festnetz aus telefoniert habe.« Engels scharrte mit den Stiefeln ein Gemisch aus Hackschnitzeln, Sägespänen und Sand vom Holzboden. »Ist schon wieder was passiert?«

»Sind Sie bei der Suche nach dem Bolzenschussgerät weiter gekommen?« Walde beobachtete, wie Engels beim Scharren inne hielt. »Sobald das Wasser der Mosel fällt, werden unsere Taucher von der Römerbrücke flussabwärts danach suchen«, fuhr Walde fort. »Bitte zeigen Sie uns schon mal die Munition oder ist die auch verschwunden?«

Sein Mobiltelefon klingelte.

»Wo seid ihr?« Grabbes Stimme klang sehr ungeduldig. »Ich versuche schon die ganze Zeit, euch zu erreichen.«

»In Idesheim.« Walde ging mit dem Telefon etwas abseits und war überrascht, als er ein Mädchen entdeckte, das geduckt auf der Treppe in der Mitte der Tribüne saß. Ihre langen dunklen Locken verhüllten ihre Schultern wie ein Kapuzenschal.

»Was ist bei Holtzer herausgekommen?«, fragte Grabbe.

»Er hat ein Alibi.«

»Was sagst du?«, fragte Grabbe.

Walde sprach etwas lauter und drehte sich dabei um. Das Mädchen war verschwunden.

»Kannst du mal bei unserem Zeugen im Rollstuhl, dem Herrn ...«

»Reuther«, half Grabbe aus.

»Bitte frage bei ihm nach, wen genau er mit seiner Beschreibung gemeint hat. Jedenfalls war es nicht Klaus Holtzer.«

»Aber ich dachte …«

»Das haben wir wohl alle gedacht, aber Holtzer hat heute Vormittag definitiv nicht den Hof verlassen.«

»Vielleicht hat er einen Bruder, womöglich einen Zwilling?«

»Nein, aber ich erinnere mich, dass Herr Reuther sinngemäß sagte, es käme nur der Kräftige beziehungsweise der Bullige infrage.«

»Was soviel bedeutet, dass er noch jemanden gesehen hat«, verstand Grabbe sofort. »Bin schon unterwegs.«

»Wer war das Mädchen?«, fragte Walde den Reiterhofbesitzer, als er mit der Munitionsschachtel zurückkam.

»Die?« Engels deutete mit beiden Händen links und rechts vom Kopf die Haarfülle an und sagte, als Walde nickte. »Das war Lis, Jakobs Freundin.«

»Reitet … hat sie auch ein Pferd hier?«

»Nein, früher mal.«

Als Walde den Stall betrat, kam ihm das Mädchen mit schnellen Schritten entgegen.

»Entschuldige, hast du mal eine Sekunde Zeit?«, sprach er sie an.

Für einen Moment glaubte er, sie würde nicht reagieren. Sie ging an ihm vorbei, ohne ihn anzusehen. Walde unterdrückte den Impuls, sie am Arm zu fassen. Doch dann blieb sie, schon einige Meter von ihm entfernt, stehen.

»Was ist los?«, rief er.

»Nichts, was sollte sein?« Sie schaute ihn nicht an.

»Du scheinst mir aus dem Weg zu gehen.«

»Ich wusste nicht, dass Sie mich sprechen wollten.« Eine Sekunde blickte sie auf und wich zur Seite, als Sergej eine weitere Schubkarre mit Mist aus dem Stall schob.

Walde wäre um ein Haar in einen Haufen Pferdeäpfel getreten, die entweder von der Karre gefallen waren oder von Jakobs Pferd stammten.

»Ich muss weiter«, rief Lis, bevor sie hinter einer mannshohen, mit Brettern eingezäunten Koppel verschwand.

»Mist«, Walde war in etwas getreten, das weich unter seinem Schuh nachgab. Auf dem Stroh im Stallgang versuchte er den Schuh von dem Anhängsel zu befreien. Auf den Türen zu den Boxen standen Namen. Diejenige mit Gordons Namen war leer.

Burkhard schaltete den Scheibenwischer an der Heckscheibe des Wagens ein, bevor er ihn rückwärts aus dem Parkplatz fuhr. »Ist dir bewusst, welche gewaltigen Kräfte das Wasser der Mosel entwickelt hat? Sollte da wirklich was von der Brücke geworfen worden sein, ist es sicher schon weit weggeschwemmt worden.«

»Engels schien dennoch nachdenklich geworden zu sein.« Walde rüttelte mit der Munitionsschachtel, bevor er die Munition in seiner Jackentasche verstaute, während Burkhard den Wagen beschleunigte. »Seitdem er die Waffe samt Munition im Dezember gekauft hat, soll das Bolzenschussgerät nicht mehr benutzt worden sein.«

»Und warum rappelt es in der Schachtel?«, bemerkte Burkhard. »Fehlt da nicht was?«

»Ich denke schon.« Walde zeigte auf das Auto, das in der Garageneinfahrt am Haus der Brödings stand. Es war der kleine Allrad von Katja Bröding. »Der war vorhin noch nicht da.«

»Wir sind spät dran.« Burkhard schien zu ahnen, dass Walde mit ihr sprechen wollte.

»Okay.« Walde nahm wieder seine Hand vom Halter des Sicherheitsgurts und geriet ins Grübeln. Er hätte sich bei Reuther vergewissern sollen, wen er mit dem Mann meinte, den er aus der Zeitung kannte. Er seufzte leise. Wie konnte er sich nur von dem Gefühl leiten lassen, dass die Beschreibung auf Holtzer zutraf. Es lag wohl daran, dass er Holtzer ebenso wenig mochte, wie es der Zeuge tat. Er schüttelte insgeheim über sich selbst den Kopf.

»Sollen wir runter zur Uferstraße«, fragte Burkhard, als sie über die Konrad-Adenauer-Brücke fuhren, die als einzige noch befahrbar war. Von rechts schossen die brodelnden Wassermassen auf die Brücke zu, die sie schon fast überquert hatten. Die Mauer der Staustufe weiter flussaufwärts war bereits von den Fluten überspült.

»Hier müsste die Straße wohl noch frei sein«, sagte Walde, nachdem er nach rechts hinunter auf die Uferstraße geschaut hatte und die Sperrung ignorierte.

Von hier aus gelangten sie in einer weiten Kurve über den Zubringer auf die vierspurige Uferstraße zwischen Fluss und Stadt. Entgegenkommenden Verkehr gab es keinen und in die gleiche Richtung war nur ein Unimog mit Sandsäcken auf der Pritsche unterwegs.

Zuerst war es nur ein dünner Film, der die Straße bedeckte. Burkhard nahm den Fuß vom Gas. Wie aus einer überlaufenden Badewanne suchte sich das Wasser der Mosel einen Weg zwischen den Stäben des Geländers auf den Radweg, über die zwei Spuren der Straße bis zum Grünstreifen auf ihrer Seite. Rechts neben ihnen traf es auf ein lang gezogenes Gebäude und strömte an der Hauswand entlang zum Hof. Hier hatte es bereits durch den kleinen Stau verursachten Anstieg an Geschwindigkeit zugenommen und schoss über das Pflaster, prallte auf Müll- und Papiertonnen, die es gegen eine Mauer schleuderte, und bahnte sich weiter seinen Weg.

»Wie kommen wir hier wieder raus?« Burkhard wechselte die Fahrspur, um einem liegen gebliebenen Lkw auszuweichen. Walde ließ die Scheibe in der Tür herunter und beugte sich hinaus. Das Wasser erreichte bereits die Türen. »Wir sollten zurückfahren.«

»Ich kann doch hier nicht wenden!«

»Uns bleibt nichts anderes übrig.«

Er schaltete das Martinshorn ein. Der Bordstein zum Mittelstreifen war höher als erwartet. Burkhard schien zu befürchten, dort stecken zu bleiben. Anders konnte Walde es sich nicht erklären, warum sein Kollege den Wagen so hart auf der anderen Straßenseite aufsetzte. Dabei murrte er: »Hättest du das nicht gleich sagen können, du bist doch von hier.«

»So hoch war die Mosel noch nie, jedenfalls habe ich so was noch nicht erlebt.«

Die übermächtige Brandung rollte immer wieder über Hansens winziges Boot. Trotzdem blieb es über Wasser. Er mühte sich, das kleine Segel einzuholen, das vom Sturm gegen seinen Arm geschleudert wurde. Schwer atmend öffnete er die Augen. Der Mann vor seinem Bett kam ihm bekannt vor. Hansen versuchte wieder einzuschlafen.

»Herr Hansen, wachen Sie auf!« Der Ton klang nicht so freundlich, wie er es bisher vom Krankenhauspersonal gewohnt war, zu dessen professioneller Rücksichtnahme zudem der Bonus des Lebensretters kam.

Da war es wieder, das Pochen an seinem Arm.

»Lassen Sie mich in Ruhe, ich bin krank und muss schlafen«, quengelte er, während er in den Raum blinzelte.

Vor ihm stand der lange Kripomann, der ihn gestern besucht hatte.

»Verlassen Sie mein Boot … mein Grundstück … mein Zimmer!«

»Erst einmal werden wir uns hier gründlich umsehen. Hier ist der Durchsuchungsbeschluss.« Walde reichte Hansen die Kopie eines Schreibens. »Übrigens werden zeitgleich Ihr Haus und alle Räume und Fahrzeuge, zu denen Sie Zugang haben, durchsucht.«

Burkhard Decker kam mit einem Kunststoffkorb aus dem Bad. Er kippte ihn so, dass Hansen den nassen Jogginganzug und die Schuhe sehen konnte. »Wie kommt das in Ihre Dusche?«

»Das ist mir …«, Hansen musste sich räuspern. »Das ist vorhin unten im Park nass geworden.«

Hansen nahm die Tablettenbox vom Nachtschrank. Die beiden Schmerztabletten spülte er mit dem Rest Wasser aus dem Glas hinunter. Er durfte jetzt nichts Falsches sagen. »Was ist denn überhaupt passiert?«

Hansen war noch nicht ganz wach, auch die Schmerzen schienen sich noch ein wenig zurückzuhalten. Von der Tür her beobachteten ihn zwei Polizisten in Uniform.

»Sie kennen Vera Helmes?«, fragte der untersetzte Kriminalbeamte und schob, während er den Korb auf dem Tisch abstellte, eine Blumenvase bedenklich nahe an den Rand.

»Vera Helmes?« Hansen wollte Zeit gewinnen. Er schaute den jüngeren Kripomann an, der mit beiden Händen seine Hose zurechtrückte. Am Bund schien sie seltsam verzogen, als ließen sich der oberste Knopf und auch der letzte Teil des Reißverschlusses nicht schließen. Wahrscheinlich wurde sie nur vom Gürtel gehalten. Unten am Saum war sie handbreit umgeschlagen.

»Die Büroleiterin aus der Kanzlei Bröding«, half der größere Kollege aus.

Seine Hose war mindestens eine Handbreit zu kurz und verlieh seiner Gestalt etwas Lächerliches.

»Der Name kommt mir bekannt vor.«

»Sie sind heute in der Krahnenstraße gesehen worden.«

»Was sollte ich denn da? Und dann noch in meinem Zustand?«

Walde wies auf die Zeitung auf dem Nachtschrank. »Der Zeuge hat sich an Sie erinnert, obwohl Sie auf dem Bild in der Zeitung eine Feuerwehruniform tragen. Obendrein hat er eine sehr detaillierte Beschreibung abgegeben von dem, was Sie heute getragen haben.«

»Was ist denn überhaupt passiert?« Der enge Verband hinderte Hansen nun sehr beim Atmen.

»Frau Helmes wurde in ihrem Keller eingesperrt, während das Hochwasser eingedrungen ist.«

»Ist sie verletzt … ich meine, was ist … konnte sie gerettet werden?« Hansen spürte, wie seine Körperwärme vor Schmerz und Aufregung anstieg. Schweißperlen liefen ihm über die Schläfen. Ein Niesreiz stieg ihm in die Nase.

Bevor er ein Taschentuch fand, trieb ihm ein Nieser vor Schmerzen die Tränen in die Augen. Wenn er sich eine Erkältung mit Husten eingehandelt hatte, konnte er sich auf eine schlimme Zeit gefasst machen.

»Ich wollte ihr nur einen Schrecken einjagen«, sagte Hansen, als der Polizist nicht antwortete. »War doch klar, dass die Kartons sich auflösen, wenn sie nass werden. Dann hätte sie die Tür aufdrücken können.«

»Schon möglich, aber das, was sich darin befand, hat nicht nachgegeben.«

»Das wollte ich nicht, wirklich!« Hansen griff nach dem Glas. Es war leer.

Walde bückte sich und reichte ihm die Flasche, die neben dem Nachtschrank auf dem Boden stand.

»Warum wollten Sie Frau Helmes umbringen?«

»Ich wollte sie nicht umbringen, höchstens einschüchtern.« Hansen schaffte es nicht, den Verschluss der Flasche aufzudrehen. »Sie sollte sich da raushalten.«

»Aus was sollte sie sich raushalten?« Walde half ihm mit der Flasche.

»Aus der Sache, die die Seilschaften aus Brödings Dunstkreis angezettelt hatten, um Gegner fertig zu machen.«

»Welche Seilschaften?«

»Alle, die sich was von dem Projekt versprechen. Parteifreunde und Konsorten von der Energiemafia. Da sitzen doch seit der Energiewende die Jeansträger neben den Nadelstreifen.«

»Um was ging es?«

»Aus Ihrer Sicht wahrscheinlich um nichts Besonderes. Mir kam es fast so vor, als hätten die einen Detektiv auf mich angesetzt.«

»Wer sind die?«

»Brödings Seilschaft: Die Kanzlei und die Konsorten von der Energiemafia.«

»Und womit wurden Sie erpresst?«

»Es ging um meinen Ruf. Der ist mir, im Gegensatz zu anderen Leuten, noch was wert.«

»So viel … dass andere dafür sterben mussten.«

»Was heißt sterben … Was ist denn mit Frau Helmes geschehen? Ich wollte ihr wirklich nur einen Schrecken …«

»Und Thomas Bröding wollten Sie auch nur einen Schrecken einjagen?«

Hansen schüttete beim Einschenken etwas Wasser neben sein Glas. »Damit habe ich nichts zu tun!«

»Ach ja, wieder solange, bis wir eine Spur oder einen Zeugen gefunden haben?«

»Sie werden weder das eine noch das andere finden. Weil ich es nicht war.«

»Sie sind vorläufig festgenommen.«

»Ich möchte einen Anwalt sprechen … und einen Arzt. Sie können mich hier nicht so einfach wegbringen.«

Vorhin hatten die Monteure noch an den Stützen geschraubt. Nun war der Hochwassersteg fertig, über den

Burkhard und Walde das Krankenhaus verließen. Mitten im Kreisverkehr vor der Klinik stand Fürst an der am tiefsten überschwemmten Stelle. Das Wasser reichte ihm bis zum Schaft seiner Stiefel. Die Kamerafrau filmte ihn, während er mit betroffener Miene ins Mikrofon sprach. Walde hatte einen Tick zu lange hingesehen. Fürst wandte den Blick zum Notsteg und wies mit einer Handbewegung die Kollegin an, dorthin zu schwenken.

»Herr Bock, Herr Decker!«

Walde beschleunigte seine Schritte. Das hätte ihm noch gefehlt, in diesem lächerlichen Aufzug gefilmt zu werden.

»Könnten wir eine kurze Stellungnahme …«, rief nun die Kamerafrau. Walde und Burkhard gingen weiter, ohne sich umzublicken.

Walde konnte es noch immer nicht glauben, dass er gerade das Spiel mit sieben Trümpfen, Ass und Zehn und nur einer Lusche verloren hatte. Auf ein Kontra hätte er Re gegeben, aber Uwe Schäfer, dem Nachbarn von oben, hatten seine vier Trumpfkarten nicht genug Mut dazu gegeben. Es war, wie seine Frau sagte, das erste Mal seit Jahren, dass ihr Mann, von Arztterminen abgesehen, freiwillig seine Wohnung verlassen hatte. Nun saß er, zusammen mit Jo und Walde, im Schein von drei doppelarmigen Kerzenleuchtern und dem Feuer im Kaminofen unten im Haus am Esstisch. In der zweiten Flasche Wein war nur noch ein kleiner Rest. Doris, Marie und die Kinder übernachteten oben.

»Hättest du besser gleich mal deine Trümpfe gezogen.« Wie immer konnte sich Jo eine bissige Bemerkung nicht verkneifen.

»Hab' ich doch, aber mir haben die hohen Buben gefehlt.«

»Dann wäre es ja auch ein Grand gewesen.« Jo schenkte sich den Rest Wein ins Glas. Für einen Moment war nur das Gedudel aus dem Transistorradio zu hören. Während er gründlich die Karten mischte, summte Uwe Schäfer den als Hit der Siebziger angekündigten Song, den Walde schon damals als absolute Zumutung empfunden hatte. Im Grunde genommen war es nach der Hetzkampagne der letzten Tage zu viel verlangt, dass er in seiner eigenen Wohnung *Tele Mosel* hören musste.

»Ich seh' mal kurz nach den Kindern.« Walde stand auf und legte auf dem Weg zur Tür im Ofen zwei Holzscheite nach. Er wollte sich seinen Ärger nicht anmerken lassen.

Im Treppenhaus leuchteten die außen am Geländer festgebundenen gelben Lampions, deren kleine Solarakkus sich tagsüber auf der Terrasse aufgeladen hatten. Walde stellte den Kerzenleuchter auf den Fliesen im Hausflur ab und stieg leise hinauf. Auf jedem Treppenabsatz blieb er lauschend stehen. Bis auf die gedämpften Stimmen und das Radiogedudel von unten war es still im Haus. Als er seine Uhr dicht an einen der helleren Lampions hielt, erkannte er, dass es auf Mitternacht zuging.

Wieder unten im Flur nahm er den Leuchter hoch und schloss leise die Haustür auf. Die Kerzen flackerten. Draußen stand das Wasser nun bis zu den Sandsäcken. Das Dunkel war gespenstisch. Nicht einmal eine Warnleuchte brannte am gegenüberliegenden Hubschrauberlandeturm.

Im Bad der Wohnung standen gefüllte Eimer und Gießkannen, falls auch die Wasserwerke nicht mehr liefern konnten. Jo und Uwe Schäfer waren über die historische Karte gebeugt, während im Radio die Lokalnachrichten liefen. Die Kerzenständer hatten sie so platziert, dass die verschiedenfarbigen Linien gut zu erkennen waren.

»Das Wasser steht an der Haustür bis zu den …«

»Moment!« Jo legte den Zeigefinger über seine Lippen und wies zum Radio.

»… mit einem weiteren stündlichen Anstieg von fünf Zentimetern. Die Scheitelwelle wird laut Hochwassermeldezentrale in Trier morgen Früh gegen sieben Uhr erwartet. In Bernkastel-Kues muss man sich noch ein paar Stunden länger gedulden …«

»Das wären noch fünfunddreißig Zentimeter«, rechnete Jo aus. »Wie hoch sind die Stufen vor der Haustür bis hoch zum Flur?«

»Nicht mehr als jeweils dreißig Zentimeter.« Schäfer radierte an einer Stelle eine mit Bleistift gezogene Linie aus.

»Dann sollten wir heute Nacht den Wasserstand im Auge behalten und notfalls Säcke im Flur aufschichten.«

Walde schaute auf den Plan.

»Die grüne Linie ist das theoretische Dreizehn-Meter-Hochwasser-Szenario des Wasser- und Wirtschaftsamtes«, erklärte der ältere Mann, »die rote wurde nach der Beschreibung des Hochwassers von 1784 gezogen. Da soll die Mosel genauso hoch gewesen sein. Das Wasser kam bis zur Divels Mühl, die lag hier schräg gegenüber«, er zeigte zum Küchenschrank, »etwa hundert Meter von hier Richtung Krankenhaus. Übrigens sind inzwischen alle vier Kliniken abgesoffen, zusammen mit der Feuerwehr und den meisten Tankstellen.«

»Also wird es höher kommen als befürchtet.« Walde sah, dass die mit Bleistift gezogene Linie noch weiter vom Fluss in die Stadt hinein reichte als die beiden farbigen Linien.

»Zum einen gibt es keinen Sprit mehr, die Kühlung in den Supermärkten ist ausgefallen, die Notstromaggregate in den Krankenhäusern laufen nur noch bis morgen, wenn sie es nicht schaffen, irgendwo Diesel aufzutreiben. Es wird nicht mehr lange bis zu den ersten Plünderungen dauern und von da ist es nicht mehr weit bis zur Anarchie.« Schäfer blickte auf. »Ist die Haustür abgeschlossen?«

»Ja, das ist sie«, murmelte Walde, während er dem Kratzen in seinem Hals, ein Zeichen für eine aufkommende Erkältung, nachspürte.

Nachdem Walde Uwe Schäfer nach oben begleitet hatte, fand er in seinem Schlafzimmer Jo vor, der es sich im Bett auf Doris' Seite bequem gemacht hatte.

Walde stutzte. »Ich dachte, du würdest vielleicht die Couch …«

»Die feste Matratze tut meinem Rücken gut.« Jo schaute ihn über seine Lesebrille an. »Oder störe ich dich? Es ist ja nicht die erste Nacht, die wir zusammen verbringen.« Jo hielt den mechanischen Wecker nahe an die Kerze, während er ihn einstellte. Auf der Wange trug er ein Pflaster, das Walde vorhin noch nicht gesehen hatte. »Du hast dich verletzt?«

»Mit deinem Messer!« Jo klang vorwurfsvoll.

»Wie bitte?«

»Mit deinem Rasiermesser. Mein Apparat läuft nicht ohne Strom. Sorry, hätte ich fragen sollen?« Er seufzte. »Ich habe dir vorhin vielleicht nicht deutlich genug gesagt, wie leid es mir tut, dass ich dir mit der Geschichte der Raubgräberei diese dummen Unannehmlichkeiten bereitet habe. Hätte ich geahnt, dass du Ärger mit deinem Chef kriegen …«

»Geschenkt!«

»Nee, ist es nicht. Dafür übernehme ich die erste Hochwasserinspektion in zwei Stunden. Und morgen Früh schmiere ich dir die Stullen für die Arbeit.« Jo stellte den Wecker auf den Nachtschrank und blies die beiden Kerzen aus. »Pass bitte mit den Kerzen auf. Vorhin wurde in den Nachrichten gesagt, dass es schon eine Menge Brände gegeben hat, weil manche Leute unvorsichtig waren. Niemand weiß, wie viele Fahrstühle feststecken, weil die Leute darin keinen Alarm geben können, und die meisten Mobilnetze sind auch ausgefallen.«

Waldes letzter Gedanke, bevor er einschlief, war die Erinnerung an den immer wiederkehrenden Spruch seines Vaters an Weihnachten, als sie längst keine Wachskerzen mehr benutzten: »Kinder kommt rein, der Baum brennt!«

Dienstag

»Huston, wir haben ein Problem ... Apollo an Walde ... bitte kommen.«

Der Lichtstrahl des landenden Raumschiffs hielt genau auf ihn zu. Er spürte, wie die Kufen aufsetzten, längst nicht so fest, wie er befürchtet hatte. Irgendwas stimmte nicht. Die Astronauten sprachen deutsch und ‚Roger' fehlte am Ende des Satzes.

»Steh bitte auf, da ist Wasser im Wohnzimmer!«

Genau wie es die weinende Mathilda schaffte, ihn aus seiner tiefsten Schlafphase von einer Sekunde auf die andere von einem beinahe ohnmächtigen Mann in ein waches, sofort reagierendes und funktionierendes Wesen zu verwandeln, sprang Walde augenblicklich aus dem Bett und folgte Jo.

In der Diele lösten seine nackten Füße ein sehr unangenehmes Gefühl in ihm aus. Er verstand es erst, als er das Rinnsal im Lichtkegel von Jos Taschenlampe sah. Walde nahm Jo die Lampe aus der Hand und lief aus der Wohnung hinaus durch den Flur zur Haustür. Hinter der Tür stand zwar Wasser, aber es hatte nicht einmal die Kante der ersten Stufe erreicht. Er lud sich mehrere Sandsäcke auf und eilte damit zurück.

»Es muss vom Garten her kommen!«, rief er Jo zu, als er ins Wohnzimmer zurückkam. Sein Freund hatte das Fenster zum Garten neben der Terrassentür geöffnet.

»Wir müssen die Säcke von außen vor die Terrassentür setzen.«

Walde legte die Säcke auf dem Fensterbrett ab. Er leuchtete hinaus. Die Wiese hatte sich in einen Teich verwandelt. Auf der vom Wasser noch nicht überspielten Terrasse hob der vollkommen unbeeindruckt wirkende Quintus den Kopf. Das Wasser floss zur Pforte in der hohen Gartenmauer herein. Diese war dummerweise nicht gegen das Hochwasser gesichert worden.

Jo kletterte, durch eine Anglerhose vor Nässe geschützt, zum Fenster hinaus in den Garten. Ein paar Minuten später hatte er mit den von Walde angereichten Sandsäcken, die zur Sicherung des Flurs vorgesehen waren, die Tür zur Terrasse weitgehend abgedichtet.

Von dem Lärm waren Marie und Doris geweckt worden. Zu viert schaufelten sie das Wasser in Eimer und beförderten es zum Fenster hinaus.

Als sie die Böden trockengewischt hatten und den Ofen im Wohnzimmer anheizten, dämmerte es bereits.

Quintus lag weiter seelenruhig auf der nur noch wenige Zentimeter aus dem Wasser ragenden Holzterrasse, doch als er sah, wie Jo seinen reichlich gefüllten Futternapf auf die Fensterbank stellte, war er in wenigen Sätzen durch den überschwemmten Garten herbeigeeilt, stellte zwei Pfoten auf die Fensterbank und schüttelte sich so ausgiebig, dass die Tropfen auf Jo, der überrascht zurückwich, und an ihm vorbei in das Zimmer stoben. Als Wiedergutmachung erklärte sich Waldes Freund bereit, eine Runde mit dem Malamute zu drehen.

»Nicht zu fassen, wie weit das Wasser gekommen ist«, berichtete Jo, als er zurückkam und sich aus der Anglerhose geschält hatte, »aber wenn mich nicht alles täuscht, geht es zurück.«

»Das wurde auch gerade in den Nachrichten gesagt. Und es soll trocken bleiben.«

Doris klatschte mit Jo ab.

»Das Wasser ist bestimmt unter das Holz gelaufen.« Walde deutete auf das Parkett, bevor er sich auf der Couch niederließ. »Aber es hätte schlimmer kommen können.«

»Ich möchte gar nicht daran denken, wie es bei uns zu Hause in Pfalzel aussieht«, sagte Marie leise, während Jo einen Arm um ihre Schulter legte.

Im Fahrstuhl des Polizeipräsidiums waren die kleinen Schilder mit der Aufschrift GESPERRT an den Knöpfen der Stockwerke zwei, drei, vier und sechs mit schwarzem Edding durchgestrichen. Das Hinweisschild auf das Labor der Kriminaltechnik wirkte wie frisch gewienert. Alle Mitfahrer waren bereits aus der Kabine ausgestiegen, als Walde im siebten Stock ankam. Auf dem Flur lehnten Klappstühle, Böcke und schmale Spanplatten an der Wand.

Wenn er den Weg nicht gekannt hätte, so hätte ihn Gabis Lachen zu seinen Kollegen geführt. Die allgemeine Erheiterung wich augenblicklich, als er den Raum betrat. In dem geräumigen Büro befanden sich vier Arbeitsplätze, jeweils zwei gegenüber. Gabi, Burkhard und Grabbe verfügten über Rechner, auf dem verbliebenen Platz gab es nicht einmal ein Telefon.

Er fragte sich, ob dies der Grund zur Belustigung war. Oder hatte man sich über seine zu kurze Hose von gestern amüsiert?

»Hast du es schon gesehen?«, fragte Grabbe.

»Wir haben zwar ein Transistorradio, aber keinen Fernseher mit Batterie, abgesehen davon, dass wir keinen Kanal mit *Tele Mosel* belegt haben.«

»Stiermann hat schon interveniert, er hat diesen Scheißkerl beim Presserat angezeigt. Monika versucht, das Filmchen bei Youtube löschen zu lassen.«

»Na toll, ich will nicht wissen, wie viele sich den Film inzwischen heruntergeladen oder gepostet haben«, meinte Gabi.

»Willst du den Film mal sehen?«, fragte Grabbe.

»Nein«, Walde winkte ab, »oder doch … ist wohl besser, wenn ich doch mal reingucke.«

»Sind nur ein paar Sekunden.«

Unterlegt mit Pianomusik im Stummfilmsound wurde Waldes Gesicht gezeigt. Es folgte ein Kameraschwenk hinunter zu seinen Beinen, die Socken wirkten heller, als er sie in Erinnerung hatte. Die nächste Sequenz, in der er neben Burkhard das Krankenhaus verließ, lief in beschleunigter Abspielgeschwindigkeit. Seine Hose wirkte aus der Froschperspektive deutlich kürzer, als sie ihm gestern erschienen war. Das lag wohl auch daran, dass er von oben die tatsächliche Hosenbeinlänge anders eingeschätzt hatte.

»Ein bisschen wie Pat und Patachon«, kommentierte Gabi. Sie konnte nicht mehr an sich halten und prustete los. Grabbe stimmte ein, während Burkhard verlegen sein Nasenbein und die Umgebung seines rechten Auges betastete.

»Wer war eigentlich der Stiernacken in Wirklichkeit, den der Mann im Rollstuhl gesehen hat?« Walde hatte genug und wandte sich wieder seinen Kollegen zu.

»Du meinst, wen Herr Reuther mit TH gesehen hat?« Grabbe versuchte es nicht einmal, wieder ernst zu werden.

»Ja.«

»Der Mann mit dem guten Cognac«, sagte Burkhard, bei dem vom gestrigen Kampf mit Leo Helmes eine rot gefärbte Schwellung unter dem rechten Auge zurückgeblieben war.

»Jaha.« Walde hatte nach so wenig Schlaf keinerlei Lust auf Späße.

»Er suchte die Zeitung raus, was ein wenig dauerte. Übrigens hat er mindestens fünf Jahrgänge gesammelt.«

»Und dabei hast du einen Cognac getrunken und dich diesmal nicht lange bitten lassen«, vermutete Burkhard.

»Woher … das war jetzt geraten?« Grabbe blickte verdattert.

Burkhard grinste mit wissender Miene.

»Irgendwann hat Herr Reuther den Artikel gefunden.« Grabbe fing sich wieder. »Ich hatte den Typen schon fast vergessen, der saß früher mal im Stadtrat für die NPD oder so. Jedenfalls sieht er Holtzer überhaupt nicht ähnlich.«

»Bis auf den Stiernacken und die Figur.«

»Ob er einen Stiernacken hat, kann ich nicht beurteilen. Das Foto zeigte den Mann von vorn.« Grabbe zuckte mit den Schultern. »Jedenfalls wird Hansen in einer Stunde dem Haftrichter vorgeführt. Genauer gesagt: Ihm wird der Haftrichter zugeführt.«

»Wie soll ich das verstehen?«

»Das Gericht ist abgesoffen. Der Richter kommt in die Klinik.«

In der Ostallee begegnete ihnen ein langer Konvoi schwerer Lastwagen der Bundeswehr.

»Hoffentlich kommen die nicht zu spät«, bemerkte Grabbe, der neben Burkhard im Fond des Wagens saß.

»Wozu?« Gabi saß am Steuer und zockelte hinter Einsatzwagen des Malteser Hilfsdienstes und des Roten Kreuzes her.

»Oberhalb der Römerbrücke soll die Uferstraße unterspült sein«, erläuterte Grabbe. »Die Mosel droht einen regelrechten Nebenarm zu bilden. Angeblich soll es den schon mal gegeben haben. Jedenfalls sagen die das in den Nachrichten.«

»Bei *Tele Mosel*?«, fragte Walde vom Beifahrersitz.

»Die haben halt, natürlich mit Abstrichen, zurzeit die besten Lokalnachrichten«, seufzte Grabbe.

»Von der tollen Qualität konnte ich mich ja gerade überzeugen«, entgegnete Walde.

»Ich habe mit Abstrichen gesagt. Die Tageszeitung hat momentan nicht einmal eine Onlineausgabe, weil die ebenfalls abgesoffen ist.«

An der Kreuzung am Bahnhof, wo, wie überall, die Ampelanlage ausgefallen war, wartete Gabi einen weiteren, ihnen entgegenkommenden Treck mit Bundeswehrfahrzeugen ab.

»Falls es stimmt, was ein Archäologe behauptet, soll der Nebenarm der Mosel entlang der Karl-Marx-Straße über die Fleischstraße bis zum Hauptmarkt geflossen sein.«

»Und weiter?«

»Wie weiter?«

»Auf dem Hauptmarkt wird der Nebenarm wohl kaum versickert sein.«

»Wenn ich es recht verstanden habe, ging es weiter über den Stockplatz zur Nordallee.«

»Na toll, da wollen wir gerade hin.« Gabi verschränkte die Arme. Tieflader mit Raupen und Baggern waren auf der Gegenfahrbahn ins Stocken geraten. Keiner der Fahrer kam auf die Idee, ihnen eine Lücke zum Abbiegen zu lassen.

»Noch toller, da wohne ich, und wir hatten heute Nacht schon Wasser im Wohnzimmer.« Walde setzte das Blaulicht aufs Dach. Der nächste Lkw-Fahrer auf der Gegenfahrbahn ließ ihnen die Vorfahrt. Ab der Mitte der Theodor-Heuss-Allee liefen vor jedem Haus Pumpen. Aus dicken Schläuchen strömte das braune Wasser über den Bürgersteig in die Gullis.

Vor der Porta Nigra gab es eine Vollsperrung. Gabi versuchte es durch die Petrusstraße. Vor der Sparkasse standen gleich mehrere Wagen des Katastrophenschutzes.

»Die haben wohl Probleme mit der Tiefgarage«, bemerkte Burkhard.

Unterhalb der Paulinstraße stand ein großer Parkplatz, vollgeparkt mit Autos, unter Wasser. Eines der Fahrzeuge war mit dem Heck aufgetrieben.

»War der Platz nicht als hochwassersicher ausgewiesen?«, fragte Grabbe. »Und die Leute haben sich darauf verlassen.«

Walde grübelte, ob tatsächlich die Gefahr, dass die Mosel an der Römerbrücke einen Seitenarm bilden könnte, als ihr Wagen von einem schwarzen Taxi mit einer Frau am Steuer überholt wurde.

»Hast du das gesehen!«, rief Gabi. »Das habe ich auch noch nicht erlebt, bei eigenem Blaulicht überholt zu werden.«

»Wundert mich nicht«, sagte Burkhard. »Wenn du wie eine Hochwassertouristin über die Straße schleichst.«

Wenige Meter weiter war die Straße gesperrt. Die Taxifahrerin kam ihnen mit einem Fahrgast entgegen, während Gabi den Wagen wendete.

»Was nun?«, fragte sie, während sie der grinsenden Taxifahrerin mit dem erhobenen Zeigefinger drohte und dann lachend winkte, als sie die Schwarze Rosi erkannte.

»Hier können wir das Auto unmöglich stehen lassen.« Sie drehte sich zu Grabbe um. »Einer von uns muss alleine zurückfahren.«

Die drei passierten eine auf der Straße errichtete Kontrolle, an der sie den Kollegen von der Bereitschaftspolizei ihre Dienstausweise zeigen mussten. Nach der zuerst verhängten nächtlichen Ausgangssperre war nun die gesamte Hochwasserzone auch tagsüber für Zivilpersonen gesperrt. Während Walde noch überlegte, ob es für Besucher des Krankenhauses, zumindest für diejenigen, deren Kinder dort Patienten waren, Ausnahmen gab, erreichten sie die Hochwasserzone.

Wie bei beginnender Ebbe am Meeresstrand hatte sich ein Spülsaum etwa einen Meter oberhalb des Hochwassers gebildet. Das Wasser war nur um höchstens zehn Zentimeter gefallen. Das konnte Walde an den Stützen des halbhohen Fußgängerstegs erkennen, der zuletzt errichtet worden war, weil der ursprüngliche verlängert werden musste. Die Wasseroberfläche war ruhig wie die eines Sees, begrenzt von den weit auseinander liegenden Häuserreihen entlang der Allee, wo die Kastanienbäume aus dem Wasser ragten. Weit hinten erzeugte ein mit Paddel angetriebenes Schlauchboot leichte Wellen. Darin saßen Männer, die Schwimmwesten über den Jacken trugen.

Walde, Gabi und Burkhard schritten stumm über den langen Steg zum Krankenhaus.

Nach der Kleidung zu urteilen handelte es sich bei den Leuten, die ihnen auf dem kaum einen Meter entfernten parallelen Steg entgegenkamen, um Personal der Klinik. Ihre Gesichter wirkten müde.

Auf dem düsteren Flur der verwaist wirkenden Station glimmten nur die grünen Hinweistafeln zu den Ausgängen. Einzig das Licht aus einem Fenster am Ende des langen Ganges half den dreien bei der Orientierung. Bei dem Aufstieg im Treppenhaus hatte Burkhard das Tempo vorgegeben. Walde und Gabi hatten sich nicht abhängen lassen und keuchten hörbar, als sie am verglasten Stationszimmer vorbeikamen, das ebenfalls dunkel war. An einem der Krankenzimmer leuchtete ein rotes Alarmlicht.

Während Walde sich fragte, ob die Station geräumt war, erkannte er weiter vorn im Gegenlicht die Umrisse von ein paar Leuten, die schweigend vor einem Zimmer standen.

Frau Hansen ignorierte ihren Gruß, die Stationsschwester schaute böse und selbst der zu Hansens Bewachung vor der Tür postierte Kollege grüßte nur knapp, als habe er sich mit den beiden Frauen verbündet oder wolle ihnen zumindest seine Solidarität zeigen.

Walde klopfte an die Tür.

»Ja bitte!«, rief eine würdevoll klingende Männerstimme von drinnen.

Die Luft in dem schmalen Zimmer war stickig. Von Hansen war lediglich sein blasses Gesicht zu sehen. Seine Augen waren nur einen Spalt breit geöffnet. Der dünne Schlauch von der über dem Bett hängenden Infusionsflasche führte zu einer Kanüle in seinem auf der Bettdecke liegenden Handrücken.

»Sie sehen ja, wie eng es hier ist.« Haftrichter Tränkle wartete, weil sich ein Hubschrauber dem Landeplatz mit Getöse näherte. Der Lärm von draußen schien der Grund dafür zu sein, warum kein Fenster geöffnet werden konnte.

Tränkle nutzte die Gelegenheit, um Hansen genauer zu mustern. Dieser Mann hatte ein Mädchen aus höchster Lebensgefahr gerettet und dabei seine eigene Gesundheit aufs Spiel gesetzt. Vorhin hatte Tränkle erfahren, dass es sich auf dem Weg der Besserung befand und wahrscheinlich keine bleibenden Schäden davontragen würde. Hätte Tränkle nicht die Feuerwehr alarmiert, wäre nicht einmal die Frau im Auto gerettet worden, aber was Hansen getan hatte, war eine Heldentat.

Während Gabi und Burkhard hinter ihm eintraten, musste Walde an dem Besuchertisch vorbei, hinter dem eine Gerichtsschreiberin an einem kleinen Laptop saß, und bis zu dem Stuhl des Richters am Kopfende des Bettes aufrücken. Auf dem gegenüberliegenden, mit einer Kunststofffolie abgedeckten Krankenbett hockte der unruhig wirkende Stationsarzt. Staatsanwalt Roth saß, mit losen Papieren auf seinen Oberschenkeln hantierend, auf einem der Besucherstühle daneben. Den Mann auf dem Stuhl neben dem Bett hielt Walde für Hansens Anwalt. Draußen nahm der Lärm ab.

»Sie sehen ja, dass die Situation etwas beengt ist.« Tränkle wendete sich lächelnd Walde zu, während er seine Hände über der Robe faltete. »Dürfte ich Sie bitten, noch ein wenig vor der Tür zu warten?« Walde konnte es kaum glauben.

Was da unter dem Saum hervorlugte, waren grüne Gummistiefel.

»In Ordnung.« Er unterdrückte ein Schmunzeln und folgte seinen Kollegen nach draußen.

Walde blieb, nachdem er die Tür geschlossen hatte, dicht davor stehen, während Gabi auf dem Flur Burkhard mit der Hand gegen die Schulter stupste und losprustete. »Hast du Tränkles neuesten Look gesehen?«

Walde legte den Finger an die Lippen. Von drinnen waren laut vernehmliche Stimmen zu hören. Es war ihm gleich, was Frau Hansen und die Stationsschwester dachten. Er wollte wissen, was da gesprochen wurde.

»Mein Mandant befand sich unter der Einwirkung von möglicherweise überdosierten Schmerzmitteln in einem Zustand stark eingeschränkter Zurechnungsfähigkeit.« Hansens Anwalt schien zu sprechen. »Sollte sich das, was behauptet wird, in der Tat im Keller von Frau Helmes zugetragen haben – was wir ausdrücklich nicht einräumen und an dergleichen sich mein Mandant auch nicht erinnern kann – so wäre Herrn Hansen durch die Wirkung der Medikamente nicht einmal bewusst gewesen, in welche Situation er Frau Helmes brachte.«

»Bei der Vernehmung hat er sich in Anwesenheit von Kriminalhauptkommissar Bock und Kriminaloberkommissar Decker sehr wohl erinnern können.« Das war eindeutig Staatsanwalt Roth.

»Ich beantrage, die Erwähnung dieser Befragung aus dem Protokoll zu streichen.« Der Einwand kam wieder vom Anwalt. »Von einer ordnungsgemäßen Vernehmung kann unter diesen Umständen keine Rede sein. Mein Mandant befand sich infolge der Schmerzen und der Wirkung der besagten Mittel nicht in der Lage, Rede und Antwort zu stehen. Eventuell gemachte Aussagen, denen jegliche Relevanz abgesprochen wird, werden hiermit widerrufen.«

»Das hört sich für mich überhaupt nicht verwirrt an, was hier zu Protokoll gegeben wurde«, entgegnete Roth.

Für einen Moment meinte Walde, das Tippen der Gerichtsschreiberin zu vernehmen.

»Die Stationsschwester hat die Kriminalbeamten ausdrücklich darauf hingewiesen«, fuhr der Anwalt fort, »dass auf ärztliche Anweisung kein Besuch zu Herrn Hansen vorgelassen werden durfte. Darüber haben sich die beiden Herren hinweggesetzt. Die Zeugin müsste sich draußen vor der Tür befinden, ebenfalls war Frau Hansen zugegen, als die beiden Herren davon in Kenntnis gesetzt wurden. Wir halten uns frei, in dieser Sache eine Dienstaufsichtsbeschwerde zu beantragen.«

Die Stimme von Haftrichter Tränkle war weniger gut zu verstehen. Walde konnte nur ahnen, dass er eine Frage an den Stationsarzt stellte. Dieser antwortete nur wenig lauter. Er schien die Einschätzung des Anwalts zu bestätigen, indem er davon sprach, dass es in der kurzen Zeit nicht gelungen sei, den unter Schock stehenden Patienten, wie gewünscht, medikamentös einzustellen.

Einige Zimmer weiter den Flur hinunter wurde eine Tür geöffnet. »Schwester, Schwester, können Sie bitte kommen!«, rief eine Frau mit aufgeregter Stimme.

Während die Schuhsohlen der Schwester auf dem Linoleum quietschten, hatte Walde die ersten Worte des Staatsanwalts nicht verstehen können. »... wenn Sie diesen Maßstab anlegen«, der Ärger in Roths Stimme war nicht zu überhören, »dann kann bald eine ganze Horde von Schmerzpatienten ungestraft marodierend durch die Stadt ziehen.«

»Ich bitte Sie um ein wenig Sachlichkeit, Herr Kollege!«, war Hansens Anwalt zu hören.

»Bitte beschränken Sie sich auf den Sachverhalt!«, forderte Richter Tränkle den Staatsanwalt auf.

»Hier steht alles haarklein drin.« Roth war noch lauter geworden. Walde vermutete, das klatschende Geräusch stammte davon, dass der Staatsanwalt mit seinen Unterlagen wedelte.

»Ich möchte Sie bitten, sich im Ton zu mäßigen.« Der Richter hörte sich keineswegs mehr freundlich an.

»Entschuldigung.« Roth räusperte sich. »Wir haben einen Zeugen, der den Beschuldigten klar identifiziert hat, auf die Einlassungen von Herrn Hansen brauche ich da noch nicht einmal einzugehen.« Eine kleine Pause entstand. »Können wir dazu wenigstens die ermittelnden Beamten hören?«

»Ich wüsste nicht, wozu?«, war der Richter zu vernehmen. »Das steht doch alles in Ihren Unterlagen, das haben Sie doch selbst vorgetragen.«

Walde stellte sich vor, wie Roth resigniert den Kopf schüttelte.

In die Stille hinein sagte der Untersuchungsrichter. »Haftgründe wegen Flucht- oder Verdunkelungsgefahr liegen nach meinem Befinden nicht vor. Der Beschuldigte lebt in einem stabilen sozialen Umfeld. Eine wöchentliche Meldepflicht bei der zuständigen Polizeibehörde vor Ort wird angeordnet ... bei Zuwiderhandlungen ...«

»Kneif mich mal«, flüsterte Gabi und hielt Walde ihren Arm hin. »Habe ich das richtig verstanden? Wir werden noch nicht einmal angehört und es gibt keinen Haftbefehl?«

Als Erster kam der Arzt aus dem Zimmer. Er musterte Burkhard, dessen Verletzungen sein berufliches Interesse zu wecken schienen. Im Vorbeigehen winkte er der Stationsschwester zu: »Sie können wieder an die Arbeit. Herr Hansen ist stabil.«

Es folgte Staatsanwalt Roth. Sein Gesicht zeigte hektische Flecken. Er wies den Flur entlang in Richtung Fenster. Walde, Gabi und Burkhard schlossen sich ihm an.

»So habe ich den Tränkle noch nicht erlebt«, zischte er halblaut, während er seine Tasche auf den Boden stellte. »Haben Sie von draußen was mitgekriegt?«

Die drei nickten.

»Tut mir leid, aber selbst die Wache vor Hansens Tür muss abgezogen werden.« Er richtete sich vorsichtig wieder auf und stemmte beide Hände in den Rücken. »Ich habe gestern Freunden beim Ausräumen ihres Kellers geholfen.«

»Wenn das so ist, dann müssen wir ab sofort Vera Helmes beschützen und zwar mit unseren Leuten, die hier bei Hansen waren«, sagte Walde.

»Ich tröste mich damit, dass es eine Hauptverhandlung geben wird, bei der Tränkle nicht dazwischenfunken kann.« Roth schaute nach draußen, wo ein Hubschrauber abhob.

»Wenn Hansen bis dahin nicht über alle Berge ist.« Gabis Worte gingen im Lärm der Rotoren unter.

»Was meinen Sie, sollen wir es nicht doch mal bei *Tele Mosel* versuchen?«, wandte sich Walde an Roth.

»Nein, kommt nicht in Frage.« Roth blickte dem Hubschrauber hinterher.

Walde fragte sich, ob Fürst etwas gegen den Staatsanwalt in der Hand hatte. Den Mann von *Tele Mosel* hatte er womöglich gründlich unterschätzt.

Polizeipräsident Stiermann stand oben auf der Treppe vor dem Eingang des ehemaligen Präsidiums. Ein Pulk von Presseleuten hielt ihm Mikrofone und Aufnahmegeräte entgegen, filmte und fotografierte. Für Walde, Gabi und Burkhard gab es kein Durchkommen.

»Eine Stadt ist ein äußerst sensibles Gebilde. Da wird es schon heikel, wenn die Versorgung mit Strom oder Wasser gestört ist«, erklärte Stiermann. »Kommen weitere Faktoren hinzu, kann es schwierig werden und die Ordnung zusammenbrechen.« Er entschied sich, abwechselnd in die drei nebeneinander postierten Kameras zu schauen. »Der erste hat Angst, dass er nicht genug sauberes Wasser für seine Familie bekommt, und schon geht die Scheibe des Supermarkts zu Bruch, weil der nicht geöffnet hat oder was auch immer, und die aufgebrachte Menge stürzt hinterher …«

»Wir haben auch was zu tun!« Gabi bahnte sich mit Burkhard einen Weg durch die Presseleute. Walde folgte ihnen.

»Plündern muss nicht unbedingt Rauben sein…« Der Polizeipräsident hielt inne, als die drei Mitarbeiter an ihm vorbeidrängten. »… es kann auch, je nach Perspektive, eine Notversorgung sein, die Grenzen sind fließend. Und um dies zu vermeiden, haben wir ein Bündel von …«

»Schaut euch das mal an.« Grabbe wies auf seinen Monitor.

»Nee, kein Bedarf, wir durften den Chef gerade in natura bewundern«, wiegelte Gabi ab und griff sich einen Keks aus der Packung auf ihrem Schreibtisch. »Möchte noch jemand?«

»Ich hole mir lieber was in der Kantine.« Burkhard nahm sein Portemonnaie aus der Jacke, die er über seinen Stuhl gehängt hatte. »Soll ich was mitbringen?«

»Nun warte doch mal, ich hab‘ was auf Facebook gefunden«, regte sich Grabbe auf. »Über Jakob Bröding.«

»Ach, du recherchierst bei Facebook«, bemerkte Gabi spitz.

»Jakob soll dem Pferd seiner Freundin Lis den Gnadenschuss gegeben haben.«

»Mit einem Bolzenschussgerät?«

Grabbe nickte und fügte an, als seine Kollegen hinter ihm standen und auf seinen Monitor schauten: »Vorhin habe ich mit dem Tierarzt gesprochen, Dr. Rupprath.«

»Den kennen wir bereits«, sagte Burkhard.

»Kurz vor Weihnachten hatte Jakob mit dem Pferd seiner Freundin Lis einen Unfall, bei dem sich das Pferd so schwere Verletzungen zuzog, dass es eingeschläfert werden musste. Der Tierarzt sah keine andere Möglichkeit, und als er dem Pferd ein Beruhigungsmittel injiziert hatte, soll es sich wieder aufgebäumt haben. Muss ziemlich schlimm gewesen sein.«

»Und dann hat Jakob es mit dem Bolzenschussgerät getötet?«

»Nur betäubt, Dr. Rupprath hat ihm dann eine Schlagader geöffnet.«

»Wenn ich daran denke, wie viel Blut in einem Menschen ist«, Gabi schaute angewidert, »dann muss das bei einem Pferd ja eimerweise …«

»Ist ja gut«, schnaufte Grabbe. »Jedenfalls soll Jakob danach keine Hindernisse mehr gesprungen sein und seine Freundin hat sich nicht einmal mehr auf ein Pferd gesetzt.«

»Warum hat Engels von all dem nichts erzählt?«, fragte Walde.

»Übrigens fehlen zwei Patronen in der Munitionsschachtel und laut Kriminaltechnik könnte das Kaliber mit dem übereinstimmen, das bei Bröding benutzt wurde.«

Der braunrote Wagen stand so in der Garagenauffahrt, als sei er seit gestern nicht bewegt worden. Auch auf Gabis drittes Klingeln reagierte niemand. Burkhard kam kopfschüttelnd von einer Inspizierung der zum Garten gerichteten Seite des Hauses zurück.

Nachdem Walde die Nummer gewählt hatte, klingelte das Telefon im Haus und verstummte plötzlich. Das Freizeichen war noch zwei Mal zu hören, dann klickte es in der Leitung und kurz darauf meldete sich eine Frauenstimme. »Ja?«

»Frau Bröding?«

»Ja.«

»Hier ist Waldemar Bock, Kripo Trier. Wo sind Sie? Wir stehen vor Ihrem Haus in Idesheim.«

»Ich bin auf dem Reiterhof … haben Sie … ich komme.«

Wenig später bog Katja Bröding auf einem Fahrrad in die Einfahrt.

»Ist was passiert … haben Sie von Jakob gehört?«, rief sie, noch während sie vom Rad abstieg. Dabei verfing sich ihr Rock in einem Pedal, sie kam ins Stolpern und Burkhard musste sie stützen. »Ist Ihr Sohn nicht da?«

»Nein, ich dachte, er wäre heute Nacht in Trier gewesen.«

»Und?«

»Lis war ebenfalls nicht zu Hause. Ihre Eltern dachten, sie sei bei uns.«

»Warum haben Sie Jakob nicht angerufen?«

»Er mag das nicht und ich akzeptiere das … und jetzt ist sein Handy ausgeschaltet, auch das von Lis.«

»Gehen wir ins Haus?«, fragte Walde.

»Aber bitte nur kurz. Wir wollen ihn, also die beiden, suchen. Herr Engels ist schon losgefahren.«

In der Diele roch es nach frisch gebackenem Kuchen. Durch die offen stehende Küchentür drang das gedämpfte Geräusch der laufenden Spülmaschine.

»Sergej hat sie gestern Abend wegreiten sehen.« Sie führte die drei ins Wohnzimmer, wo im Kaminofen ein heruntergebranntes Feuer glimmte. »Ich habe schon ein paar Leute aus ihrem Freundeskreis angerufen, aber niemand weiß etwas.« Sie behielt ihre Jacke an, als sie sich an den Esstisch setzte, auf dem eine aufgeschlagene Zeitschrift lag.

»Dürfen wir uns mal in Jakobs Zimmer umsehen?«, fragte Gabi.

»Das erste Zimmer hinter der Treppe auf der rechten Seite, bitte beeilen Sie sich.« Katja Bröding bot Walde einen Platz an, während Gabi und Burkhard nach oben gingen.

»Vielleicht finden wir einen Hinweis, wo sich die beiden aufhalten könnten«, sagte Walde. »War Gordon die ganze Nacht über nicht in seiner Box?«

Sie nickte. »Das vermutet jedenfalls Sergej.«

»Und was sagt Herr Engels?«, fragte Walde. »Hätte er Sie nicht schon früher anrufen sollen?«

»Er hat auch erst heute erfahren, dass Gordon nicht im Stall ist. Wir hatten eigentlich ausgemacht, uns erst nach der Beerdigung wieder zu sehen. Aber jetzt … er fährt die Wege um Idesheim ab.«

Gabi öffnete die Tür zu Jakobs Zimmer und ließ Burkhard den Vortritt. Sie selbst schlich weiter den Gang entlang und schaute in die anderen Räume.

»Seine Eltern hatten getrennte Schlafzimmer«, flüsterte sie, als sie zum ihm zurückkam. Ihr Kollege blätterte die Bücher durch, die neben einer kleinen Musikanlage auf einem Regal standen, bei dem Ziegelsteine die Abstandshalter zwischen den Brettern bildeten. Es gab keine Bilder an den Wänden. Neben einem Futon stand eine Art Schreibtisch, bestehend aus einer Platte auf zwei Böcken mit einem Laptop darauf. Gabi wandte sich dem alten Kleiderschrank zu. Darin gab es weniger Kleidungsstücke, als sie erwartet hatte. Zuunterst stand ein Karton, in dem es schepperte, als sie ihn anhob.

»Guck mal, lauter Pokale und Trophäen.« Gabi nahm zwei heraus. Auf dem ersten war ein springendes Pferd dargestellt, auf dem anderen prangte ein nach oben offenes Hufeisen. »Er scheint nicht besonders stolz auf den Krempel zu sein.«

Burkhard legte einen Packen Blätter auf den Schreibtisch neben den Laptop.

»Die steckten in einem Buch.« Er klappte den Rechner auf, schaltete ihn ein und widmete sich erneut den Papieren.

Nachdem er die ersten Seiten überflogen hatte, reichte er sie an Gabi weiter. »Ich glaube, wir sollten Jakob so bald wie möglich finden.«

»Das haben wir in Jakobs Zimmer entdeckt.« Burkhard legte die Hand auf eines der Blätter, die über den Esstisch verteilt lagen. »Hier geht es um Sebastian Engels. Er soll den Stammbaum von Zuchtpferden frisiert haben und von einer Affäre mit einer Vierzehnjährigen ist hier die Rede.«

»Da war wirklich nichts dran, ich kenne die Hintergründe.« Katja Bröding schüttelte den Kopf.

»Wie kommt das in Jakobs Zimmer?«

»Sie kennen den Inhalt?«, fragte Walde. »Wussten Sie von den Dossiers, die Ihr Mann angelegt hatte?«

»Sebastian hat mir davon erzählt ... warum nur hat Thomas diesen Schmutz gesammelt? Er hat vor nichts mehr Halt gemacht.«

»Selbst nicht vor seiner eigenen Familie«, sagte Gabi. »Ihr Mann hat Herrn Engels und Ihnen das Zugeständnis abgerungen, bis nach den Landtagswahlen den Status quo der heilen Familie aufrechtzuerhalten. Ihrem Sohn hat er das teure Springpferd gekauft.«

»Obwohl Jakob es gar nicht wollte. Für ihn war sein Vater schon längst gestorben.« Sie schaute ängstlich auf den Tisch. »Aber woher hat er die ganzen Papiere?«

»Das wissen wir nicht, die Aufzeichnungen sind nicht gerade schmeichelhaft für seinen Vater«, sagte Gabi. »Was hat es mit dem Unfall auf sich, den Jakob mit dem Pferd von Lis hatte?«

Katja Bröding stützte den Kopf auf und fuhr sich mit der Hand über die Augen. »Das Pferd brach sich beide Vorderläufe. Jakob selbst hat ihm den Gnadenschuss gegeben. Danach war er monatelang nicht mehr auf dem Reiterhof gewesen und wollte nie mehr reiten. Er hatte eine Krise.«

»Aber nun reitet er wieder«, sagte Walde.

»Sebastian hat immer wieder mit ihm gesprochen. Besser hätte es ein Therapeut auch nicht machen können. Er hat ihn nie bedrängt, immer zugehört und schließlich hat er ihn zu einem gemeinsamen Ausritt überredet, ohne Hindernisse, einfach so …«

»Selbst dieses Geschehen hat sein Vater dokumentiert.« Burkhard wies auf die Papiere.

Ein Läuten ließ Katja Bröding aufschrecken. Sie lief in die Diele, wo das Telefon lag.

»Ja, Basti, bist du es?«

Sie hörte zu.

»Wo?«

Die Antwort war kurz.

»Ich komme.« Sie legte das Telefon ab. Ein Schlüssel klimperte. »Ich muss los.«

»Frau Bröding, wir fahren hinter Ihnen her.« Gabi war ihr am schnellsten zur Haustür hinaus gefolgt.

»Da kommen Sie mit einem normalen Auto nicht hin.«

Der kleine Wagen driftete auf den matschigen Wegen in den Kurven bedenklich weit an den Rand. Nur durch Vollgas im rechten Moment schaffte Katja Bröding es immer wieder, die Reifen in die tief ausgefahrenen Spuren zurückzubringen.

Auf einer langen Geraden bergab geriet der Wagen ins Schlittern. Selbst Gabi, die ansonsten nicht ängstlich war, stützte sich mit beiden Händen am Armaturenbrett ab. Klumpen prasselten von den Reifen an den Unterboden und an die Flanken des Autos. Hinter einer langen Hecke lenkte

Katja Bröding den Wagen nach links auf eine leicht bergan führende Wiese.

Weiter oberhalb stand ein großer Geländewagen neben einem Hochsitz. In der Nähe hob ein schwarzes Pferd den Kopf und schaute neugierig, als sie neben dem Range Rover anhielten und ausstiegen. Es trug weder Sattel noch Zaumzeug. An der kunstvoll geflochtenen Mähne erkannte Walde, dass es sich um Gordon handeln musste.

Oben, auf der letzten Sprosse der Leiter, hantierte Engels an der geschlossenen Tür zum Hochsitz. Auch die kleinen Fenster waren mit Holzläden verbarrikadiert.

»Mist!« Scheppernd landete ein Schraubenschlüssel unten auf der Leiter und verursachte beim Aufprall auf der Erde ein schmatzendes Geräusch.

Die nasse Wiese gab unter Waldes Schuhen nach. Das Pferd hatte sich wieder den einzeln sprießenden Gräsern zugewandt. Nebenan bugsierte Burkhard ein Reserverad aus dem Kofferraum. Werkzeug klimperte. Walde zog den tief eingesunkenen Radschlüssel aus der Erde.

»Seid ihr da drin?« Engels hämmerte mit der Faust gegen die Tür. »Jakob?«

Walde kletterte die Sprossen hoch. Oben reichte er den Schlüssel Engels, der versuchte, das einem Meißel ähnliche flache Ende des Schraubenschlüssels in den Spalt zwischen Tür und Rahmen zu treiben. Walde griff mit der rechten Hand an den Gürtel des Mannes und hielt sich mit der linken an dem rohen Längsbalken fest.

»Bleiben Sie bitte unten!«, rief Burkhard Katja Bröding am Fuß der Leiter zu. Als er hochkam, hielt er einen Klotz von einem abgebrochenen Zaunpfahl in der Hand. Nach ersten vergeblichen Schlägen drang das Werkzeug endlich in den Spalt ein. Ächzend bugsierte Engels das Werkzeug weiter nach oben, bis es auf Widerstand stieß. Von Burkhard an der einen Hüfte und von Walde auf der anderen Seite am Gürtel gepackt, versuchte Engels die Tür aufzustemmen, die sich nur nach außen öffnen ließ.

Als sie mit einem metallischen Krachen nachgab, schleuderte sie gegen Engels, der von Walde und Burkhard gegen die Tür gedrückt wurde, sodass sie mit einem dumpfen Geräusch wieder zuschlug. Von drinnen war immer noch kein Laut zu hören. Als Engels einige Sprossen nach unten gestiegen war, ließ sich die Tür öffnen.

Walde trat als Erster in den Holzverschlag. Ein Windstoß blies das Teelicht auf einem Brett an der Wand aus. Boden und Wände des Raums waren mit dunkelgrünem Teppichboden ausgeschlagen. Auf der schmalen Holzbank lag eine reglose Gestalt. Waldes Schuh stieß gegen ein Hindernis. Auf dem Boden lag eine weitere Person. Ihr Gesicht war von Haaren eingehüllt. Sie waren von Erbrochenem verklebt und machten es Walde schwer, die Finger an ihren Hals zu legen. Es war Lis. Sie lebte.

Walde stützte sich an der rauen Wandbespannung ab, während er nach dem Puls des jungen Mannes auf der Bank tastete – vergeblich.

»Jakob? Lis?« Katja Bröding verharrte in der Tür.

Draußen telefonierte Burkhard nach dem Rettungshubschrauber. Gabi war oben bei Katja Bröding geblieben.

Es dauerte nicht lange, bis der Rettungshubschrauber im Tiefflug über sie flog und wendete, als der Pilot sie entdeckt hatte. Niemand kümmerte sich um das vor dem landenden Helikopter in Panik fliehende Pferd.

Nachdem das Mädchen auf eine Bahre gehoben worden war, untersuchte sie der Notarzt. Walde reichte ihm die Medikamentenschachteln, die er auf dem Hochsitz eingesteckt hatte. Der Mann drehte eine der Verpackungen auf die Seite und las den Namen der Arznei. »Dass sie sich übergeben hat, dürfte ihr das Leben gerettet haben.«

Als er sich erhob, war seine weiße Hose an den Knien dunkel gefärbt. Während die beiden Sanitäter die Bahre mit dem Mädchen in den Hubschrauber hievten, stieg der Arzt zum Hochsitz hinauf. Katja Bröding und Sebastian Engels standen nebeneinander, ohne sich zu berühren, und blickten stumm auf das bleiche Gesicht von Jakob herab.

Walde wartete mit Burkhard auf der Wiese, bis der Arzt nach einer Weile wieder herunter kam.

»Bei dem jungen Mann war leider schon vor Stunden nichts mehr zu machen«, rief er ihnen auf dem Weg zum Helikopter zu, dessen Rotoren sich bereits drehten.

Sein Telefon hörte Walde erst, als der Rettungshubschrauber bereits den weit entfernten Hügel Richtung Trier überquerte.

Ohne seinen Namen zu nennen, schaltete Walde auf Empfang.

»Konnten Sie das nicht verhindern?« Stiermann sparte sich ebenfalls eine Begrüßung.

Egal was er meinte, eine neue Enthüllung von *Tele Mosel*, das Mosel-Hochwasser oder den Selbstmord von Jakob Bröding, Walde legte wortlos auf. Er hielt sein Mobiltelefon einen Moment in der Hand, bevor er es in die Hecke warf.

Eine Woche später

Seit Stunden ertrug Walde den Lärm der Presslufthämmer, das Scheppern von Meißeln, das Kratzen von Schaufeln in abgeschlagenem Putz und das Aufprallen des Schutts in den Wannen der Schubkarren. Inzwischen musste er Anlauf nehmen, bevor er seine Schubkarre in den offenen Container entleeren konnte. Es hatte sich bereits ein Hügel aus etlichen Kubikmetern Bauschutt darin angesammelt. Drumherum lagerte links und rechts der schmalen Straße aufeinander geschichteter Sperrmüll aus unbrauchbar gewordenen Möbeln, die ringsum aus den vom Hochwasser betroffenen Häusern geschafft worden waren. Überall wurde aufgeräumt, restauriert und versucht, so schnell wie möglich die Hinterlassenschaften des Moselhochwassers zu beseitigen.

Als Walde die Bretterrampe hinauf zurück ins Haus kam, waren die Presslufthämmer beiseite gelegt. Jo deutete auf die vom Putz befreiten Wände, unter denen altes Bruchsteinmauerwerk zum Vorschein gekommen war. »Was meinst du, sieht doch besser aus als vorher? Da sollte kein neuer Putz mehr drauf. Die Steine müssten nur neu verfugt werden.«

»Und was sagt Marie dazu?«, fragte Walde.

»Wird sie bestimmt gut finden, wird sie an ihr Heimatdorf in Frankreich erinnern.«

»Wo ist eigentlich Uli?«

In der Kücke eine Etage höher entwickelte der Auflauf, den Uli bereits vorbereitet mitgebracht hatte, erste Aromen im Backofen. Der Tisch war gedeckt.

Uli schenkte aus einer der Weinflaschen ohne Etikett ein, die Jo nach dem Abfließen des Hochwassers im Keller gefunden hatte, und probierte vor. »Schmeckt nach Wein und nicht nach Moselwasser.«

»Arbeiten wir nachher noch weiter?«, fragte Walde.

»Sehen wir mal«, Jo kostete den Wein. »Wie lange hast du eigentlich Urlaub?«

»Den vom letzten Jahr und einen Teil von diesem Jahr«, antwortete Walde.

»Und den hast du einfach so bekommen?«, fragte Uli.

»Alle vom Hochwasser geschädigten hatten Vorrang.«

»Und wenn Fürst von *Tele Mosel* erfährt, dass bei dir nur ein bisschen Parkett betroffen ist?«

»Dann weiß ich ja, von wem er es weiß. Wenn ich mich auf dieses Niveau begäbe, sollte das Finanzamt mal auf die Buchhaltung deiner vorbildlich geführten *Gerüchteküche* aufmerksam gemacht werden. Zum Beispiel auf die dort ausgeschenkten Spirituosen, die meines Wissens schwarz in Luxemburg gekauft werden.« Walde prostete Uli zu.

»Nix gegen den guten französischen Calvados, der hat an meinem Tresen schon so manche Zunge gelöst. Wisst ihr eigentlich, mit wem Holtzer die Nacht verbracht haben soll, in der Bröding ermordet wurde?« Uli schaute in zwei gespannte Gesichter.

Für einen Moment war auch der Baulärm in der Umgebung verstummt. Nur das Brummen der rund um die Uhr laufenden Luftentfeuchter war zu hören.

»Mit unserer Kulturdezernentin!«

»Nein, die ist doch eine Grüne!«, wunderte sich Jo.

Uli nickte. »Bei allem, was Holtzer bisher in seinem Leben angestellt hat. Das ist einiges, und bevor er das zugegeben hätte, wäre er lieber in den Knast gegangen.«

… DIE MOSELKRIMIS

AKTE MOSEL | Kommissar Walde sieht alarmierende Anzeichen dafür, dass ein Psychopath, der vor Jahren die kleine Nicole tötete, wieder aktiv wird. Besteht eine Verbindung zu dem längst abgelegten Fall »Akte Mosel« oder jagt er ein Phantom?

1. Fall, erschienen 1999 | 288 Seiten
ISBN 978-3-924 631-90-1 | € 8,90

SOKO MOSEL | Mysteriöse Drohungen, hochgradig vergiftete Zigaretten, der Chef der Wachmannschaft verschwindet – ein Zigarettenkonzern wird im großen Stil erpresst. Geht es um Geld oder steckt Rache dahinter?

2. Fall, erschienen 2000 | 224 Seiten
ISBN 978-3-924 631-99-4 | € 8,90

ENDSTATION MOSEL | Ein Frachter rammt die Moselbrücke bei Mehring und sinkt. Kommissar Walde macht im Rumpf des Wracks eine grausige Entdeckung – fünf illegale Einwanderer waren in einen Container eingesperrt. Die Spur führt zu einer Klinik in die Eifel.

3. Fall, erschienen 2001 | 270 Seiten
ISBN 978-3-935 281-02-7 | € 8,90

TATORT MOSEL | Ein Promi aus der Trierer Geschäftswelt liegt ermordet auf der Moselinsel unter der Kaiser-Wilhelm-Brücke. Kommissar Walde und seine Kollegin Gabi stoßen bei ihren Ermittlungen auf einen Sumpf aus Korruption und Vetternwirtschaft.

4. Fall, erschienen 2002 | 280 Seiten
ISBN 978-3-935 281-08-9 | € 8,90

INKASSO MOSEL | Eigentlich hat Kommissar Walde Urlaub. Doch der Mord an einer Studentin macht ihm einen Strich durch seine persönlichen Planungen. Sie war die Freundin eines windigen Immobilienhais und die Tochter eines angesehenen Trierer Richters, der bald darauf in einen Justizskandal verwickelt wird ...

5. Fall, erschienen 2003 | 256 Seiten
ISBN 978-3-935 281-21-8 | € 8,90

MARATHON MOSEL | Die Verantwortlichen haben die Drohung bis zuletzt nicht ernst genommen. Jetzt ist keine Evakuierung der Großveranstaltung in der Trierer Innenstadt mehr möglich. Ein terroristischer Anschlag steht unmittelbar bevor. Ein nervenzerreißender Wettlauf mit der Zeit beginnt.

6. Fall, erschienen 2004 | 256 Seiten
ISBN 978-3-935 281-31-7 | € 8,90

CODEX MOSEL | Exponate von unschätzbarem Wert werden aus der Domschatzkammer geraubt. Hat der Gärtner des Domkapitulars dafür sein Leben lassen müssen? Überraschend mischen sich Salvatore Montalbano, Kay Scarpetta, Siggi Baumeister, Kurt Wallander, Guido Brunetti und Hanne Wilhelmsen in die Ermittlungen ein.

7. Fall, erschienen 2005 | 256 Seiten
ISBN 978-3-935 281-44-7 | € 8,90

FLUCHTPUNKT MOSEL | Ein Toter in der winterstarren Eifel: ermordet, Identität unbekannt. Die Spuren führen in das Milieu der Raubgräber. Der Roman lotet die Grenzen zwischen Fakt und Fiktion aus. Kommissar Walde macht die lebensnahe Bekanntschaft von Quintus, einem Hunde-Dickkopf.

8. Fall, erschienen 2006 | 256 Seiten
ISBN 978-3-935 281-49-2 | € 8,90

TANGO MOSEL | Ein nächtlicher Unfall auf einer Großbaustelle in Triers City gibt Walde Rätsel auf. Besteht ein Zusammenhang mit der Leiche, die später an der Römerbrücke entdeckt wird? Die Spuren führen zu einem ehemaligen Minensuchboot und zu einem Tangoclub.

9. Fall, erschienen 2007 | 256 Seiten
ISBN 978-3-935 281-56-0 | € 8,90

FINALE MOSEL | Kurz nach seinem gefeierten Auftritt bei den Antikenfestspielen wird ein weltberühmter Bariton tot in den Gängen des Amphitheaters aufgefunden. Kommissar Walde stößt auf ein dichtes Netz aus Intrigen und Eitelkeiten ...

10. Fall, erschienen 2009, 256 Seiten
ISBN 978-3-935 281-64-5 | € 8,90

EXIT MOSEL | Ein so genannter Gutmensch wurde in seinem Auto lebendig verbrannt. Wie sich herausstellt, ist ein weiterer Mord vorausgegangen, für den die Polizei eigentlich nicht zuständig ist – ein raffiniert eingefädelter Rufmord. Kommissar Walde ahnt zu spät die Gefahr.

11. Fall, erschienen 2010, 240 Seiten
ISBN 978-3-935 281-80-5 | € 8,90

CULPA MOSEL | Ein Plastiksack wird aus der Mosel geborgen: darin ein Mann, qualvoll ertränkt. Was bedeuten die Schlangen bei dem Toten? Kaum ist der Fund in Trier angelandet, beansprucht die Luxemburger Gendarmerie den Fall. Doch eine rätselhafte Mordserie ist längst im Gange. Die grausam ausgeführten Taten scheinen archaischen Mustern zu folgen.

12. Fall, erschienen 2011, 240 Seiten
ISBN 978-3-935 281-87-4 | € 8,90

AKTUELLES ZU

MISCHA MARTINI

finden Sie im Internet unter:

www.mischamartini.de

www.facebook.com/Mischa.Martini

www.weyand.de